S. QUINN

Passion
Leidenschaftlich verführt

GOLDMANN
Lesen erleben

Buch

Als sich das Kindermädchen Seraphina Harper in ihren Arbeitgeber Lord Patrick Mansfield verliebt, weiß sie, dass ihre Beziehung nicht einfach wird. Trotz der unbändigen Leidenschaft, die die beiden verbindet, stammen Seraphina und Patrick aus verschiedenen Welten. Sie ist ein armes Mädchen aus einer armen Gegend Londons, er ist ein reicher, junger Aristokrat, den jede zweite Frau Großbritanniens heiraten möchte. Seraphina ist verliebt, sehr verliebt. Aber bevor sie in Patricks Welt des Reichtums und der Privilegien eintreten kann, muss er eine Bedingung erfüllen: Zuerst muss Patrick ihre Welt betreten – und er muss erkennen, wer sie wirklich ist …

Informationen zu S. Quinn
sowie zu weiteren Titeln der Autorin
finden Sie am Ende des Buches.

S. Quinn

PASSION
Leidenschaftlich verführt

Band 2

Roman

Aus dem Englischen
von Andrea Brandl

GOLDMANN

Die Originalausgabe erschien 2014
unter dem Titel »Bed of Ice«.

Dieser Titel ist auch als E-Book erhältlich.

MIX
Papier aus verantwortungsvollen Quellen
FSC® C014496

Verlagsgruppe Random House FSC® N001967
Das FSC®-zertifizierte Papier *Pamo House* für dieses Buch
liefert Arctic Paper Mochenwangen GmbH.

1. Auflage
Deutsche Erstveröffentlichung August 2015

Umschlaggestaltung: UNO Werbeagentur München
Umschlagfoto: ilia-art/getty images
Redaktion: Kerstin von Dobschütz
BH · Herstellung: Str.
Satz: omnisatz GmbH, Berlin
Druck und Bindung: GGP Media GmbH, Pößneck
Printed in Germany
ISBN 978-3-442-48247-4
www.goldmann-verlag.de

Besuchen Sie den Goldmann Verlag im Netz:

1

Guten Morgen, meine Schöne.«

Kräftige Finger streichen über meine Wange.

Das Sonnenlicht blendet mich, als ich die Augen öffne, und wie durch sanften Nebel erkenne ich Patricks markante Züge – nur wenige Zentimeter von meinem Gesicht entfernt.

Wir sind in Patricks Schloss.

In seinem Schlafzimmer.

In seinem Bett.

Das Leben kann so wunderbar verrückt sein.

»Guten Morgen«, flüstere ich, doch dann fühle ich mich einen Moment lang beinahe bedrängt, weil sein Gesicht so nahe ist, und weiche zurück.

Aber Patrick erlaubt es nicht.

»Nein, nein, nein.« Sanft presst er seine Lippen auf die meinen und küsst mich zärtlich.

Es fühlt sich wunderbar an. Doch dann kommt mir plötzlich etwas völlig anderes in den Sinn …

»Bertie!« Ich fahre abrupt hoch.

Patrick packt mich an den Schultern. »Alles in Ordnung. Er ist bei seiner Mutter, schon vergessen?«

»Oh.« Ich nicke. »Stimmt ja.«

Ich zähle die Tage an den Fingern ab. Eins, zwei, drei … es ist fast schon eine Woche her, seit Bertie mit seiner Mum nach Euro Disney gefahren ist. Und trotzdem wache ich jeden Morgen panisch auf und muss wieder an den Abend denken, als ich halb bewusstlos im Wald lag. Ohne zu wissen, wo Bertie war, und unfähig, ihm zu helfen.

Er und seine Mum haben anscheinend einen Heidenspaß zusammen. Sie verlängern ihren Kurztrip um einen Tag nach dem anderen und amüsieren sich königlich. Aber Bertie fehlt mir. Und ich werde wohl erst wieder die alte Seraphina sein, wenn er wieder zurück ist.

»Ich rufe ihn kurz an«, sage ich.

»Schon wieder?« Patrick nimmt sein Handy vom Nachttisch. »Das wäre so etwa das fünfzigste Mal, seit sie weg sind.«

»Ich weiß.«

»Stimmt irgendwas nicht?«, fragt Patrick.

»Nein, es ist bloß …«

»Was?«

»Er fehlt mir einfach, das ist alles. Eigentlich müssten sie längst zurück sein – aber er findet es eben toll, mal etwas mit seiner Mum erleben zu dürfen.«

»Hast du Angst, er könnte dir entgleiten?«

»Wenn er glücklich ist, bin ich es auch. Aber … na ja, hier kann ich mich um ihn kümmern.« Ich seufze. »Wahrscheinlich ist das eine Berufskrankheit. Nicht loslassen zu können. Aber manchmal bleibt einem eben keine andere Wahl.«

Ich scrolle zu der Nummer von Anise.

Es dauert eine halbe Ewigkeit, bis sie rangeht.

»Hallo?«

»Anise! Hey, wie geht's? Ist Bertie in der Nähe?«

»Oh, Sera! Ja, uns geht es gut, danke. Bertie ist nebenan.«

»Kann ich mit ihm sprechen?«

»Natürlich. Ich hole ihn.«

Ich höre, wie sie das Handy weglegt; kurz darauf ist Bertie am Apparat.

»Hallo, Sera.«

Beim Klang seiner Stimme wird mir ganz warm ums Herz. Er klingt größer, als er eigentlich ist. Wahrscheinlich, weil er so viele schlimme Dinge erlebt hat.

»Wie geht es dir, Bertie?«, frage ich. »Habe ich dich beim Frühstück gestört?«

»Nein«, erwidert Bertie.

»Ich vermisse dich sehr. Und von deiner Großmutter Daphne soll ich dir liebe Grüße ausrichten.«

Daphne, Patricks Mutter, ist am Ende doch nicht mit nach Paris gefahren. Ein Jammer. Sie versteht sich wunderbar mit Bertie, außerdem ist sie Französin und liebt Paris deswegen über alles. Aber leider musste sie sich in letzter Sekunde einem kleinen Eingriff unterziehen – nichts Schlimmes, und es geht ihr gut, aber sie liegt immer noch im Krankenhaus.

Ich frage Bertie, was er in Euro Disney so alles erlebt hat. Es hört sich an, als würden Anise und er jeden Tag dasselbe unternehmen: »Hotdogs und Zuckerwatte essen, Achterbahn fahren …«

Er ist ein wenig wortkarg, aber das macht nichts.

»Ich freue mich schon, wenn du wiederkommst«, sage ich.

»Okay.« Bertie legt auf.

Ich sehe Patrick an. »Er fehlt mir so sehr.«

»Geht es ihm gut?«

»Anscheinend schon. Wenn man sich überlegt, was ihm erst vor einer Woche passiert ist.« Ich runzle die Stirn. »Ich will ihn doch nur beschützen. Und deshalb komme ich auch so schlecht damit klar, dass er weg ist. Weil ich nicht bei ihm sein kann.«

»Das Gefühl kenne ich.« Patrick nimmt mir das Handy aus der Hand und wirft es auf die Bettdecke. »Aber bald ist er ja wieder da. Und bis dahin habe ich dich ganz für mich allein.«

Ich lächle. »Ach ja? Habe ich da vielleicht auch ein Wörtchen mitzureden?«

»Vergiss es.«

Patrick streicht mir eine Strähne aus dem Gesicht und lässt den Blick über meinen nackten Körper gleiten.

Unwillkürlich zucke ich zurück. Irgendwie fällt es mir immer noch schwer, ganz nackt seinem Blick ausgesetzt zu sein.

Natürlich ist Patrick ebenfalls nackt. Doch während ich mich verlegen unter seinen Blicken winde, verhält er sich völlig locker und entspannt.

Lächelnd schüttelt er den Kopf. »So schamhaft, Miss Harper? Diese Schüchternheit müssen wir dir schleunigst abgewöhnen. Und deshalb fangen wir gleich heute damit an.«

»Heute?«

Patrick nickt und streicht sanft über meine Brüste.

»Wieso? Ist heute was Besonderes?«

»Heute ist der Tag, an dem ich *alles* über dich erfahren werde«, sagt Patrick. »Schluss mit den Geheimnissen.«

2

Mein Magen zieht sich kurz zusammen. »Und das heißt?«

»Du weißt ganz genau, was das heißt.«

»Was … was willst du denn von mir wissen?«

Patrick lacht. »Das, was du vor mir verborgen hältst. Wovon du noch nie jemandem erzählt hast.«

Ich schlucke. »Und wer sagt, dass ich etwas vor dir verberge?«

»Du selbst. Oder vielmehr dein Körper.« Er haucht einen Kuss auf eine meiner Brüste. »Er verrät dich ununterbrochen.«

Ein Schauder überläuft mich. »Patrick …«

»Ich will alles wissen. Bis ins kleinste Detail.«

Mir dreht sich der Magen um.

»Und *du?*« Ich setze mich im Bett auf. »Du hast doch selbst Geheimnisse genug, Patrick Mansfield!«

»O nein. Wir reden hier ausschließlich von dir.«

»Oh«, stoße ich hervor, als er mich an den Unterschenkeln ergreift und wieder in die Horizontale zieht.

»Meine *Familie* hat Geheimnisse.« Patrick presst die Lippen an meinen Bauch. »Aber ich nicht.«

»Ich bitte dich.« Ich packe ihn bei den Haaren und zwinge ihn, mich anzusehen. »In deiner Vergangenheit sind doch garantiert auch Dinge passiert, die du lieber für dich behältst.«

»Nein. Nichts.«

»Na gut«, schnaube ich. »Schön für dich. Aber du hast mir auch noch nicht alles über dich erzählt. Über dich weiß ich nach wie vor fast gar nichts.«

»Du wärst eine ausgezeichnete Fechterin«, erwidert Patrick.

»Wie kommst du denn darauf?«

»Weil du immer sofort nachsetzt, jede Attacke sofort mit einem Gegenangriff konterst.«

»Komisch, ich dachte, wir wären mehr als bloß Gegner.«

»Das sind wir ja auch«, flüstert Patrick, der immer noch mit meinem Bauch beschäftigt ist. »Weit mehr.«

Unglaublich, wie mich seine Küsse anmachen.

»Ich meine es ernst.« Ich zwinge ihn erneut, mir in die Augen zu sehen. »Wenn du all meine dunkelsten Geheimnisse erfahren willst, möchte ich erst mal hören, welche Leichen du im Keller hast. Das ist nur fair.«

»Welche Leichen ich im Keller habe?«

»Genau.«

»Gut, wie wär's damit – ich bin hoffnungslos verliebt in ein Mädchen, an deren Sturheit ich mir wieder die Zähne ausbeiße. Sie lässt sich nichts, aber auch absolut gar nichts sagen, selbst wenn es zu ihrem Besten ist.«

Ich lache. »Jetzt mal im Ernst, Patrick. Niemand hat eine makellos weiße Weste. Erzähl mir von dir. Welche Dinge behältst du lieber für dich?«

Patrick verpasst mir einen Klaps und setzt sich auf.

»Los geht's, Süße.«

»Los? Wohin?«

»Lassen wir Taten sprechen. Wenn du wissen willst, was ich zu verbergen habe – der Ort meiner Geheimnisse liegt da draußen.« Er nimmt meine Hände und zieht mich hoch.

Grelles Sonnenlicht blendet mich.

Durch die großen Fenster von Patricks Schlafzimmer sehe ich auf die Wälder, über denen die Sonne aufgeht.

Es ist wunderschön hier draußen. London und seine Wolkenkratzer können mir getrost gestohlen bleiben. Meine Wahl steht fest.

»Wow!« Ich schirme meine Augen mit einer Hand ab. »Ganz schön hell heute.«

»Und warm«, sagt Patrick. »Tja, der Frühling ist da.«

»Frühling in Schottland? Ich dachte, der kommt hier erst viel später.«

Patrick grinst. »Auch nicht später als anderswo. Er ist bloß anders.«

»Und mit anders meinst du kälter.«

»Mag sein, dass dir das so erscheint. Aber das geht vielen Weicheiern aus dem Süden so.«

»Weicheier?«

»So haben wir in der Armee die Jungs aus London genannt,

die bei der kleinsten Kleinigkeit schlappgemacht haben. Und das waren eine ganze Menge.«

»Und wahrscheinlich gab es jede Menge Jungs aus Schottland, die genauso wenig durchgehalten haben.«

»Nein, wer hier oben aufwächst, wird automatisch zum harten Burschen.«

»In London hat man es auch nicht so leicht, wie du denkst«, gebe ich zurück. »Ich habe die letzten fünf Jahre auf einem Hausboot gelebt, wo ich jeden Tag selbst Feuer machen und die Toilette leeren musste. Und im Winter habe ich mir regelrecht den Hintern abgefroren, während Lord Hochwohlgeboren wohl eher in einem Schloss residiert hat, wo ihm die Diener jeden Wunsch von den Augen abgelesen haben.«

»Glaub mir, ich weiß, was hart ist. Weicheier werden beim Militär nicht gebraucht.«

»Trotzdem. Du hast dich aus freien Stücken entschieden, zur Armee zu gehen.«

»Wie man's nimmt. In meiner Familie hat man keine große Wahl. Alle Mansfields werden Offiziere. Die Männer jedenfalls. Schon immer.«

»Und die Mansfield-Frauen?«

»Heiraten in gute Familien ein.«

»Das heißt, dass deine gesamte Familie im Mittelalter lebt.«

»Das kann man so sehen. Aber man könnte es auch Tradition nennen.«

»Wir kommen vom Thema ab.«

»Und das wäre?«

»Dass du ebenfalls ein Weichei bist. Vergiss nicht, dass du in einem Schloss wohnst.«

»Manchmal. Aber nicht immer.«

3

Ja?« Verwirrt sehe ich ihn an. »Und wo sonst?«

»In den Wäldern.«

Ich lasse den Blick über seine auf dem Bett ausgestreckte Gestalt schweifen. Das Licht fällt auf seine wohlgeformten Muskeln, lässt ein faszinierendes Spiel aus Licht und Schatten entstehen. Aber das Beste an ihm ist immer noch sein Gesicht.

»Was meinst du damit? Dass du auch da draußen schläfst?«

»Genau.«

»Du meinst, im Sommer.«

»Auch im Winter.«

»Aber da ist es doch furchtbar kalt.«

»Was glaubst du, was die Leute gemacht haben, bevor es Häuser gab?« Patrick lacht. »Wenn mir kalt ist, mache ich eben ein Feuer.«

Ich runzle die Stirn; dass ich immer noch splitternackt bin, habe ich völlig vergessen.

»Ich verstehe das richtig, ja? Du bist ein Lord und stolzer Besitzer eines Schlosses mit Koch und Swimmingpool, schläfst aber auch ganz gern mal im Wald, sogar im Winter. Warum?«

Patrick richtet sich auf und ergreift meine Hände. »Da draußen …« Er deutet zum Fenster. »Dort fühle ich mich wirklich zu Hause.«

»Und bringt dir jemand etwas zu essen?«

»In den Wald? Niemand würde mich dort je finden.«

»Wovon ernährst du dich dann?«

»Die Wälder haben jede Menge zu bieten. Vögel. Wilde Pflanzen. Hasen. Was denkst denn du, was der Mensch früher gegessen hat? Bevor es Beton und Gasheizung gab?«

»Du isst wilde Vögel?«

»In der Natur jederzeit. Ich töte sie, rupfe sie und brate sie über dem Feuer.«

»Du machst Witze.«

»Bloß weil ich ein Mann bin, heißt das noch lange nicht, dass ich nicht kochen kann.«

»*Das* überrascht mich keineswegs, Mr Neandertaler. Tatsächlich kenne ich nämlich eine ganze Reihe von Männern, die kochen können, ob du es glaubst oder nicht. Mich überrascht nur, dass du es draußen im Wald tust. Schließlich hast du hier eine Küche. Und eine ziemlich gute obendrein.«

»Mr Neandertaler.« Patrick lächelt. »Das gefällt mir. Dann wirst du also Mrs Neandertaler, stimmt's?«

»Nein danke.«

»Ich liebe das Leben in den Wäldern. Ich kann mir nichts Schöneres vorstellen.«

»Ich wusste, dass du dich um den Hirschbestand kümmerst, aber mir war nicht klar, dass du dort draußen auch schläfst.«

»Aber nicht mehr, seit du hier bist.«

»Wieso denn das?«

»Weil ich mich Hals über Kopf in eine zarte Rose aus dem Süden verliebt habe, die schon beim kleinsten Hauch wie Espenlaub zittert. Und weil ich mir dachte, dass du die Zentralheizung bestimmt vorziehen würdest.«

»Ich kann durchaus ohne Heizung auskommen«, erwidere ich. »Mein Hausboot hatte auch keine.«

»Hast du auf dem kalten Boot immer dein Minnie-Maus-Nachthemd getragen?«

Ich greife mir eins der Kissen und hole aus, doch er ist zu schnell für mich. Er duckt sich, schnappt sich das Kissen und hat mich im Bruchteil einer Sekunde entwaffnet.

»Nicht übel«, sage ich. »Bei der Armee haben sie dir bestimmt hinterhergeweint.«

»Manche ja. Einige waren aber auch heilfroh, mich nur noch von hinten zu sehen.« Patrick legt das Kissen beiseite, rollt sich auf mich und packt meine Hände, sodass ich mich nicht mehr bewegen kann. »Wenn du willst, kann ich dir ein paar Kampftechniken beibringen.«

»Das glaube ich gern. Jede Wette, dass du die schon einigen Frauen gezeigt hast.«

»Ich will jetzt nicht über andere Frauen nachdenken.«

»Danke, das kommt mir sehr entgegen.«

»Hast du überhaupt eine Ahnung, wie viel du mir bedeutest?«

Ich sehe ihm in die Augen. »Nein, manchmal nicht.«

»Tja, anscheinend muss ich noch ein bisschen daran arbeiten. Aber lass mich dir etwas sagen.« Er zieht eine Augenbraue hoch, und ein Lächeln schimmert in seinen blaugrünen Augen. Die pure Charmeoffensive – er ist einfach unwiderstehlich.

»Was denn?«

»Du bist die erste Frau für mich.«

»Ich bitte dich, Patrick. Ich dachte, du lügst nie. Die erste? Ich weiß genau, dass du Freundinnen vor mir hattest.«

»Aber du bist die erste, die ich liebe.«

Unwillkürlich strahle ich übers ganze Gesicht.

»Bist du jetzt zufrieden?«, fragt Patrick.

»Ziemlich«, gebe ich zu.

»Und zum weiteren Beweis meiner unendlichen Zuneigung zu dir«, fährt Patrick fort, »werde ich dir jetzt das Frühstück machen. Übrigens auch eine Premiere. Wenn ich für eine Frau Frühstück zubereite, muss sie etwas ganz Besonderes für mich sein.«

Ich muss lachen. »Was für eine *Ehre*! Ein *Mann*, der mir Frühstück macht.«

»Nicht irgendein Mann. Sondern ein Führungsoffizier. Wenn die Kameraden aus meiner alten Truppe das wüssten, wäre ich die Lachnummer des Monats.«

»Ich wusste gar nicht, dass du so viel Wert auf die Meinung anderer Leute legst.«

»Nichts könnte mir mehr egal sein.«

»Und was ist dann so schlimm daran, wenn ein Mann sich in der Küche betätigt?«

Patrick zuckt die Achseln. »Weil ich schon immer davon überzeugt war, dass Frauen an den Herd gehören.«

4

Lachend schüttle ich den Kopf. »Du liebe Güte, Patrick, aus welchem Jahrhundert kommst du denn?«

»Ich habe dir doch gesagt, dass das keine Rolle spielt.« Er nimmt meine Hände und zieht mich aus dem Bett.

Ich schlinge die Arme um ihn – halb, um nicht aus dem Gleichgewicht zu geraten, aber auch, um meine Nacktheit zu verdecken.

Patrick sieht an mir herunter. »Nicht so schüchtern. Du hast einen wunderschönen Körper. Müsstest du nicht dringend gefüttert werden, würde ich dich hier an Ort und Stelle vögeln.«

»*Gefüttert?* Du redest von mir, als wäre ich ein Haustier.«

»Wenn ich ein Haustier wollte, würde ich mir etwas Zahmeres suchen.«

Abermals greife ich nach dem Kissen und versuche, ihm eins überzuziehen, doch er packt mich blitzschnell am Handgelenk. »Immer schön langsam, ja!«

»Du verdammtes sexistisches Dreckschwein!«

»Danke, dass du mich auf meine Fehler aufmerksam machst.« Patrick zieht mich an sich und presst seine Lippen fest auf die meinen, dann kneift er mich sanft in den Po. »Zeit fürs Frühstück. Und dann zeige ich dir gern die Leichen in meinem Keller, Mrs Neandertaler – du wolltest es ja so.«

»Mir gefällt nicht, wie du das sagst.«

»Halt die Klappe und zieh dich an.«

»Und *das* gefällt mir noch viel weniger.«

»Okay, okay. Also, meine liebste Seraphina – würde es Euch etwas ausmachen, Euch anzukleiden?«

»Mit Vergnügen, Euer Lordschaft.« Ich bücke mich, um meine Unterwäsche vom Boden aufzuheben. »Ich hoffe, ich bekomme etwas Genießbares zum Frühstück und nicht rohe Kalbsleber oder so was.«

»Lass dich überraschen.« Patrick tritt an seinen Kleiderschrank und holt einen Pappkarton heraus.

»Was ist denn das?«, frage ich.

»Ein paar Kleinigkeiten, die ich für dich bestellt habe. Nur für den Fall.«

»Für welchen Fall?« Stirnrunzelnd beäuge ich den Karton. Die Schachtel ist mit Klebeband verschlossen, doch Patrick reißt sie mit bloßen Fingern auf.

»Feinster Zwirn für Lady Harper«, antwortet er, während er einen dicken grünen Wollpullover und eine schwarze Cargohose herausnimmt.

»Was? Die sind für mich?«

»Nicht gerade der neueste Look aus London«, sagt Patrick. »Aber glaub mir, du wirst noch froh darüber sein.«

»Warum?«

»Das wirst du schon sehen. Willst du sie anprobieren?«

»Klar.« Ich nehme den Pullover an mich. Weich und kuschelig fühlt er sich an, und als ich ihn über den Kopf ziehe, merke ich, dass er auch noch sehr warm ist. Auf der Brust steht irgendein Markenname, den ich nicht kenne.

Wow! Er passt mir wie angegossen, und obendrein ist er kuschelweich.

Und auch die Hose passt perfekt. Sie ist aus so robustem, widerstandsfähigem Stoff, dass ich damit wohl unbeschadet durch jedes Dornendickicht streifen könnte.

Dann präsentiert mir Patrick auch noch ein Paar Trekkingschuhe. Und dicke Socken.

»Hier.« Er reicht sie mir. »Made in Glasgow. Das Beste, was auf dem Markt zu haben ist.«

»Oh, danke.« Ich nehme die Sachen entgegen. »Woher wusstest du denn meine Größe?«

»Ich habe Vicky gefragt. Ich dachte mir, damit kennt sie sich bestimmt aus.«

Ich drehe den Schuh um und sehe meine Schuhgröße auf der Sohle. »Gut gemacht.«

»Zieh sie an«, fordert Patrick mich auf.

»Willst du mich für die Armee rekrutieren?« Ich löse die Schnürbänder. »Und danach gleich über den Hindernisparcours hetzen?«

»Ich möchte nur, dass du es schön warm hast. Weil ich weiß, wie sehr dir die Kälte zusetzt. Hier.«

Er greift in den Karton und nimmt eine schwarze Wollmütze mit Fleecebund heraus.

Ich grinse. »Soll ich in dem Ding eine Bank überfallen?«

»Sie ist warm, das ist die Hauptsache«, erwidert Patrick. »Ach ja.« Er hält mir eine Wachsjacke mit kariertem Steppfutter hin. »Damit bist du bestens gegen Wind und Wetter gerüstet.«

»Karomuster? Du willst wohl eine Schottin aus mir machen.«

»Niemals. Dann würde mir ja dein Londoner Akzent fehlen.« Er spricht im Cockney-Dialekt weiter. *»Awright governor.«*

»Tolle Performance. Klingt original wie ich.«

Lächelnd blicken wir uns an.

»Danke für die Sachen«, sage ich.

»Tut mir leid, aber mit Pailletten gab es sie nicht.«

»Als würde ich *ausschließlich* Pailletten tragen.«

»Dann sieh mal in deinen Kleiderschrank.«

»He! Zieh gefälligst nicht über meine Klamotten her.«

»Niemals. Ich versuche höchstens, sie dir auszuziehen. Wann immer es geht.«

Ich schüttle den Kopf. »Du bist unmöglich.«

»Und du bist zickig.«

»Wieso eigentlich diese Sachen? *So* kalt ist es im Schloss nun auch wieder nicht.«

»Wir frühstücken nicht im Schloss. Du wolltest doch mehr über mich erfahren, stimmt's?«

»Wohin willst du mich denn entführen?«

»In den Wald.«

5

Als wir in die Eingangshalle hinuntergehen, tritt ein großer, breitschultriger Mann aus Patricks Büro.

Sein Kopf ist kahl geschoren, und er trägt Armeekluft. Über seinen Hals zieht sich ein tätowiertes Spinnennetz, und auf seinen behaarten Fingerknöcheln prangen die Worte »JOCK PRIDE«.

»Morgen, Rab.« Patrick klopft ihm auf die Schulter.

»Morgen, Sir«, erwidert Rab mit unüberhörbar schottischem Akzent.

Anscheinend sieht Patrick mir an, dass ich mich frage, wer der Kerl ist, weil er erklärt: »Seraphina, das ist Rab Duncroft, ein alter Armeekumpel von mir. Er kümmert sich um die Sicherheitsvorkehrungen.«

»Oh.« Ich nicke. »Ihr wart also zusammen beim Militär.«

»Ich hatte das Privileg, Lord Mansfield dienen zu dürfen.« Rab strafft die Schultern. »Der beste und mutigste Kommandant, den ich je kennengelernt habe.«

»Sie haben mir nie gedient, Rab«, sagt Patrick. »Wir haben zusammen gekämpft. Seite an Seite.«

»In der Tat, Sir, in der Tat«, entgegnet Rab. »Sie haben uns weiß Gott zur Seite gestanden. Ob im Sturm oder im Kugelhagel – Sie waren immer für uns Jungs da, Sir.«

»Das war mir eine Ehre. Aber Schluss jetzt mit dem ›Sir‹, Soldat. Wir sind hier nicht im Dienst.«

»Bitte entschuldigen Sie, Mr Mansfield.«

»Patrick.«

»Patrick.« Sichtlich verlegen wendet Rab den Blick ab.

Ich finde ihn auf Anhieb sympathisch. Er strahlt etwas Sanftes, Gutmütiges aus, auch wenn er wie ein Türsteher aussieht.

»Tut mir leid, dass ich störe«, fährt Rab fort. »Aber da ist gerade was für die junge Lady gekommen.«

Er hält mir eine Postkarte mit Mickey Maus darauf hin.

Lächelnd nehme ich die Karte entgegen. »Danke, Rab.«

»Bitte sehr.«

Ich drehe sie um und runzle die Stirn. Anscheinend ist die Karte von Bertie, aber da steht kein Name. Nur vier Worte in krakeliger Kinderschrift: »HIER IST ES TOLL!«

6

Was ist denn?«, fragt Patrick. »Du hast schon wieder diesen seltsamen Gesichtsausdruck.«

»Tatsächlich?«, sage ich, den Blick auf die Karte geheftet. Seltsamerweise bin ich davon ausgegangen, dass Bertie nicht schreiben kann; wahrscheinlich, weil ich ihn nie dabei gesehen habe, von seinen Kritzeleien im Schnee einmal abgesehen.

»Ja«, sagt Patrick. »Was ist los?«

»Die Karte ist von Bertie.« Ich schüttle den Kopf. »Es ist gar nichts. Nur so ein Gefühl. Wahrscheinlich bilde ich es mir nur ein. Vielleicht bin ich ein bisschen paranoid, was ja kein Wunder ist, nach allem, was letzte Woche vorgefallen ist.«

»Willst du Bertie noch mal anrufen?«

Ich schüttle den Kopf. »Das ist nicht nötig. Außerdem ist die Postkarte schon mehrere Tage alt. Ich will Anise nicht das Gefühl geben, ich würde mich ausgerechnet jetzt in ihr Leben einmischen, wo sie endlich ein bisschen Zeit mit ihrem Sohn verbringen darf. Es ist wichtig, dass sie eine Bindung zueinander aufbauen.«

»Trotzdem. Rab, würden Sie dafür sorgen, dass jemand nach meiner Schwester und meinem Neffen sieht?«

»Natürlich, Sir.« Rab nickt knapp.

»Danke. Und, Rab?«

»Ja?«

»Wie gesagt – Schluss mit den Förmlichkeiten. Wir sind nicht mehr in der Armee.«

»Ist auch verdammt gut so«, platzt Rab heraus, ehe er sich eilig die Pranke vor den Mund schlägt. »Bitte um Entschuldigung, junge Dame. Ich wollte nicht fluchen.«

Ich lächle. »Keine Angst, ich habe schon ganz andere Sachen gehört.«

Rab lacht ein wenig verlegen und wendet sich an Patrick. »Bitte entschuldigen Sie.«

»Entschuldigung angenommen«, erklärt Patrick mit einem knappen Nicken. »Sagen Sie mir Bescheid, was Sie herausgefunden haben, okay?«

»Das werde ich, Patrick.« Er verschwindet im Büro.

»Einverstanden?«, fragt Patrick und legt mir seine kräftige Hand auf die Schulter.

»Ja. Danke, dass du das für mich tust. Ehrlich gesagt, hatte ich doch ein bisschen … Angst.«

»Ich weiß.« Patrick sieht mich aus seinen blaugrünen Augen eindringlich an. »Und ich will nicht, dass du Angst hast. Vor nichts und niemandem. Nie wieder. Rab mag wie ein Rottweiler aussehen, aber er ist ein Meister der subtilen Observation.«

»Subtile Observation?«

»Ja, er wird mit Bertie und Anise reden und ihnen genau die richtigen Fragen stellen, ohne dass es nach Überwachung klingt. Und sollte er den Eindruck haben, dass etwas nicht stimmt, wird er es mir sagen. Okay?«

Ich nicke fest. »Okay.«

7

Also, wohin gehen wir?«, will ich wissen und folge Patrick.

Mir ist mollig warm in meinen neuen Sachen. Obwohl das gewachste Gewebe meiner Jacke bei jedem Schritt leise schrappt, trägt sie sich sehr angenehm, und dank der dicken Wintersocken habe ich herrlich warme Füße.

Patrick trägt eine Militärhose, ein Baumwollshirt mit langen Ärmeln und fest zugeschnürte Kampfstiefel.

Wir treten in den strahlenden Sonnenschein.

Patrick nimmt mich bei der Hand.

Ich komme mir ein wenig unscheinbar in meinen Klamotten vor, aber natürlich werde ich Patrick das auf keinen Fall sagen. Es würde nur beweisen, dass ich eine typische Frau bin, die sich nur über ihr Äußeres definiert.

»Du wolltest doch mehr über mich erfahren«, sagt er.

»Ja. Und?«

»Und deshalb gehen wir jetzt in den Wald.«

»Das sagtest du bereits.«

»Und zwar tief in den Wald.«

O Gott. Plötzlich fühlen sich meine Beine wie Pudding an.

»Du meinst … so weit hinein, wie mich die Calders mitgeschleppt haben?«

»Ja.«

»O nein, Patrick. Nein. Bitte, ich kann das nicht. Das schaffe ich einfach nicht.«

»Doch, du kannst.«

Ich schüttle den Kopf. »Auf keinen Fall.«

»Doch.«

»Nein.« Ich stemme die Hacken in den Boden wie ein störrischer Esel. »Ich dachte, ich erfriere da draußen … Ich hatte Angst, sie bringen mich um. Ich werde auf keinen Fall …«

»Aber du bist nicht erfroren. Und sie haben dich auch nicht umgebracht.« Patrick umfasst meine Hand fester.

»Ich schaffe es nicht«, stammle ich mit zittriger Stimme. »Wieso muss ich das tun? Törnt es dich an zu sehen, wie ich mir vor Angst in die Hose mache, oder so was?«

Mir ist klar, wie gemein das von mir ist. Aber ich habe nun

mal Angst und kann mir beim besten Willen nicht vorstellen, wie ich es schaffen soll, mich in die Tiefen dieser Wälder vorzuwagen.

Patrick dreht sich um und nimmt mich in die Arme.

Augenblicklich durchströmt mich Wärme. Und ein Gefühl der Sicherheit. Trotzdem will ich nicht mal in die Nähe der Stelle kommen, wohin mich die Calder-Frauen verschleppt haben.

»Seraphina, gleich bei unserer zweiten Begegnung sagtest du etwas, wodurch ich mich sofort in dich verliebt habe.«

»Wirklich?«

»Ja.«

»Und was war das?«

»Dass du Bertie niemals im Stich lassen würdest, egal was passiert.«

»Und?«

»Und das bedeutet, dass du kein Mensch bist, der einfach abhaut. Nein, du stellst dich deinen Ängsten.«

»Das war etwas völlig anderes.«

»Nein, war es nicht.«

»Patrick …«

»Du bist eine Frau, die sich nicht unterkriegen lässt. Wenn du abgeworfen wurdest, steigst du sofort wieder in den Sattel und reitest weiter.«

»Das hat mein Großvater früher auch immer zu mir gesagt. Es war eine Art Familienmotto bei uns. Woher weißt du das? Aber stimmt ja, du hast mir hinterherspioniert. Seit wann noch mal genau?«

Patricks Narbe auf der Wange kräuselt sich, als er lächelt. »Nicht mal annähernd lange genug.« Er legt die Stirn gegen die meine und streicht mir über die Wange. »Hört sich an, als sei dein Opa ein kluger Mann gewesen. Und hast du getan, was er gesagt hat?«

»Ja, meistens.«

»Wahnsinn.« Patrick blickt zum Himmel. »Du hörst auf das, was man dir sagt?«

»Ich habe keine Ahnung, wie du darauf kommst, dass ich es nicht tue.« Ich grinse.

»Oh, ist nur so ein Eindruck, den ich gewonnen habe. Und damit eins klar ist – notfalls habe ich keinerlei Skrupel, dich zu packen und eigenhändig in den Wald zu tragen. Du darfst vor deinen Ängsten nicht weglaufen. Dieser Teil von dir darf nicht die Oberhand gewinnen.«

»Das ist unfair.«

»Das Leben ist nun mal nicht immer fair. Wenn du willst, dass ich dich trage …«

»Wage es ja nicht!«

»Und wie wollen Sie es verhindern, Miss Harper?«

»Ich könnte einfach abhauen.«

»Ich würde dich aber kriegen.«

»Da bin ich mir nicht so sicher. Rein zufällig kann ich nämlich ziemlich schnell laufen.«

»Trotzdem würde ich dich schnappen, glaub mir.«

»Irgendwann wirst du mit diesem Alphamännchen-Quatsch aufhören müssen, Patrick. Wir leben im 21. Jahrhundert. Frauen dürfen wählen und haben auch sonst Rechte. Ich fasse es nicht, dass du erst … Moment mal, wie alt bist du eigentlich?«

»Siebenundzwanzig.«

»Und redest, als würdest du aus dem finsteren Mittelalter stammen.«

»Zum Glück hilfst du mir ja beim Sprung in die Neuzeit.« Vielsagend zieht er eine Braue hoch.

»Ich komme ziemlich gut ohne Hilfe klar.«

»Ich liebe es, wenn du Widerworte gibst.«

»Gut. Das wird nämlich auch in Zukunft so bleiben.«

Mein Blick schweift zu den herrlichen Wäldern.

Patrick hat vollkommen recht. Ich darf nicht zulassen, dass ich nur wegen der Calders nie wieder einen Fuß dort hineinsetze. Schließlich sagt Patrick, sein Herz gehöre dem Wald. Und rein zufällig liebe ich sein Herz – und zwar heiß und innig.

»Okay«, sage ich mit leicht zitternder Stimme, aber sobald die Worte über meine Lippen gekommen sind, spüre ich neue Entschlossenheit. »Gehen wir.«

8

Hier entlang.« Patrick geht auf eine Wand aus dichtem Gestrüpp zu.

»Moment mal, wollten wir nicht in den Wald?«

»Du stellst eindeutig zu viele Fragen.«

»Kannst du vielleicht endlich aufhören, mit mir zu reden, als wäre ich deine Angestellte?«

Verschmitzt zieht er die Brauen hoch. »Rein zufällig bist du meine Angestellte. Wie du ja selbst so gern betonst, wann immer ich dich ficke.«

»Patrick!« Ich muss lachen. »Und du wunderst dich, wieso ich dich *Boss* nenne?«

»Ich habe dich gebeten, dieses Wort nicht mehr in den Mund zu nehmen.«

»Was ich auch tue, wenn du aufhörst, dich wie ein Neandertaler aufzuführen.«

Patrick lacht. »Ich will mich doch bloß um dich kümmern. Wenn das für dich das Verhalten eines Neandertalers ist«, er zuckt die Achseln, »dann soll es wohl so sein.«

Lachend schüttle ich den Kopf. »Dir kann wirklich keiner helfen.«

Ich mache eine halb zerfallene Hütte zwischen den Sträuchern aus.

»Was ist denn das?«, frage ich.

»Das Basislager.«

»Ah. Verstehe«, erwidere ich, obwohl ich kein Wort kapiere.

»Du hast keine Ahnung, was das bedeutet, stimmt's?«

Ich lächle verlegen. »Nicht genau. Ist das so ein Armeeding?«

»Dort lagere ich meine Vorräte, bevor ich in die Wälder aufbreche.«

»Aha.«

»Ich habe noch nie eine Frau hierher mitgebracht.«

»Wieso nicht?«

»Ist eben so.« Er zuckt die Achseln.

»Und wieso dann ausgerechnet mich?«

»Weil ich alles mit dir teilen möchte. Außerdem bist du nicht wie andere Frauen.«

»Was heißt das nun wieder?«

»Es heißt, dass du keine Angst hast, dir könnte ein Nagel abbrechen oder deine Kleider könnten schmutzig werden. Du bist zu klug für so was. Und zu wild.«

»Soll das ein Kompliment sein?«

»Ja.«

»Vielleicht hat es den Anschein, weil ich nicht tue, was du mir sagst.« Ich lächle. »Das macht dich verrückt, was? Dass ich jemand bin, den du nicht bezähmen kannst.«

Patrick lacht. »Komisch, als ich dich das letzte Mal gefickt habe, warst du eigentlich ganz zahm. *Hör nicht auf, Patrick, bitte hör nicht auf!*«

»Klappe!« Ich gebe ihm einen Klaps auf den Arm.

Patrick schmunzelt. »Pass lieber auf, Weib!«

»Und nenn mich nicht WEIB!«

»Okay, okay, wie soll ich dich dann nennen? Eure Ladyschaft? Mein geliebter, wunderbarer Schatz?«

»Seraphina reicht voll und ganz«, lache ich.

9

Patrick gibt die Kombination in das Zahlenschloss an der Tür der Hütte ein, das prompt aufspringt.

»Eins, zwei, null, drei«, sage ich, während ich ihm über die Schulter spähe. »Sehr originell.«

»Das war Jamies Geburtstag. Der 2. März«, sagt er, ohne aufzusehen.

»Oh, bitte entschuldige«, murmle ich. »Mir war nicht klar …«

»Kein Problem.« Er nimmt das Schloss ab. »Woher solltest du es auch wissen?«

»Ich und meine große Klappe.« Ich beiße mir auf die Lippe.

Sein warmer, intensiver Blick geht mir durch und durch. »Ich mag deinen großen Mund sehr gern.« Er öffnet die Tür. »*Ladies first.*«

»Danke.« Ich stolpere über eine lose Holzdiele und muss husten, als eine dicke Staubwolke aufwirbelt. Überall an den Wänden befinden sich Regale und Haken mit Kletterseilen, Äxten und Macheten.

»Patrick! Du hast ja ein richtiges Waffenarsenal.«

»Die brauche ich auch alle.« Er tritt vor eine Kiste in einer Ecke und öffnet sie. Ich sehe allerlei Lebensmittel darin liegen – grüne Äpfel, Speck, Milch, Butter, Eier, Honig und Kakao.

»Ist das fürs Frühstück? Sieht lecker aus.«

»Ja. Später.« Er nimmt einen Segeltuchrucksack von einem der Haken an der Tür und gibt die Lebensmittel, Seile, Munition und ein Jagdmesser hinein, zieht die Schnur zu und schwingt ihn sich über die Schulter, ehe er sein Gewehr schnappt.

»Ziehen wir etwa in den Krieg?«, frage ich.

»Allzeit bereit sein«, gibt er zurück. »Vor allem, wenn Menschen um einen herum sind, die man liebt.«

»Dann liebst du mich also noch?«

»Ja.« Einen Moment lang sieht er mir in die Augen, und ich spüre, wie ich dahinschmelze. »Okay.« Er packt meine Mütze mit beiden Händen und zieht sie mir fest über die Ohren. »Es mag zwar Frühlingswetter sein, aber kalt kann es trotzdem werden.«

»Sehr schick«, bemerke ich und betaste meine Kopfbedeckung.

»Da draußen spielt es keine Rolle, wie man aussieht«, sagt er mit einem Nicken in Richtung der Wälder. »Stattdessen ist man bloß froh, dass man nicht zu frieren braucht.«

»Aber ist es dir denn egal, wie ich aussehe?«, frage ich plötzlich verlegen.

Patrick lacht. »Für mich bist du immer wunderschön. Vor allem, wenn dir warm ist.«

»Aber …« Ich sehe an mir hinunter. »Es ist alles so praktisch. Ich sehe so … langweilig aus.«

»Nein, tust du nicht.« Wieder erscheint dieses hinreißende angedeutete Lächeln auf seinem Gesicht.

»Dass du dir ein Trophy Girl suchst, kann man dir jedenfalls nicht vorwerfen.«

»Was ist denn ein Trophy Girl?«

»Du weißt schon, diese Mädchen mit tollen Klamotten, raffinierten Frisuren und viel Make-up.«

»Ich kann es nicht ausstehen, wenn Frauen das machen. Wieso alles zukleistern, was einem die Natur geschenkt hat?«

»Was gibt es dagegen einzuwenden, sich ein bisschen hübsch zu machen?«

»Es nimmt ihnen ihre natürliche Schönheit. Du könntest niemals schöner aussehen als jetzt in diesem Moment – mit deinen geröteten Wangen und deinem vom Wind zerzausten Haar.«

»Wow. Manchmal bist du ja tatsächlich ein Charmeur. Das ist … toll.«

»Mit Charme hat das gar nichts zu tun, sondern ich bin nur ehrlich.« Er befestigt ein Lederetui mit einem Messer an seinem Gürtel.

»Ich wette, du warst ein guter Pfadfinder«, bemerke ich.

»Ja, war ich. Sogar ein ganz hervorragender. Der beste von allen.«

10

Zwanzig Minuten später marschieren wir durch die Wälder. Patrick nimmt meine Hand und führt mich den Pfad zwischen den Bäumen entlang.

»Hast du immer noch Angst?«

»Ehrlich gesagt bin ich gar nicht mehr dazu gekommen,

darüber nachzudenken«, antworte ich wahrheitsgetreu – mit Patrick an meiner Seite fühle ich mich sicher und nicht länger, als wäre der Wald mein Erzfeind.

»Gut.«

Wir schlängeln uns weiter zwischen den Bäumen hindurch bis zu einem Felsvorsprung.

»Wow!«, stoße ich beim Anblick der schneebedeckten Landschaft und des klaren blauen Himmels hervor. »Diese Aussicht ist ja unglaublich!«

»Freut mich, dass es dir hier gefällt.« Patrick nimmt den Rucksack ab und stellt ihn auf den Boden. »Hier werden wir nämlich frühstücken. Das Café Mansfield ist geöffnet.«

Ich lächle. »Was für ein herrlicher Platz.« Wieder sehe ich mich um. »Ich bin begeistert.«

»Ich wollte dich herbringen, seit ich dir das erste Mal begegnet bin. Aber es kam mir nicht richtig vor. Der große böse Wolf schleppt die unschuldige Nanny in den tiefen Wald …«

»Du machst mir keine Angst, Patrick Mansfield.«

»Das würde ich nie wagen.«

»Weiß ich.«

Patrick öffnet den Rucksack. »Ich will nie wieder erleben, dass du Angst hast. Niemals. Und sollte jemand versuchen …«

»Ist schon gut. Solange du bei mir bist, wird mir nichts passieren.«

»Du hast bestimmt Hunger.«

»Bärenhunger. Was gibt's zu essen?«

Aus trockenen Zweigen und Holzspänen macht Patrick ein Feuer. Er häuft alles auf dem Boden auf und zündet es mit einem kleinen Metallding an, das an seiner Schlüsselkette baumelt.

»Was ist das?«, frage ich, als er sich hinkniet, um in die Flammen zu pusten.

»Was meinst du?«

»Dieses Funkending, mit dem du gerade das Feuer angezündet hast.«

»Das Funkending?« Lachend setzt Patrick sich auf die Fersen, als eine kleine Rauchwolke aufsteigt.

»Na ja, du weißt schon, was ich meine.«

»Das ist ein Feuerstahl.«

»Und damit kann man ohne Streichhölzer Feuer machen?«

»Hier draußen würden Streichhölzer nichts nützen. Sie werden nur nass und funktionieren dann nicht mehr. Ein Feuerstahl ist viel besser, außerdem spart er Platz.«

»Aha.«

Als die Zweige und Rindenstücke zu brennen beginnen, geht er zu seinem Rucksack und nimmt Butter, Speck, Milch, Äpfel und Kakaopulver heraus.

»Interessante Zusammenstellung.«

»Von mir kannst du noch was lernen. Das wird das beste Frühstück, das du je bekommen hast.«

»Besser als Vickys im großen Saal?«

»Viel besser.«

»Du bist dir deiner Sache ja ziemlich sicher. Oder sollte ich vielleicht *arrogant* sagen?«

»Die Wahrheit darf ausgesprochen werden. Also, wie gefällt es dir bisher im Café Mansfield?«

»Es ist schön. Vielleicht nicht so toll wie ein feudales Schloss mit Pool, Spitzenköchin und Zentralheizung, aber trotzdem prima.«

Patrick lacht. »Was ist all das schon im Vergleich zu dem hier?« Er deutet auf die Landschaft ringsum.

»Du als Schlossbesitzer hast da gut reden.«

»Ich schwöre, selbst wenn ich kein Schloss und keinen Penny hätte, wären mir die Wälder trotzdem noch lieber als alles andere.«

»Wirklich?«

»Wirklich.«

Patrick nimmt braune Papiertüten aus dem Rucksack und reibt sie mit Speckstreifen ein.

»Wozu brauchst du diese Tüten?«, will ich wissen.

»Darin brate ich unser Frühstück.«

»Aber verbrennt das Papier nicht?«

»Nicht, wenn es gut eingefettet ist und auf der Glut liegt.«

»Oh.«

»Wie viele Eier willst du?«

»Äh. Eins?«

»Du solltest mindestens zwei essen.« Patrick gibt den Speck in die Tüten, dann schlägt er die Eier auf, zwei in die eine, vier in die andere Tüte.

»Du isst vier Eier?«, frage ich fassungslos.

»Ein Mann braucht ein anständiges Frühstück.« Er faltet die Tüten oben zusammen. »Wie magst du sie haben? Hart oder weich?«

Ich lache. »Egal. Wie es kommt.«

Eigentlich sind mir harte Eier lieber; mit diesem weißlichen Glibber kann ich nicht allzu viel anfangen.

Mit seinem Messer spitzt Patrick einen Zweig an, schiebt ihn durch die Papiertüten und hängt sie über die Glut.

Eine Weile sitzen wir da und lauschen dem Sprotzeln der Eier und des Specks.

11

Der Rauch des Lagerfeuers steigt mir in die Nase.

In den Bäumen singen Vögel, und die Sonne steht hoch über den Bergen.

»Bereit für deine erste Lagerfeuermahlzeit?« Patrick nimmt die verkohlten Tüten aus der glühenden Asche.

»Wie kommst du darauf, dass es mein erstes Lagerfeuermahl ist? In London hätte ich mir jederzeit etwas Leckeres am Feuer zubereiten können.«

»Nie im Leben. Das ist deine Premiere.«

»Und woher willst du das wissen?«

»Ich weiß es eben.«

Einen Moment lang herrscht Schweigen.

»Du hast recht«, gestehe ich. »Es ist mein erstes Mal.«

»Wusste ich es doch.« Er reißt die Tüten oben auf und wirft das Papier ins Feuer.

Es knistert, knackt und zischt.

»Du magst deinen Speck schön knusprig.«

»Ja, ich …«

»Das war keine Frage.« Patrick nimmt den Speck aus den Tüten, hängt ihn über den zugeschnitzten Ast und hält ihn wieder über das Feuer.

»*Bon appétit.*« Er legt den perfekt gerösteten Speck auf die Eier und reicht mir eine der aufgerissenen Papiertüten.

»Riecht ja ziemlich lecker«, stelle ich fest, während ich die zwei Eier in Augenschein nehme. »Und wie essen wir das jetzt?«

»Ganz einfach. Mit den Fingern.«

»Aber …«

»Sag bloß nicht, du genierst dich, mit den Fingern zu essen.«

Patrick nimmt einen Streifen von dem knusprigen Speck und schiebt ihn sich in den Mund. Während er kaut, wirft er mir einen Seitenblick zu. »Los, iss.«

Vorsichtig nehme ich eins der Eier zwischen zwei Finger. Das Eigelb ist schön hart gekocht, genau wie ich es mag.

Ich probiere einen kleinen Bissen. Es schmeckt richtig gut. Salzig, rauchig und deftig.

»Gar nicht übel«, gebe ich zu und werfe einen Blick auf die vier Eier in Patricks Tüte. »Du hast aber ziemlichen Appetit.«

»Ich muss mich bei Kräften halten. Vor allem jetzt, da ich auf dich aufpassen muss.«

Ich merke, wie ein Lächeln um meine Mundwinkel spielt. »Ich habe in der Vergangenheit schon das eine oder andere Mal bewiesen, dass ich durchaus selbst auf mich aufpassen kann. Vielleicht bin ich ja gar nicht die kleine, zerbrechliche Frau, für die du mich offenbar hältst.«

»Vergiss es. Hier draußen wissen selbst die Füchse und die Dachse mehr als du – sogar die Mäuse, um genau zu sein.«

Die ganze Zeit über behält Patrick das Lagerfeuer im Auge. Er scheint sich hier ganz zu Hause zu fühlen, regelrecht mit der Umgebung zu verschmelzen.

»Ich nehme an, dass du auch den Rückweg kennst«, sage ich, während ich die letzten Bissen verputze.

»Den würde ich mit verbundenen Augen finden.« Patrick knüllt den Rest seiner Tüte zusammen und wirft ihn ins Feuer.

»Ausgezeichnet. Ich müsste nämlich mal pinkeln.«

»Wir gehen heute nicht mehr zurück.«

Ich lache, weil ich im ersten Moment glaube, dass er einen Witz macht, doch dann dämmert mir, dass er es ernst meint. »Wo genau willst du denn hin?«

»Wir gehen noch ein bisschen weiter in den Wald.«

»*Noch* weiter? Wir sind doch schon ewig weit gelaufen.«

»Stell dich schon mal auf den nächsten Marsch ein. Wir haben ein wichtiges Ziel.«

»Und zwar?«

»Die Stelle, an der dich die Calders zurückgelassen haben. Der Ort, an dem du sterben solltest.«

12

Mir ist, als würde sich die Angst wie eine eiskalte Klinge in mein Herz bohren.

»Du willst mich an den Ort bringen, wohin sie mich verschleppt hatten? Das meinst du nicht ernst!«

»Sogar todernst.«

Ich spüre, wie das Frühstück in meinem Magen rumort. »Ich glaube, ich muss mich übergeben.«

Patrick blickt ins Lagerfeuer. »Das wird nicht passieren.«

»Woher willst du das so genau wissen?«

»Weil du stark genug bist.«

Ich schlucke. »Da bin ich mir nicht so sicher.«

»Aber ich. Du musst dich deinen Albträumen stellen, und zwar so schnell wie möglich. Ich will nicht, dass dich all das bis ans Ende deines Lebens verfolgt. Ich fühle mich selbst schuldig genug.«

Er steht auf, tritt das Feuer aus und scharrt Erde über die brennende Glut.

»Du musst kein schlechtes Gewissen haben«, entgegne ich, während ich mich ebenfalls auf die Beine kämpfe. »Du hast mich doch gerettet.«

»Ich hätte es niemals so weit kommen lassen dürfen. Ich hätte es wissen müssen.«

Beschwichtigend lege ich ihm eine Hand auf den Arm. »Niemand konnte ahnen, dass die Calders so weit gehen würden. Mrs Calder stand schon lange in Diensten deiner Familie.«

»Komm.« Patrick nimmt seinen Rucksack und ergreift meinen Arm. »Lass uns gehen.«

Widerstand ist sinnlos. Der Ausdruck in seinen Augen lässt keinen Zweifel daran, dass er mich notfalls auf der Schulter tragen wird. Außerdem weiß ich in meinem tiefsten Herzen, dass er recht hat. Ich muss dem Horror ins Auge sehen, damit ich wieder ein Leben ohne Angst führen kann.

Also marschieren wir los.

13

Nach einer halben Ewigkeit erspähe ich eine von hohen Bäumen gesäumte Lichtung.

An einem der Äste flattert gelbes Absperrband im Wind. Offenbar hat die Polizei den Tatort für einige Tage abgeriegelt, während sie damit beschäftigt war, Spuren zu sichern und Hawks Leiche abzutransportieren.

Unwillkürlich umklammere ich Patricks Hand ganz fest.

»Das ist die Stelle«, flüstere ich. »Da haben sie mich im Schnee liegen gelassen. Und Hawk Turner sollte mich …«

Patricks Finger schließen sich wie Stahl um die meinen – stark und bestimmt.

»Ja, genau dort war es.«

»Okay.« Meine Stimme bebt. »Dann habe ich ja alles gesehen. Können wir jetzt wieder gehen?«

»Sieh dir das Ganze noch mal ganz genau an.« Patrick zieht mich eng an sich. »Und dann hak es ab.«

»Ich …« Ich starre auf den Boden und erinnere mich daran, wie ich hier gelegen habe, mit der Wange auf der nackten, eiskalten Erde – in der Gewissheit, dass ich erfrieren würde.

Ich schäme mich, aber ich kann nichts dagegen tun. Plötzlich strömen mir Tränen über die Wangen.

Ich schniefe und schlucke, versuche, gegen die Tränen anzukämpfen, aber es ist zwecklos. Meine Schultern beben, und ich klammere mich an Patrick, schluchze an seiner Brust.

Je heftiger ich weine, desto fester drückt er mich an sich.

Ein leises Wimmern dringt an meine Ohren, als mir klar wird, dass es aus meinem eigenen Mund gekommen ist.

»Ich … ich hatte solche Angst«, stammle ich. »Ich dachte … ich dachte wirklich, dass ich sterben … und Bertie ganz allein auf dieser Welt sein würde.«

Patricks Arme sind stark und tröstend.

»Hätten sie dir etwas angetan, hätte ich sie zur Strecke gebracht. Sie hätten nicht mal die Nacht überlebt.«

»Einer hat sie ja auch nicht überlebt.«

»Turner braucht dir weiß Gott nicht leidzutun. Der Kerl war ein gewissenloses Schwein. Die Welt ist ohne ihn besser dran.«

Ich schmiege mich an Patricks warme Brust.

Patrick hält mich eine kleine Ewigkeit fest, reibt beruhigend meine Arme und streicht mir sanft durchs Haar.

»Hak es ab«, flüstert er immer wieder. »Lass es einfach hinter dir.«

14

Als ich nicht mehr am ganzen Körper zittere und meine Tränen versiegt sind, hält Patrick mich auf Armeslänge von sich weg.

»Besser?« Er wischt mir die Tränen ab.

Ich nicke, weiche aber seinem Blick aus. »Ich hasse es, vor dir zu weinen.«

»Warum?«

»Ich weiß nicht. Wahrscheinlich, weil ich es hasse, vor überhaupt jemandem Tränen zu vergießen. Ich hasse es, schwach zu wirken. Vielleicht weil ich mich so lange um meine kleine Schwester kümmern musste. Ich habe mich vor ihr nie gehen lassen. Selbst wenn es richtig schlecht um uns stand. Ich musste stark sein. Wila durfte nicht merken, welche Angst ich manchmal hatte. Und auch bei Jungs habe ich immer Stärke gezeigt. Ich habe mir nie anmerken lassen, wenn sie mir wehgetan hatten.«

Ich starre auf den matschigen Waldboden.

»Deine Freunde haben dir wehgetan?«

»O nein, nein. Wenn sie meine Gefühle verletzt hatten, meinte ich. Ich habe immer so getan, als würde mich das überhaupt nicht berühren.« Verlegen drehe ich meine Schuhspitze im Matsch. »Vielleicht glaube ich einfach, dass andere mich nicht mögen, wenn ich Schwäche zeige.«

Patrick runzelt die Stirn und sieht mich ernst an. »Ich liebe es, wenn du schwach bist. Das sind die Momente, in denen du dich mir ganz anvertraust.«

Ich lache. »Und funktioniert es auch andersherum? Du hast mir gegenüber noch nie Schwäche gezeigt.«

»Oh, du ahnst nicht, wie schwach du mich machst.« Ein leises Lächeln umspielt Patricks Lippen. »Zum ersten Mal in meinem Leben weiß ich, was es bedeutet, von einer Frau gezähmt zu werden.«

»Patrick Mansfield? Gezähmt? Niemals.« Ich sehe ihn an. »Gefällt es dir wirklich, wenn ich Schwäche zeige?«

»Ich mag es genauso, wenn du stark bist. Aber erst wenn du deine Schwächen offenbarst, gehörst du wirklich mir.«

»Na ja, ich habe dich aber auch das eine oder andere Mal ziemlich angeschnauzt …«

Patrick lacht. »Du hast dir wirklich alle Mühe gegeben, deine Ängste und Unzulänglichkeiten zu verbergen. Aber du bist für mich wie ein offenes Buch. Immer.«

»Und was liest du in diesem Buch?«

»Die Geschichte einer schönen Seele.«

Ich erröte und senke wieder den Blick. »Das … das ist lieb von dir«, murmle ich. »So etwas hat noch niemand zu mir gesagt.«

»Weil nur ich so tief in dich hineinsehen kann.« Patrick ergreift meine Hand. »Komm. Wir müssen noch etwas zu essen auftreiben.«

»Aber wir haben doch vorhin erst gefrühstückt.«

»Wir haben noch eine ziemliche Strecke vor uns, bis wir unser Lager aufschlagen.«

»Was für ein Lager?«, frage ich, während Patrick mich hinter sich her ins Dickicht zieht.

»*Unser* Lager. Wir verbringen die Nacht heute im Freien.«

15

Die *Nacht?*«, platze ich heraus, während ich über Stock und Stein hinter ihm herstolpere. »Willst du mich verarschen? Patrick. *Patrick!* Halt, warte! PATRICK!«

Doch er bleibt nicht stehen, sondern zieht mich weiter hinter sich her, immer tiefer in den Wald hinein.

Ich zerre an seiner Hand. »*Warte!*«, rufe ich, grabe die Fersen in den Boden und zwinge ihn innezuhalten.

»Was ist los?« Ein paar blonde Strähnen fallen ihm in die Stirn.

»Meinst du das ernst?«, sage ich ein wenig außer Atem. »Willst du die Nacht wirklich hier draußen verbringen?«

»Und ob.«

»Das kann doch nicht wahr sein. Da hinten liegt ein Schloss mit warmen Betten, heißem Wasser und Zentralheizung – und du willst, dass ich im Wald übernachte?«

Patricks Grinsen wird breiter. »Du wolltest doch mehr über mich erfahren. Und genau das tun wir jetzt.«

»Aber es ist *Winter.*«

»Nein, es ist Frühling.«

»Wir sind hier in Schottland. Es weiß doch jedes Kind, dass der Frühling hier genauso kalt wie der Winter ist.«

Patrick lacht. »Die Sonne scheint. Bei diesem Wetter kann man fast schon ohne Mantel rausgehen. Und wenn du frierst, halte ich dich eben schön warm.«

Plötzlich erinnere ich mich daran, was Sharon mir neulich erzählt hat. Dass Patrick einen Survival-Blog betreibt.

»Schreibst du eigentlich auch über deine Outdoor-Ausflüge?«, frage ich.

»Manchmal. Wenn irgendwas Interessantes passiert.«

»Zum Beispiel?«

»Wenn ein Sturm aufkommt. Oder ich in einen Blizzard gerate.«

»O Gott!« Ich schlage mir mit der Hand gegen die Stirn. »Und wieso sind wir noch mal hier?«

»Weil ich auf Natürlichkeit stehe. Wieso habe ich dich wohl so gern, was meinst du?«

Ich muss lachen. »Ich? Eine Großstadtpflanze? Natürlich?«

»Aber genau das bist du«, gibt Patrick zurück. »Glaub mir. Du verstellst dich nicht. Du bist, was du bist. Und ich habe in meinem Leben mehr als genug Frauen …«

»Danke, dass du mich daran erinnerst.«

»Ich war noch nicht fertig. Ich habe in meinem Leben mehr als genug Frauen kennengelernt, aber keine, die wegen eines kleinen Jungen auf einen Baum geklettert wäre. Oder es gewagt hätte, Mrs Calder zu widersprechen. Und auch keine, die so schön singt, wenn sie sich unbeobachtet fühlt.«

»Das … das hast du wirklich schön gesagt.«

»Warum runzelst du dann die Stirn?«

»Äh …«

»Was ist los?«

»Das ist mir wirklich peinlich.«

»Na los, sag schon.«

Ich halte mir eine Hand vor den Mund, kann aber das Kichern nicht unterdrücken.

»Was ist denn los?«

»Tut mir leid.« Ich schüttle den Kopf und versuche, nicht laut loszulachen. »Du guckst nur so bierernst, und …«

»Könntest du mir vielleicht verraten, was los ist?« Patrick scheint allmählich die Geduld zu verlieren.

»Na ja, ich muss aufs Klo.«

Und jetzt pruste ich doch los.

»Das braucht dir doch nicht peinlich zu sein«, erwidert Patrick. »Komm, ich zeig dir eine gute Stelle.«

»Du willst *mitkommen?* Vergiss es!«

»Warum nicht? Es ist besser, wenn wir zusammen gehen. Sonst schrecken wir höchstens irgendwelche Tiere auf.«

»Patrick, du wirst mir nicht dabei zusehen!«

»Wer hat denn davon geredet? Es sei denn, du möchtest gern, dass ich …«

»Patrick!«

»Schon gut, schon gut. Ich sehe dir nicht zu, versprochen. Aber hier draußen musst du ein bisschen lockerer werden, Seraphina. Hier gibt es eben keine Toiletten. Und auch keine Dusche. Waschen kannst du dich im Bach.«

»Das soll ja wohl ein Witz sein!«

»Ich fürchte, leider nein.«

»Ich werde ganz sicher nicht in einem eiskalten Bach baden, verlass dich drauf.«

»Du bist ganz rot im Gesicht.«

»Wundert dich das?« Ich trete von einem Fuß auf den anderen.

»Komm.« Er nimmt seinen Rucksack ab und lässt ihn zu Boden fallen, ehe er mich an der Hand fasst und hinter einen Baum zieht. »Hier ist es doch wunderbar. Keine Dornen, kein Gestrüpp, nichts.« Mit dem Stiefel fegt er ein paar Blätter zur Seite und tritt den matschigen Boden fest. »Ich sehe auch nicht hin, okay?«

»Okay«, murmle ich, den Blick zu Boden gerichtet.

Ich warte, bis Patrick wieder hinter dem Baum verschwunden ist, und lasse die Hose herunter.

Dann pinkle ich, so schnell ich kann, da ich mir nicht sicher bin, ob Patrick tatsächlich Wort hält. Anscheinend findet er das Ganze auch noch lustig.

»Was ist mit Klopapier?«, rufe ich.

»Gibt's hier nicht«, ruft er zurück. »Falls nötig, kannst du dich im Bach sauber machen.«

»Nein, schon okay.« Ich ziehe meine Cargohose wieder hoch.

Iih. Jetzt ist mein Höschen auch noch nass.

Ich blicke auf die Pfütze zu meinen Füßen. Wie abgrundtief peinlich. Falls Patrick sich ebenfalls erleichtern muss, sieht er genau, wo ich hingepinkelt habe.

16

Geh da lieber nicht hin«, warne ich ihn, als ich hinter dem Baum hervortrete.

»Warum?«

»Darum.«

»Ich werde mir keinen anderen Platz suchen, nur weil du dich schämst.«

»Ich will nur nicht, dass du siehst …«

»Sei nicht albern.«

Patrick tritt auf die Lichtung und zu einem der Bäume.

Als er zurückkommt, lache ich zwar, aber aus purer Verlegenheit.

»Herzlichen Dank, damit hätte sich auch das letzte Fünkchen meiner Restwürde verabschiedet.«

»Hübsche Pfütze, die du da hinterlassen hast.«

Ich schneide eine Grimasse. »Könntest du nicht einfach so

tun, als hättest du sie nicht gesehen? Man muss doch nicht ständig die Wahrheit hinaustrompeten, oder? Manchmal wirkt ein Hauch Diskretion wahre Wunder.«

»Was uns beide angeht, will ich keine Diskretion. Je mehr ich von dir mitbekomme, umso besser.«

»Trotzdem wäre ich dankbar für etwas Privatsphäre, wenn ich auf die Toilette gehe.«

»Das kannst du hier draußen vergessen. Hier bist du mir näher als je zuvor, damit musst du dich abfinden.« Patrick zieht seine dichten Brauen hoch, und seine Kiefermuskeln spannen sich an. Dieser Mann ist so unglaublich sexy!

»Das sind doch ganz natürliche Bedürfnisse. So etwas sollte dir nicht peinlich sein.« Er nimmt meine Hände und drückt meine Finger.

»Kann sein, trotzdem ist es vermutlich den meisten Menschen unangenehm. Ist dir nie etwas peinlich?«

Patrick schüttelt den Kopf. »Nein.«

»Blöde Frage. Natürlich nicht.«

»Pinkeln ist ein Grundbedürfnis, das wir alle tagtäglich haben. Weshalb sollte es einem peinlich sein?«

Ich zucke die Achseln. »Keine Ahnung. Vielleicht weil es nicht gerade damenhaft ist?«

Patrick lacht laut auf. »Wen interessiert das?«

»Aber … na ja, sexy ist es wohl nicht gerade, oder?«

»Kommt darauf an, wen man fragt.«

»Bitte sag jetzt nicht, dass du zu der Sorte Mann gehörst, die sich gern beim Sex anpinkeln lässt.«

Wieder lacht Patrick. »Nein, ich gehöre nicht zu *dieser Sorte Mann*.«

Wieder werde ich rot.

»Und? Ist es dir immer noch peinlich?«

»Ja.«

»Dann müssen wir etwas dagegen unternehmen. Das ist nicht gut für dich. Vor allem hier draußen nicht.« Ein harter, kalter Ausdruck erscheint in seinen Augen. »Komm her.« Er nimmt meine Hand.

»Wie immer der Charme auf zwei Beinen.«

»Ich will dir etwas zeigen.«

»Ach ja?«

Patrick legt beide Hände auf meine Pobacken und zieht mich an sich. Er ist steinhart. »Ich habe mir gerade vorgestellt, wie du halb nackt hinter diesem Baum hockst«, flüstert er mir ins Ohr.

»Du bist so was von versaut«, lache ich.

»Was dich angeht, bis ins Mark.«

Er presst seine Lippen auf meinen Mund.

Sein dichtes Haar streift über meine Wange, und sein köstlicher Patrick-Duft steigt mir in die Nase, sauber und klar.

Er macht sich am Reißverschluss meiner Cargohose zu schaffen und streift sie, gemeinsam mit meinem Höschen, über meine Beine.

»Oh!« Eisige Luft trifft auf meine Beine. »Ganz schön kalt.«

»Das wird nicht lange so bleiben.« Er lässt sich auf die Knie sinken, spreizt meine Beine und vergräbt das Gesicht in meinem Schoß.

»Patrick!« Ich dränge ihn zurück. »Aber ich habe gerade … du weißt schon.«

»Das ist mir egal.« Er spreizt meine Beine noch ein Stück weiter und presst seine Lippen in mein Fleisch.

17

Ich spüre die Wärme seines Mundes und …

»Oh!«, stöhne ich, als mich seine Zunge berührt. »Patrick, bitte. Nicht jetzt, da ich gerade gepinkelt habe.«

Statt einer Erwiderung vergräbt er erneut sein Gesicht in meinem Schoß, während ich hilflos dastehe.

Meine Knie verwandeln sich in Pudding, und ich muss mich mit einer Hand an einem Baumstamm abstützen, um das Gleichgewicht nicht zu verlieren. Während er mich weiter mit der Zunge liebkost, spüre ich, wie er meine Schnürsenkel löst und meine Füße von den Stiefeln befreit.

Es ist so kalt, dass ich auf der Stelle hüpfe, während Patrick mir zuerst das eine, dann das andere Hosenbein herunterzieht und meine Hose über einen Ast wirft.

Ein Stöhnen dringt aus meiner Kehle, als sich seine Finger in das weiche Fleisch meiner Schenkel graben. Er legt meine Beine um seine Taille und hebt mich hoch, sodass sich der Baumstamm in meinen Rücken drückt. Dann küsst er mich und beginnt, sich rhythmisch zwischen meinen Beinen zu bewegen.

Es fühlt sich so gut an.

Ich liebe es, wenn er so hart ist.

Er hat recht. Ich friere tatsächlich nicht mehr.

Nach einem Moment befreit er sich aus seiner Hose, wobei ich einen Blick auf sein glattes, gebräuntes Fleisch erhasche.

Er hält mich mit einer Hand fest, während er mit der anderen ein Kondompäckchen aus der Tasche zieht und mit den Zähnen aufreißt.

»Du bist ja perfekt vorbereitet«, bemerke ich, als er es über seine riesige Erektion streift.

»Ich habe dir doch gesagt, dass ich ein erstklassiger Pfadfinder war.«

Er legt beide Hände um meine Gesäßbacken und schiebt sich Stück um Stück in mich hinein, dann fängt er an, sich zu bewegen. Mein nacktes Hinterteil reibt über die raue Baumrinde.

»Oh!«, stoße ich hervor.

Patrick beugt sich vor und küsst mich voller Leidenschaft, ohne seine Bewegungen zu unterbrechen.

Ich lege den Kopf in den Nacken. Mein Haar fällt über meinen Rücken.

»Es … tut weh«, stoße ich hervor, als er sich vor- und zurückschiebt. »Aber es … fühlt sich … auch so gut an!«

Die letzten Worte kommen beinahe wie ein Schrei über meine Lippen, da Patrick sich mit einem Ruck in mich bohrt.

Ein köstlicher Schmerz durchläuft mich, als mein Rücken weiter an der Rinde entlangscheuert.

Patricks Finger graben sich in meine Schenkel, als er immer tiefer in mich stößt. Über seine Schulter hinweg sehe ich die Sonne durch die Bäume fallen. Seufzend nehme ich die Schönheit der Landschaft in mir auf, die Schönheit dessen, was ich gerade empfinde.

»Der Baumstamm tut dir weh?« Patrick hebt mein Kinn an und zwingt mich, ihm in die Augen zu sehen.

»Ja«, presse ich hervor.

»Aber es gefällt dir.«

»J-ja!«, stammle ich.

Patrick spreizt meine Schenkel noch etwas weiter und schlingt meine Beine fest um seine Taille.

Ich schreie auf, während Patrick stöhnt.

»Ich will ganz in dir sein«, raunt er. »So tief, wie ich nur kann. Sag mir, wenn es zu sehr wehtut.«

Er drängt sich mir entgegen und schiebt mich rhythmisch an seinem Bauch auf und ab, sodass meine Klitoris an seinem nackten Fleisch reibt.

Obwohl seine Bewegungen nur minimal sind, drohe ich vor Lust den Verstand zu verlieren.

Minutenlang reitet Patrick mich auf diese Weise, ohne mich aus den Augen zu lassen, während meine Lust sich bis ins Unermessliche steigert.

Ich bin ihm ausgeliefert, hilflos und endgültig.

»Patrick, oh! Patrick! Ich komme! Ich komme!«, schreie ich und spüre, wie mich eine Woge der Wärme durchströmt.

Ich sinke gegen seine Schulter und spüre meine abgehackten Atemzüge an seinen muskulösen Schultern.

18

Patrick schließt die Augen und presst die Lippen aufeinander, dann nimmt er mehrere Atemzüge, zieht sich zurück und stößt ein letztes Mal zu.

Ich schreie auf.

Ihn in mir zu spüren, so tief und warm ... Vage registriere ich die wellenartigen Bewegungen meiner Muskeln, als sie sich abwechselnd um ihn schließen und wieder lösen.

Mit einem lauten Schrei ergießt er sich in mich und legt beide Hände unter meine Pobacken.

Ich höre seine raschen Atemzüge und spüre, wie sich seine Brust hebt und senkt.

Eine scheinbare Ewigkeit hält er mich fest – meine Beine um seine Taille geschlungen, untrennbar vereint in der Erlösung unseres Höhepunkts.

»Darauf war ich nicht gefasst«, flüstere ich schließlich.

»Worauf?«, knurrt Patrick.

»Dass ich so schnell kommen würde.«

»Daran solltest du dich doch allmählich gewöhnt haben.«

»Oh, wieder die gewohnte Arroganz. Aber Scherz beiseite. Normalerweise dauert es bei mir ewig.«

»Aber nicht mit mir.«

»Tja … mit dir …« Ich halte inne und schüttle den Kopf. »Mit dir ist es wohl supererregend.«

Patrick lacht. »*Supererregend?* Soll ich mich dadurch geschmeichelt fühlen?«

»Keine Ahnung. Aber na ja, eigentlich sollten wir ja nicht zusammen sein. Deshalb hat es immer ein wenig den Reiz des Verbotenen, wenn wir Sex haben.«

Ich spüre, wie Patrick in mir erschlafft und sich zurückzieht.

»Hoppla. Ganz schön kalt!«, rufe ich, als ich die Füße auf den Waldboden stelle.

Er zieht seine Hose hoch und pflückt meine eigene von dem Ast neben uns. Seine Miene ist ernst.

»Habe ich etwas Falsches gesagt? Du wirkst, als hätte ich dich beleidigt.«

»Ich bin kein Mann, der sich beleidigen lässt.«

»Was ist dann mit dir los?«, hake ich nach. »Du bist auf einmal so … distanziert.«

Er bindet mir die Stiefel zu, zieht abrupt meine Hosenbeine darüber und richtet sich auf.

»Du musst etwas essen«, sagt er nüchtern und schirmt mit einer Hand die Augen ab.

»Was ist denn?« Ich spüre, wie sich mein Magen verkrampft. Schon jetzt fehlt mir seine Wärme. »Liegt es an dem, was ich über das Verbotene gesagt habe?«

»Ich liebe dich, Seraphina. So wie für dich habe ich noch nie für jemanden empfunden. Dieses Gefühl ist so gewaltig. Das hier ist kein Spielchen. Ich würde mein Leben dafür geben, um dich zu beschützen. Ist dir das klar? Begreifst du, wie stark meine Gefühle für dich sind?«

Ich suche seinen Blick und sehe die Kränkung in seinen Augen.

Großer Gott! Wo ist mein arroganter, selbstbewusster Patrick geblieben?

Ich berühre seinen Arm. »Es tut mir leid. Ich … ich liebe dich auch, Patrick. Ohne dich wäre ich verloren.«

»Und wann genau wirst du mir von deiner Vergangenheit erzählen?«, fragt er.

»Das meiste weißt du ohnehin längst«, sage ich mit einem angedeuteten Lächeln. »Du spionierst mir doch schon hinterher, seit wir uns kennen.«

Patrick lacht. »Ist dir eigentlich klar, wie geil du aussiehst, wenn du so lächelst?«

»Geil?« Mein Lächeln wird breiter. »Wie romantisch.«

»Wie gesagt, wenn du Romantik und Blümchen willst, musst du dir jemand anderes suchen. Wenn du dir aber jemanden wünschst, der dich beschützt, sich um dich kümmert und dich innerhalb von zwei Minuten kommen lässt, dann«, er breitet die Arme aus, »ist deine Suche beendet.«

»Oh! Du bist einfach unmöglich, weißt du das?«

»Das höre ich andauernd.«

»Von wem? Von anderen Frauen?« Die Worte sind über meine Lippen gesprudelt, bevor ich es verhindern konnte. Ich hasse es, wenn ich wie eine eifersüchtige Furie klinge. Aber ich *bin* eifersüchtig.

Patrick grinst. »Du solltest zusehen, dass du deine Eifersucht in den Griff bekommst, sonst will ich dich nur noch mal ficken. Aber jetzt brauchst du erst mal eine Pause.«

»Allerdings.« Ich massiere die schmerzende Stelle am Rücken und spüre die Wundheit zwischen meinen Beinen.

»Aber um deine Frage zu beantworten … Ja. Auch die eine oder andere Frau hat mir erklärt, ich sei unmöglich.« Er öffnet seinen Rucksack. »Und sie hatten völlig recht. Ich habe mich ihnen gegenüber tatsächlich unmöglich benommen. Aber in dir habe ich meine Meisterin gefunden.«

»Und ich dachte, es sei genau umgekehrt.«

Patrick nimmt das Messer heraus. »Glaub bloß nicht, ich hätte unser Gespräch über deine Herkunft vergessen. Ich bin fest entschlossen herauszufinden, was du mir vorenthältst. Das ist keine Drohung, sondern ein Versprechen.«

Da wären wir also wieder. Fieberhaft überlege ich, wie ich am besten das Thema wechseln könnte. Wie ich dafür sorgen könnte, dass Patrick vergisst …

»Sieh mich nicht so traurig an«, sagt er. »Ich liebe dich deswegen keinen Deut weniger. Völlig egal, was du vor mir verbirgst.«

Ich nicke beklommen.

19

Nichts, was ich über dich erfahren könnte, wird mich davon abhalten, dich zu lieben«, fährt Patrick fort.

»Ich weiß nicht recht. Sagtest du nicht vorhin etwas von Essen? Es muss doch schon Mittag sein, und ich habe einen Riesenhunger.«

»Versuch nicht, das Thema zu wechseln.«

»Ich habe gar nicht …«

»Doch, hast du.«

»Vielleicht ein bisschen«, gestehe ich. »Hm. Ich habe mich so gefreut, deine Großmutter kennenzulernen. May. Erzähl mir von ihr.«

»Ich weiß genau, was du da treibst. Und ich lasse es dir ausnahmsweise durchgehen.« Er säbelt einen Ast ab. »Was willst du denn genau über meine Großmutter erfahren?«

»Keine Ahnung. Wie lange sie schon dort oben im Turm lebt ...«

»Seit ein paar Jahren. Es gefällt ihr da oben. Sie ist recht glücklich.«

»Sie muss ihren Sohn ja sehr lieben, wenn sie sogar ihren eigenen Tod vortäuscht, nur damit er an ihr Geld herankommt.«

»Sie ist eine wunderbare Frau. Und sie mag dich auch sehr gern. Was keine große Überraschung ist. Schon seit du hier angekommen bist, hat sie mich deinetwegen gelöchert.«

»So? Inwiefern denn?«

»Ich glaube, sie hat ganz schnell gemerkt, dass ich von dir betört war.«

»*Betört?* Was für ein schönes Wort.«

»Gut, nicht?« Er säbelt immer noch an dem Ast herum.

»Erzähl mir mehr von ihr.«

»Ich liebe sie heiß und innig. Sie hat sich um mich und meinen Bruder gekümmert, als meine Mutter krank war.« Endlich hat er den Ast vollends abgeschnitten und biegt ihn zwischen den Fingern.

»Deine Mutter war krank?«

»Ja. Eine ganze Weile«, antwortet er und lässt den Ast sinken.

»Etwas Ernstes?«

»In gewisser Weise schon. Zumindest schlimmer als das, weswegen sie sich jetzt in Behandlung befindet.«

»Und zwar?«

»Sie hatte einen Nervenzusammenbruch.«

»O Gott, Patrick. Das tut mir wirklich leid.«

»Ist schon okay«, wiegelt er ab, ohne mich anzusehen. »Inzwischen ist das längst vergessen.« Er wendet sich mir zu. »Aber ich finde, du hast mich genug ausgequetscht, meinst du nicht auch?«

»Nicht mal ansatzweise.«

»Lass uns etwas essen.«

Ich lache. »Ein, zwei kleine Fragen, und schon denkst du, ich würde dich ausquetschen. Schlechte Nachrichten, Patrick. Ich will noch mehr wissen. Viel mehr.«

20

Patrick bereitet Stockbrot über dem Feuer zu und kocht heiße Schokolade mit geschmolzener Butter.

Das Brot schmeckt recht lecker, wohingegen ich allein beim Gedanken an die Schokolade einen Cholesterinschock bekomme.

»Wie kannst du dieses Zeug trinken und topfit sein?«, frage ich Patrick und sehe ihm zu, wie er vor dem Feuer kauert.

»Hier in der Kälte braucht man die Kalorien«, erklärt er und nippt an seinem Becher, ehe er das Stockbrot zerpflückt und winzige Stückchen in Richtung der Bäume wirft.

»Was tust du da? Die Vögel füttern?«, frage ich.

Patrick schüttelt den Kopf.

Erst jetzt stelle ich fest, dass die Brotstücken in einer Spur auf ihn zuführen.

»Markierst du etwa den Weg?«, frage ich. »Denn falls ja,

solltest du wissen, dass Hänsel und Gretel sich auf diese Weise verirrt haben.«

Patrick lacht. »Glaubst du ernsthaft, ich könnte mich hier draußen verirren? Wie gesagt, ich finde mich in diesen Wäldern notfalls auch blind zurecht.«

»Na, das ist doch mal eine Ansage.«

»Trotzdem stimmt es.«

»Für mich sieht hier alles gleich aus.«

»Gleich?« Patrick blickt mich mit erhobener Augenbraue an. »Wenn alles gleich aussieht, hast du nur nicht genau genug hingesehen. Da habe ich dir offenbar noch einiges beizubringen.«

»Na, dann viel Glück.«

»Glück brauche ich dafür nicht.« Patrick sieht mich aus seinen blaugrünen Augen an, die so klar wie ein Gebirgsbach sind. »Bei dir reicht Entschlossenheit völlig aus.«

Mein Magen zieht sich zusammen, und ich bin heilfroh, dass ich sitze.

»Aber im Ernst«, erwidere ich und bemühe mich um einen ruhigen Tonfall. »Woher weißt du, wo wir hier sind?«

»Das erkenne ich an den Bäumen, an der Luft und am Boden. Wir sind etwa zehn Kilometer vom Schloss entfernt. Und in diese Richtung ist Norden.« Er zeigt mit der Hand zwischen die Bäume.

»Aber woher weißt du … mmpff.«

Seine Pranke legt sich über meinen Mund.

Strampelnd versuche ich, mich seinem Griff zu entwinden. »Mmpff!«

Doch Patrick kniet hinter mir, ohne Anstalten zu machen, von mir abzulassen.

»Pst!«, flüstert er mir ins Ohr.

Gerade als ich protestieren will, sehe ich ein orangefarbenes Moorhuhn zwischen den Bäumen heraustreten und die Brotkrumen aufpicken.

Patrick lässt seine Hand sinken.

Fasziniert sehe ich zu, wie er sich vorwärtsbewegt, ohne dabei scheinbar eine Bewegung zu machen, als wäre er eine Statue, die von unsichtbarer Hand Millimeter für Millimeter näher auf den Vogel zugeschoben wird.

Er gibt keinerlei Geräusch von sich.

Nach wenigen Minuten befindet er sich direkt neben dem Vogel, nur dass dieser ihn immer noch nicht bemerkt hat, sondern nach wie vor eifrig die Brotkrumen aufpickt.

Ehe ich weiß, wie mir geschieht, schnellt Patricks Arm vor, bekommt den Vogel zu fassen und dreht ihm den Hals um.

Ich schnappe entsetzt nach Luft.

Der Vogel erschlafft und starrt mich aus blicklosen Augen an.

»O Gott!«, stoße ich hervor. »Du hast ihn getötet.«

Patrick tritt ans Feuer und lässt ihn auf den Boden fallen. »Wieso bist du denn auf einmal so blass?«, fragt er und hebt einen Flügel an. »Du isst doch Fleisch, oder?«

»J-ja«, stammle ich.

»Kannst du einen Vogel rupfen?«

Großer Gott!

»Ich soll diesem Vieh die Federn herausreißen? Machst du Witze?«

»Wenn du ihn nicht mit Federn essen willst, wäre das eine gute Idee.«

»Ich will ihn aber nicht essen.«

»Sei nicht albern.« Patrick lässt den Flügel wieder sinken. »Er ist perfekt. Kerngesund. Er wird köstlich schmecken.«

»Oh, es ist also ein Er, ja?

»Ja, und es ist genau dasselbe Fleisch, wie du es beim Metzger kaufst, nur dass dieses hier deutlich frischer ist.«

»Hast du denn kein schlechtes Gewissen?«

Patrick sieht mich an, als hätte ich den Verstand verloren. »Ein schlechtes Gewissen? Gütiger Himmel, nein! Ich habe nur gerade unser Mittagessen gefangen.« Er stößt den Vogel an. »Lieber esse ich dieses Moorhuhn als irgendeinen armen Gummiadler, der sein ganzes Leben in einem engen Stall eingepfercht war.«

»Vermutlich hatte er bis gerade eben ein wunderbares Leben.«

Patrick lacht. »Es ist ein Tier. Hör auf, ihm eine Persönlichkeit zu geben. Hier draußen regiert das wahre Leben. Wenn du etwas essen willst, musst du jagen. So einfach ist das. Wenn du Fleisch essen willst, musst du auch fähig sein zu töten. Oder zumindest den Anblick ertragen, wenn es getötet wird.«

Das ist ein Argument.

21

Also?«, fragt Patrick. »Kannst du das Vieh jetzt rupfen, oder willst du es dir noch länger anschauen?«

»Okay, okay. Gib mir eine Sekunde Zeit.«

»Erzähl bloß nicht, du hättest noch nie einen Vogel gerupft.« Ein Lächeln spielt um Patricks Lippen.

»O doch«, gebe ich hitzig zurück. »Als ich noch auf dem Hausboot gewohnt habe, kam manchmal so ein Typ mit seinen Hühnern vorbei. Keine Ahnung, woher er sie hatte, aber sie waren ziemlich billig, und sonst konnten wir uns kein frisches Fleisch leisten. Ich habe sie gerupft und ausgenommen, und dann haben wir die ganze Woche davon gegessen.«

»Wo liegt dann das Problem?«

»Die Hühner waren schon tot! Er hat sie nicht direkt vor meinen Augen umgebracht.«

»Macht das irgendeinen Unterschied?«

»Und wie! Das arme Vieh war vor ein paar Sekunden noch am Leben! Und jetzt ist es mausetot.« Ich seufze. »Aber du hast natürlich recht. Was ich gerade empfinde, ist völlig irrational.«

»Gefühle muss man in den Griff bekommen.«

»Okay.« Ich hole tief Luft. »Na schön. Was soll's, dann rupfe ich eben den verdammten Flattermann.«

»Braves Mädchen.«

»Glaubst du, du könntest mich mal eine Weile nicht so von oben herab behandeln? Ein Stündchen oder so?«

»Na gut. Aber nur, weil du es bist.«

22

Nachdem ich den Vogel gerupft habe, nimmt Patrick ihn mit seinem Messer aus und säubert das Fleisch in einem nahe gelegenen Wasserlauf. Dann spießt er den Vogel auf einen Ast und brät ihn über dem Feuer.

Als unser Mittagessen endlich fertig ist, bin ich halb verhungert.

Patrick tranchiert das Huhn, und wir essen es von Blättern.

»Und wo schlafen wir heute Nacht?«, frage ich ihn, während ich die Knochen in die Blätter einwickle.

»In einer Höhle ein paar Meilen von hier. In der Nähe gibt es auch einen Bach.«

»Das ist wohl echt ein Witz!«, platze ich lachend heraus. »Du bist ja tatsächlich ein Neandertaler.«

Patrick wirft seine Blätter ins Feuer und reicht mir eine Feldflasche. »Hier. Du brauchst Flüssigkeit.«

Ich nehme einen großen Schluck.

»Wir sollten uns aufmachen, bevor es dunkel wird.« Patrick sieht zum Himmel auf. »Es ist schon spät, und gegen fünf wird es dunkel. Wir haben nur ein paar Stunden.«

»Kann irgendwas passieren, wenn es dunkel wird?«

»Eigentlich nichts. Die Tiere sind nicht gefährlich. Aber im Dunkeln kann es zu Unfällen kommen, zumindest bei Leuten, die sich im Wald nicht auskennen.«

»Wolltest du nicht aufhören, mich von oben herab zu behandeln?«

»Ja, für eine Stunde. Aber die ist längst vorbei.«

23

Die nächsten paar Stunden dringen wir immer tiefer in den Wald vor.

Patrick zeigt mir verschiedene Vögel und erklärt mir, welche Spuren von welchen Tieren stammen.

Und dann kommen wir in einen Teil des Waldes, in dem überall Glockenblumen wachsen. Der Anblick ist so schön, dass ich mich kaum sattsehen kann.

»Wow!« Ich lasse den Blick über den lila Blütenteppich schweifen. »Das ist ja unglaublich.«

»Nach unserer ersten Begegnung bin ich im Wald spazieren gegangen«, erzählt Patrick. »Und habe überall Glockenblumen gesehen. Es war, als wollte mich der Wald an dich erinnern.«

»Wirst du etwa auf einmal romantisch?«

»Ich sage nur, wie es war.«

»Danke. Ich freue mich sehr, dass dich die Blumen an mich erinnert haben. Sie sind hinreißend. Übrigens ist Lila meine Lieblingsfarbe.«

Der Wind fegt ein paar Blüten von den Stängeln, und Patrick bückt sich, um sie aufzuheben. Dann reicht er sie mir.

»Ich glaube, der Wald will sie dir schenken. Jede Frau hat ihre eigene Blume, sagt man hier bei uns. Und das muss wohl deine sein.«

»Warum?«, frage ich.

»Weil sie den Wald leuchten lässt«, erwidert Patrick. »Und weil sie hartnäckig genug ist, um im Schnee zu überleben.«

»Aber ich hasse die Kälte.«

»Und trotzdem überlebst du sie immer wieder.«

In der Dämmerung essen wir zu Abend – die Reste des Huhns, wilden Knoblauch, Löwenzahnblätter und heißen Kakao.

Dann gehen wir weiter; ich habe immer noch die Glockenblumenblüten in der Hand.

»Wie weit ist es noch?«, frage ich.

»Nicht mehr weit.«

Während das Licht zusehends schwindet, beginnt es zu regnen.

»Siehst du?«, sagt Patrick. »Ich habe dir doch gesagt, dass es wärmer wird.«

»Für m-m-mich fühlt sich das nicht so an«, stammle ich, während mir der Wind eiskalte Regentropfen ins Gesicht peitscht.

»Ist dir kalt?« Patrick führt mich einen rutschigen Felsabhang hinauf.

»Dir etwa nicht?«

»Überhaupt nicht. Es schneit ja nicht mal. Komm.« Seine Hand schließt sich fest um die meine. »Gleich haben wir es geschafft.«

Wir nähern uns einem steil aufragenden Felsmassiv.

Am Fuß der Felsen erspähe ich eine dunkle Höhle.

»Dort ist unser Schlafplatz?«, frage ich, während wir uns dem gähnend schwarzen Loch in der Felswand nähern.

Am Eingang erspähe ich einen Stapel Feuerholz und einen dunklen Kreis im Boden – offenbar eine Feuerstelle.

»Genau.«

Wir betreten die Höhle. Die Glockenblumenblüten lege ich auf einen kleinen Felsvorsprung.

Auf dem Boden liegt ein Hirschfell, in einer Ecke stehen drei Feldflaschen und eine Angelrute.

»Wo hast du denn das Fell her?« An den Rändern klebt getrocknetes Blut, wenn ich es richtig erkenne. »Ich dachte, die Hirsche hier draußen stünden unter deinem Schutz.«

»Ich habe ihn nicht getötet«, erklärt Patrick. »Ein Wilderer hat ihn angeschossen. Den Kerl konnte ich zwar verjagen, aber für das Tier kam jede Hilfe zu spät. Ich habe ihm das Genick gebrochen und dann das Fell abgezogen.«

»Warum?«

»Aus Respekt vor der Natur. Man lässt ein Wildtier nicht qualvoll verenden. Und das ist auch der Grund, warum Wilderer hier nichts zu suchen haben. Ihnen geht es nur darum, möglichst viel Beute zu machen. Sie verstehen die Gesetze des Waldes nicht.«

»Und die wären?«

»Man nimmt sich nur das, was man braucht.«

»Und du schläfst wirklich hier draußen?«, frage ich, während wir tiefer in die Höhle vordringen.

»Wann immer ich kann.«

»Was hast du gegen ein warmes, gemütliches Haus?«

»Das hat doch mit der Realität nichts zu tun«, entgegnet Patrick.

»Inwiefern?«

»Als ob wir weiche Decken und kuschelige Kissen bräuchten.« Seine tiefe Stimme hallt von den Höhlenwänden wider. »Das ist doch nur gegen unsere wahre Natur.«

»Und was ist unsere wahre Natur?«

»Wir sind Tiere.«

»Ich verstehe das nicht, Patrick. Du bist in einem Schloss mit dem Silberlöffel im Mund aufgewachsen. Du hast jedes Privileg genossen, das man sich nur denken kann, die besten Schulen besucht. Und schläfst gern irgendwo im Wald.«

»Ich tue es nicht nur gern, sondern *liebe* es.«

»Ist das von dir?« Ich deute auf die dunklen Umrisse eines Vogels an der Wand, der anscheinend mit Holzkohle gezeichnet worden ist.

Patrick nickt. »Das ist ein Adler – in Erinnerung an meinen Bruder.«

»Oh, wie hübsch.« Ich fröstele leicht.

»Frierst du?«, fragt Patrick.

»Ein bisschen.«

»Zieh dich aus.«

Ich lache. »Mit langen Vorreden hältst du dich ja weiß Gott nicht auf.«

»Ich meine es ernst. Ohne die nassen Klamotten wird dir viel schneller warm.«

Er tritt zu mir, und ich spüre seine warme Wange an meiner.

Er öffnet den Reißverschluss meiner Jacke, streift sie mir über die Schultern und hängt sie an eine Felsspitze. Dann nimmt er seinen Rucksack ab, zieht seine eigene Jacke aus und hängt sie neben meine.

»Und jetzt zieh deine Stiefel aus.«

»Es macht dir tatsächlich Spaß, mich so richtig herumzukommandieren, stimmt's?« Ich setze mich auf das Hirschfell und löse die Schnürsenkel.

»Du solltest mir dankbar sein.« Er grinst. »Ohne meine Anweisungen würdest du immer noch schlottern.«

»Ohne dich wäre ich gar nicht hier.«

»Ich und der Wald sind eins. Was wiederum bedeutet, dass du jetzt auch Teil des Waldes bist.«

»So? Wer sagt das denn?«

»Ich. Weil du jetzt mir gehörst.« Er blickt zu unseren Jacken hinüber. »Siehst du? Wir leben sogar schon zusammen.«

Unwillkürlich muss ich lächeln. »Was das angeht, hatte ich eher an dein Schloss gedacht.«

»Die Höhle hier hattest du nicht erwartet?«

»Nicht ganz. Aber ich finde sie gar nicht so schlecht. Ich mag diese Seite an dir.«

»Gut.« Patrick nimmt mein Gesicht in seine Hände und küsst mich auf die Stirn. »Bleib hier. Ich mache erst mal Feuer. Bald ist es dunkel.«

24

Innerhalb von Minuten hat Patrick ein kleines Feuer in der Grube am Eingang entfacht.

Der Regen lässt die Flammen leise knistern.

Ich trete zu ihm.

»Und wo schlafen wir, Mr Neandertaler?«, frage ich.

»Auf dem Fell.«

Ich schlinge die Arme um mich. »Ohne Decke?«

»Natürlich kriegst du eine Decke.« Er streicht sich ein paar feuchte Haarsträhnen hinter seine Ohren.

»Aus was? Farn und Vogelfedern?«

»Nein, etwas weniger rustikal. Aus Nylon.«

»Nylon?«

»Schlafsäcke.« Patrick geht zu seinem Rucksack und zieht zwei fest zusammengerollte Schlafsäcke heraus.

»Wir schlafen getrennt? Wie züchtig.«

»Du wirst dich wundern, aber ich besitze gar keinen Doppelschlafsack. Ich hatte nämlich nie vor, eine Frau mit in den Wald zu nehmen. Bis ich dir begegnet bin.«

»Ich sollte mich also geschmeichelt fühlen?«

»Geehrt.«

Ich lache, halte aber abrupt inne. »Also bin ich das einzige Mädchen, das du jemals hierher mitgenommen hast?«

»Genau.« Patrick rollt die Schlafsäcke auf dem Hirschfell aus.

»Das gefällt mir.«

»Das dachte ich mir schon«, erwidert er.

»Manchmal kann ich es immer noch nicht glauben, dass wir zusammen sind.«

»Das sagst du ziemlich oft, finde ich.«

»Würdest du dir an meiner Stelle keine Sorgen machen?«

»Nein.«

Er nimmt mich in die Arme, und ich schmiege mich an seine warme Brust.

Ich höre seinen Herzschlag, seinen ruhigen Atem.

Sanft streicht mir Patrick über die Haare. »Du bist müde«, flüstert er.

»Ja«, gebe ich zu. »Es war ein langer Tag. Aber auch ein sehr schöner.«

»Das freut mich sehr.« Er löst sich von mir und zeigt auf die Schlafsäcke. »Euer Schlafquartier, Euer Ladyschaft.«

Ich lächle. »Tausend Dank, Euer Lordschaft.«

Ich knie neben dem einen Schlafsack nieder und schlüpfe hinein.

Die Luft in der Höhle ist frisch und kühl. Es tut gut, sich endlich ausstrecken zu können.

»Schläfst du neben mir, Mr Neandertaler?«

»Ja, aber auf dieser Seite«, sagt Patrick, während er seinen Schlafsack so platziert, dass er zwischen mir und dem Höhleneingang liegt.

»Damit du mich vor den Wölfen beschützen kannst?«

Patrick lacht. »Ich habe doch gesagt, dass es hier keine gefährlichen Tiere gibt. Jedenfalls keine außer mir.« Er schlüpft ebenfalls in seinen Schlafsack und streckt sich neben mir aus. »Aber ich beschütze dich vor gefährlichen Menschen.«

Wir drehen uns zueinander und sehen uns in die Augen.

Das Licht des Feuers flackert gelb und orangefarben über die Felswände.

Schatten tanzen über Patricks markantes Gesicht.

»Na, wie gefällt dir meine Höhle?«, fragt er.

»Es gibt keinen Ort der Welt, an dem ich jetzt lieber wäre«, antworte ich. Und ich meine es auch so.

Wir blicken uns an, während draußen der Regen fällt und die Flammen zucken.

Am liebsten würde ich für immer so neben Patrick liegen, ihn ewig so ansehen. Doch meine Lider werden schwerer und schwerer, und schließlich fallen sie mir zu.

25

Als ich aufwache, ist das Feuer erloschen. Um mich herum ist es stockdunkel.

Neben mir höre ich Patricks ruhigen, gleichmäßigen Atem, und ich fühle mich sicher. Geborgen. Nichts und niemand kann mir ein Leid zufügen, solange er sich in meiner Nähe befindet.

Aber ich habe ein Problem.

Ich muss pinkeln.

Und wenn ich einfach wieder die Augen schließe und versuche, noch ein bisschen zu schlafen? Nein. Zu dringend.

Es ist so dunkel da draußen. Mir wird sogar ein bisschen unheimlich.

Vielleicht sollte ich lieber Patrick aufwecken. Aber das würde bloß beweisen, dass ich nichts als ein albernes, hilfloses Mädchen bin – eine Vorstellung, die mir ganz und gar nicht gefällt.

Reiß dich zusammen, Sera. Du bist schon öfter im Dunkeln zur Toilette gegangen. Und Patrick hat doch gesagt, dass es hier keine wilden Tiere gibt.

Leise kämpfe ich mich aus meinem Schlafsack und schleiche mich an Patrick vorbei.

Ich taste in der Dunkelheit nach meinen Stiefeln.

Halb erwarte ich, dass Patrick aufwacht, während ich die Schuhe anziehe, doch er rührt sich nicht.

Dann stehe ich im Höhleneingang und spähe in die dunkle Nacht hinaus.

Der Mond schimmert über den Wipfeln.

Okay. Los geht's.

Ich gehe in Richtung einer Baumgruppe, wobei ich um ein Haar auf einem feuchten Felsen ausrutsche. Es ist eine ziemlich kalte Nacht.

Unweit von mir ragt eine gigantische Eiche auf, deren Wurzeln sich bis in einen silbrig glänzenden, sanft plätschernden Wasserlauf erstrecken. Überall stehen hohe Farne.

Perfekt.

Ich hocke mich hinter die Eiche und pinkle auf den matschigen Waldboden.

In dem Moment, als ich meine Hose wieder hochziehe, höre ich etwas. Ein seltsames Rascheln, das mir einen Schauder über den Rücken jagt.

Was war das?

Ich lausche angestrengt.

Das Rascheln wird lauter.

Und dann höre ich ein Grunzen, das sich gleichzeitig wie ein Knurren anhört.

O Gott!

Ich stoße einen gellenden Schrei aus.

Die Farne bewegen sich, und plötzlich kommt irgendetwas Großes, Schwarzes auf mich zugerannt.

Abermals stoße ich einen Schrei aus und fange an zu laufen. Ich stolpere über den schlammigen, von Wurzeln durchzogenen Boden. Und dann stürze ich über einen herabgefallenen Ast.

Ehe ich michs versehe, überschlage ich mich, kullere einen von Laub übersäten Abhang hinunter, ehe ich mit einem lauten Platschen im eiskalten Wasser lande.

»Oh!« Klatschnass und mit klappernden Zähnen rapple ich mich auf.

Nackte Panik ergreift Besitz von mir.

26

Ich habe keine Ahnung, aus welcher Richtung ich gekommen bin und wohin ich gehen soll.

Das Herz schlägt mir bis zum Hals, als ich durch den Bach renne.

In diesem Moment höre ich Patricks Stimme. »Kein besonders günstiger Zeitpunkt für ein Bad«, bemerkt er lachend.

Ich wirble herum.

»Bist du das, Patrick?«

»Ja.« Patrick kommt den Hügel herunter, hebt mich aus dem Wasser und trägt mich die Böschung hinauf.

Erst nach einer Weile merke ich, dass ich weine. Schluchzend wie eine Zwölfjährige berge ich das Gesicht an seiner breiten Brust.

»Schon gut.« Er drückt mich fest an sich. »Es ist alles gut. Es ist nichts passiert. Du bist nur ins Wasser gefallen, mehr nicht.«

»Aber da … da war etwas im Gebüsch«, stottere ich. »Ein wildes Tier.«

Patrick lacht. »Das war nur ein Dachs. Die können ziemlich fies beißen, aber gefährlich sind sie nicht.«

»Woher weißt du, dass es ein Dachs war?«

»Weil ich dich beobachtet habe.«

»Du hast mich beobachtet?«

»Glaubst du ernsthaft, ich würde dich ganz allein durch die Wälder streifen lassen?«

»Du willst damit sagen, du hast mir die ganze Zeit zugesehen? Auch als ich …«

Patrick nickt.

»Aber du hast doch geschlafen.«

»Nein. Ich war immer direkt hinter dir, maximal ein paar Meter entfernt. Bis du weggelaufen bist. Und laufen kannst du, wenn es eng wird, das muss man dir lassen.«

»Das ist nicht witzig. Ich hatte wahnsinnige Angst.«

»Vielleicht lehrt dich das, künftig nicht mehr allein hier draußen herumzulaufen.«

»Ich wollte dich nicht wecken. Du solltest nicht denken, dass ich nichts allein auf die Reihe kriege.«

»Hier draußen brauchst du meine Hilfe aber, sonst verläufst du dich nur und fällst ins Wasser, wie man sieht.«

Ich versuche, den letzten Rest Stolz zusammenzukratzen, der mir noch geblieben ist. »Ich hätte schon zurückgefunden.«

»Das bezweifle ich.«

»Ich hätte …«

»Na gut. Wo geht es zurück zum Fels?«

»Äh, dort entlang.«

»Falsch. Los, meine Schöne. Dann wollen wir dir mal trockene Sachen besorgen.«

27

In der Höhle legt Patrick frisches Holz nach.

»Zieh deine Sachen aus«, befiehlt er.

Bereitwillig streife ich meine klatschnasse Cargohose, die Socken und den Pullover ab. Patrick nimmt die Sachen und hängt sie an den Höhlenwänden auf.

»Alles«, sagt er mit einem Nicken in Richtung meiner Unterwäsche.

»Ich soll splitternackt mitten in einer kalten Höhle herumstehen?«

»Ja. Runter damit.« Er nimmt einen der Schlafsäcke und öffnet den Reißverschluss. »Und dann schlüpf hier rein.«

Ich zögere.

»Los, mach schon, sonst kühlst du zu stark aus.«

Widerstrebend streife ich auch BH und Höschen ab und versuche verzweifelt, mit Händen und Knien meine Blöße zu bedecken.

Patrick lacht. »Keine Angst, da ist nichts, was ich nicht längst gesehen hätte.«

Ich werde rot. »Das weiß ich, aber …«

»Trotzdem ist dir Nacktheit peinlich?«

»Ja, vor allem, wenn mich jemand anstarrt.«

»Ich kann beim besten Willen nicht nachvollziehen, weshalb.« Sein Lächeln wird eine Spur breiter, und ein weicher Ausdruck erscheint in seinen Augen, als er den Blick über meinen Körper schweifen lässt. »Glaub mir, du hast keinerlei Grund, verlegen zu sein.«

Ich erschaudere. Schlagartig verschwindet der sanfte Ausdruck.

»Los, geh ans Feuer«, sagt er und schlingt den Schlafsack fester um mich. »Sonst holst du dir noch den Tod.«

Patrick legt das Fell neben dem Feuer auf den Boden. Dankbar lasse ich mich, noch immer in meinen Schlafsack gehüllt, darauf sinken.

Unterdessen bereitet Patrick mir eine heiße Schokolade mit Butter zu, schlägt den Becher in meine nasse Socke und reicht ihn mir.

»Danke.« Bereits nach dem ersten Schluck merke ich, wie mich das Gebräu herrlich von innen wärmt.

Patrick setzt sich neben mich und legt Holz nach.

»Ich hasse es, dass du dich vor mir genierst«, sagt er und blickt in die Flammen.

»Wie meinst du das?«

»So wie ich es sage.«

»Oh.« Ich nippe an meiner Schokolade. »Wenn du mich fragst, ist das ziemlich normal. Die meisten Leute schämen sich, wenn sie nackt sind, oder etwa nicht?«

»Nein.«

»Hast du dich noch nie wegen deines Körpers geniert?«

»Nein.«

»Nicht mal ein ganz klein wenig?«

»Nein.«

»Na ja, soweit ich sehe, hast du auch keinen Grund dazu.« Mein Blick gleitet über seine muskulösen Arme und breiten Schultern.

»Und wie gesagt, du genauso wenig.«

»Aber was ist, wenn dich jemand anstarrt?«

»Das ist mir genauso egal. Aber nur zu deiner Information – ich habe dich nicht angestarrt, sondern nur das schönste Wesen betrachtet, das mir jemals unter die Augen gekommen ist.«

»Wenn du willst, kannst du so was von charmant sein.«

»*Ehrlich*, Seraphina. Ich bin nur ehrlich.«

»Und es war dir wirklich noch nie peinlich, nackt zu sein? Nicht mal, als du noch jünger warst?«

»Müssen wir das Thema endlos durchkauen? Ich habe doch gerade gesagt …«

»Beweis es«, unterbreche ich ihn und trinke noch einen Schluck Kakao. »Zieh dich aus und lass mich dich ansehen. Wollen wir doch mal sehen, wie dir das gefällt.«

»Kein Problem.« Patrick steht auf und streift sich Pullover und T-Shirt über den Kopf.

Darauf war ich nicht gefasst. Wie gebannt blicke ich auf seine braun gebrannte, muskelbepackte Brust.

»Du starrst«, sagt er.

»Entschuldige.«

»Schon gut.«

Seine Hände wandern zu seinem Hosenbund. »Was die Lady wünscht, bekommt sie auch. Du wolltest mich nackt sehen – dein Wunsch ist mir Befehl.«

»Großer Gott.« Lachend lege ich mir die Hand vor die Augen, als er seine Hose auszieht.

Doch dann verstumme ich abrupt.

»Du trägst ja gar keine Unterwäsche.«

»Weshalb sollte ich? Ist doch nur ein weiteres Kleidungsstück, das nass wird.«

Patricks Körper ist in silbriges Mondlicht gebadet, und sein Anblick verschlägt mir die Sprache.

Patrick baut sich mit in die Hüften gestemmten Händen vor mir auf. »Siehst du, ich bin nicht im Mindesten verlegen.«

Er steht da, aufrecht, steinhart. Überall.

»Ja«, krächze ich.

»Leg dich hin.«

Ausnahmsweise leiste ich keinerlei Widerspruch – ich bin viel zu fasziniert von seinem in silbernen Mondschein gebadeten Körper.

Der Schlafsack fällt auseinander, als ich mich nach hinten sinken lasse.

Ich friere, aber es spielt keine Rolle.

Mit dem Fuß schiebt Patrick meine Beine auseinander und kniet sich zwischen meine Schenkel.

Ich sehe die Strenge in seinem Blick, spüre die Hitze, die von seinem Körper ausgeht.

»Dreh dich um.«

Gehorsam rolle ich mich auf den Bauch und fühle, wie Patrick mein Haar zur Seite schiebt.

»Du gehörst mir«, raunt er mir ins Ohr.

»Ja«, flüstere ich und bemerke seine Erektion, die sich hart gegen meine Pobacken drückt.

»Sag es.«

»Ich gehöre dir.«

Rhythmisch reibt er sich an mir. Wie sehr ich dieses Gefühl liebe, ihn so hart auf meiner nackten Haut zu spüren.

Seine Hände wandern zu meinem Bauch und dann zwischen meine Beine.

Ein Stöhnen entweicht mir, als er einen Finger in mich schiebt und mich ein warmes Prickeln überläuft.

Augenblicke später bin ich nass vor Verlangen.

Patrick zieht seine Hand zurück und streicht über meine Pobacken. Ich spüre, wie er sie auseinanderdrückt, und zucke zusammen. »Nicht.«

»Nicht was?«

»Nicht … da.«

»So wie ich die Sache sehe, bist du nicht in der Position, irgendwelche Befehle zu erteilen.«

28

Seine Finger wandern weiter.

»Patrick …« Ich spüre, wie er die Nässe zwischen meinen Beinen verteilt, ehe seine Finger wieder zu meinen Pobacken wandern und er sich dazwischendrängt. Unwillkürlich spanne ich mich erneut an.

»Patrick, nein!«

»Wenn es dir nicht gefällt, ziehe ich mich sofort wieder zurück.«

Ich winde mich nervös, gleichzeitig bin ich viel zu erregt, um aufzuhören.

Ganz langsam dringt er in mich ein.

Im ersten Moment entfährt mir ein leiser Schrei, und er verharrt schwer atmend in mir.

Die Lust droht mich zu übermannen, als er sich weiter in mich schiebt.

O Gott!

Ich stöhne auf. Es tut weh, gleichzeitig fühlt es sich wunderbar an.

»Oh!«

Seine Finger tasten suchend nach meinem Fleisch, dann beginnt er mich zu massieren.

»Oh! Ohhh!«, schreie ich, während er sich vollends in mir versenkt und aufstöhnt, als seine Hüften gegen mein Hinterteil stoßen. Beide Hände um meine Hüften gelegt beginnt er, sich zu bewegen und voller Leidenschaft in mich zu stoßen, bis ich vor Lust schreie und mich mit den Händen im Fell festkralle.

Mein Blick fällt auf seine silbern im Mondlicht schimmernden Hände auf meinen Hüften. In diesem Moment zieht er sich ohne Vorwarnung aus mir heraus, während ich pulsierend vor Verlangen zurückbleibe. Sekunden später dringt er ein weiteres Mal in mich ein, so hart und fordernd, dass es mir den Atem verschlägt.

Inzwischen ist der Schmerz verflogen, und als seine Finger mich erneut liebkosen, drohen mir vor Lust die Sinne zu schwinden.

Patrick packt mich bei den Haaren und hält mich fest.

Laut schreie ich seinen Namen, als er meinen Kopf nach hinten reißt und ich komme.

Der Orgasmus spült wie eine alles verschlingende Woge über mich hinweg, und ich höre mich Laute ausstoßen, von denen ich nicht gedacht hätte, dass sie jemals über meine Lippen kommen könnten.

Aber hier draußen in der Wildnis spielt es keine Rolle. Wir sind ganz allein, nur er und ich. Und wir sind wilde Tiere, so wie Patrick gesagt hat.

Ich presse mich ihm entgegen, während er sich stöhnend in meinem Haar verkrallt, ehe er mit einem letzten Stoß ebenfalls kommt und sich in mich ergießt.

Er schlingt die Arme um mich, während ich noch immer auf der Woge meines Höhepunkts reite, stöhnend, pulsierend, voller Hingabe.

Als ich erschlaffe, legt Patrick mich behutsam auf das Fell, ohne mich loszulassen.

Er zieht den Schlafsack über uns, und ich schmiege mich an ihn, bis wir eng umschlungen einschlafen.

29

Leiser Motorenlärm in der Ferne weckt mich.

»Patrick?« Ich öffne die Augen und blinzle in das rosafarbene Strahlen der aufgehenden Sonne.

O Gott, mein Hintern!

Ich rolle herum und sehe Patrick vollständig bekleidet am Höhleneingang kauern und mit gezücktem Gewehr in die Wälder starren.

»Schlaf weiter«, knurrt er.

»Was ist los?« Ich setze mich auf.

»Eine Fuchsjagd. Aber keine Angst, sollten sie heraufkommen, verjage ich die Hunde mit ein paar Warnschüssen. Schlaf weiter.«

»Eine Fuchsjagd?«

»Ja. Die Thorburn-Brüder, die wieder mal die Landschaft umpflügen.«

»Moment mal.« Ich schlinge mir den Schlafsack um die Schultern. »Mit *Hunden*, die Füchse jagen?«

Patrick nickt.

»Ich dachte, das sei inzwischen verboten.«

»Ist es auch, aber es halten sich nicht alle dran. Die Thorburns machen trotzdem weiter.«

»Das ist ja entsetzlich.«

»Nur wenn die Hunde hier hochkommen, weil ich sie dann alle abknallen werde. Aber keine Angst. Bisher hat Regan Thorburn noch nie einen Fuß über meine Grundstücksgrenze gesetzt, deshalb wird er es vermutlich auch heute nicht tun.«

»Ich habe keine Angst um mich, sondern um den Fuchs. Jagen sie tatsächlich einen? Jetzt in dieser Minute?«

»Es hört sich ganz so an, als hätten sie gerade die Fährte von einem aufgenommen.«

»Und macht dir das gar nichts aus?«

»Als Hobby würde ich es nicht betreiben«, meint er. »Aber was andere in ihrer Freizeit machen, geht mich nichts an.«

»Machst du Witze? Hast du nicht gesagt, in deinen Wäldern müsste jeder Respekt vor dem Leben anderer Geschöpfe haben? Dass man es ihnen nicht einfach nehmen darf?«

»Sie nehmen keinem Geschöpf einfach das Leben, sondern schützen ihren Grund und Boden vor Schädlingen.«

»Indem sie ein armes, wehrloses Tier zu Tode jagen?«

»Armes, wehrloses Tier? Vielleicht verbringst du mal ein bisschen Zeit auf dem Land, dann änderst du bestimmt deine Meinung über Füchse. Sie sind gnadenlose Jäger.«

Der Motorenlärm schwillt an. »Ich dachte, Fuchsjagden fänden auf dem Pferd statt.«

»Nicht bei den Thorburns.«

Ich höre Gebell in der Ferne. »Es ist dir also egal, dass ein unschuldiges Tier erbarmungslos gejagt und in Stücke gerissen wird?«

Patrick zuckt die Achseln. »Nichts ist so grausam wie die Natur. Aber zumindest hat es einen Sinn.«

»Trotzdem ist es ein Sport. Leute jagen zum Zeitvertreib!« Ich schnappe mir meine Unterwäsche und schlüpfe eilig hinein. »Wie kannst du hier untätig herumsitzen?«

»Macht es dir so viel aus, dass sie einen Fuchs jagen?«, fragt er.

»Ja. Tut es. Und im Gegensatz zu dir werde ich nicht hier sitzen und zusehen, wie sie ein hilfloses Tier in Stücke reißen!«

Ich ziehe meine Stiefel an, schiebe mich an Patrick vorbei aus der Höhle und arbeite mich auf dem rutschigen Felsen abwärts.

30

Ich laufe weiter in die Richtung, aus der das Bellen kommt. Inzwischen bin ich so wütend, dass ich kaum noch einen klaren Gedanken fassen kann.

Hinter mir höre ich Patrick meinen Namen rufen, aber ich bleibe nicht stehen. Wenn ich muss, kann ich sehr schnell laufen, schneller als viele andere und definitiv schneller als ein großer, stämmiger Kerl wie Patrick.

Das Bellen wird lauter und lauter.

Nach einer Weile sehe ich die Schemen von Hunden durch den Wald streifen.

Ich bleibe stehen, als mir bewusst wird, dass ich keine Ahnung habe, was ich tun soll.

Wie aus dem Nichts sehe ich etwas Rötliches durchs Gebüsch preschen.

Es ist ein Fuchs – ein sehr kleines Exemplar. Ich erhasche einen Blick auf ihn, auf seine verängstigten dunklen Augen.

Und dann geschieht etwas, womit ich nie im Leben gerechnet hätte.

Der Fuchs macht einen Satz. Und landet geradewegs in meinen Armen.

Vor Schreck taumle ich rückwärts und habe Mühe, das Gleichgewicht nicht zu verlieren.

Erschrocken blicke ich auf das zitternde Fellbündel in meinem Arm. »Ist schon gut, alles ist in Ordnung«, flüstere ich.

Aber das ist es keineswegs.

Unmittelbar vor mir bricht ein Rudel knurrender, bellender Hunde durchs Unterholz.

Ich dachte immer, für die Jagd würden ausschließlich englische Foxhounds eingesetzt werden, aber das hier sind keine Jagdhunde, sondern Rottweiler mit massiven Schädeln und gewaltigen Zähnen.

Ich sehe mich um.

Weit und breit keine Möglichkeit, Unterschlupf zu finden, kein Baum mit niedrigen Ästen, auf den ich mich retten könnte.

Ich drücke den Fuchs fester an mich und sehe zu, wie die Hunde auf uns zugerannt kommen.

In diesem Moment erschüttert ein Gewehrschuss die Luft. Blätter wirbeln auf.

Abrupt bleiben die Hunde stehen und lauschen mit aufgestellten Ohren.

Patrick kommt mit gezücktem Gewehr durchs Unterholz und gibt einen weiteren Schuss ab, bei dessen Klang die Hunde kehrtmachen und davonlaufen. »Bleib stehen«, befiehlt er. »Warte, bis sie weg sind.«

»Okay«, keuche ich.

Als die Hunde im Gebüsch verschwunden sind, lässt Patrick das Gewehr sinken. »Was zum Teufel soll das werden?«

Ich drücke den Fuchs fest an mich. »Er ist einfach in meine Arme gesprungen.«

Patrick wirft einen Blick auf das zitternde Fellbündel. »Diese Bestien hätten dir ohne Weiteres den Arm abreißen können.«

»Lieber das, als zusehen zu müssen, wie sie das arme Kerlchen zerfleischen.«

Der Motorenlärm schwillt an. Sekunden später preschen drei Männer auf Quads durchs Unterholz.

Patricks Kiefermuskeln spannen sich an.

»Regan Thorburn«, knurrt er, als eines der Bikes nur wenige Meter vor uns zum Stehen kommt.

Der Fahrer ist im selben Alter wie Patrick, allerdings wirkt er mit seinem kurz geschorenen schwarzen Haar, dem schwarzen Tattoo am Hals und den dunklen Augen, die aussehen, als hätte er sie mit Kajalstift umrandet, völlig deplatziert.

Er trägt zerrissene Jeans und ein schwarzes Kapuzenshirt.

Hinter ihm halten zwei weitere Männer auf ihren Geländemotorrädern an.

Ich erkenne auf den ersten Blick, dass es sich um Brüder

handelt – sie alle haben das gleiche schwarze Haar und die gleichen dunklen Augen, nur einer trägt sein Haar etwas länger und scheint nicht tätowiert zu sein.

»Soso, wenn das nicht der ehrenwerte Lord Mansfield ist«, feixt Regan mit einer übertriebenen Verbeugung. »Spioniert uns wohl mal wieder hinterher.«

Er ist sehr attraktiv, wenn auch auf eine etwas brutale, ungehobelte Art.

»Dafür ist mir meine kostbare Zeit zu schade, Regan«, gibt Patrick zurück. »Außerdem bist du so vorhersehbar, dass es sich ohnehin nicht lohnen würde.«

Der Fuchs zittert immer noch in meinen Armen.

»Was treibt die Kleine da mit unserem Fuchs, Mansfield?«, will Regan wissen und zeigt mit dem Finger auf mich. »Weißt du nicht, dass wir hier auf der Jagd sind?«

»Das ganze Dorf weiß, dass ihr auf der Jagd seid«, sagt Patrick. »Genug Lärm macht ihr jedenfalls.«

»Wieso läuft uns dann deine kleine Freundin in die Quere?«

»Ich bin nicht ihr Kindermädchen«, sagt Patrick. »Sie kann sich frei bewegen und hingehen, wo sie will.«

Regan starrt ihn finster an. »Ich will diesen Fuchs zurückhaben.«

Ich drücke das verängstigte Tier fester an mich. »Sie bekommen ihn aber nicht.«

»Du hast die Lady gehört«, schaltet sich Patrick wieder ein. »Du kriegst ihn nicht.«

Regan springt von seinem Quad. Er ist zwar etwas kleiner als Patrick, aber stämmig und muskelbepackt wie ein Pitbull. Mit schwankenden Schritten kommt er auf mich zu.

Junge, Junge, bin ich froh, dass Patrick hier ist. »Noch ein Schritt«, warnt Patrick, schwingt sich das Gewehr auf den Rücken und ballt drohend die Fäuste. »Noch ein Schritt, Thorburn.«

Regan bleibt stehen. »Gib mir den Fuchs, dann sind wir sofort weg.«

»Dieser Fuchs gehört euch nicht«, grollt Patrick.

»Er ist von meinem Grundstück herübergelaufen.«

»Aber jetzt ist er nicht mehr auf deinem Grund und Boden.«

»Aber dir gehört das Land genauso wenig, sondern es ist Gemeingut. Gemeingut, verstehst du? So wie deine Schwester. Jeder darf es benutzen.«

Patricks Kiefer spannt sich an. »Nimm gefälligst nicht den Namen meiner Schwester in den Mund, Thorburn.«

»Tue ich doch gar nicht. Aber nach allem, was ich höre, spricht sie heute noch von mir.« Er wirft seinen Brüdern einen Blick zu.

»Das bezweifle ich«, schnauzt Patrick ihn an. »Sie ist erwachsen und hat keine Zeit mehr für irgendwelche Loser auf schnellen Maschinen.«

»Da erzählt deine Cousine aber etwas ganz anderes.«

Worum geht es überhaupt?, frage ich mich und sehe Patrick fragend an, doch er fixiert immer noch Regan mit finsterem Blick.

»Halt dich von Anise fern«, sagt Patrick. »Hast du mich verstanden? Bleib weg von ihr. Sie sieht vielleicht nicht, wer du wirklich bist, ich aber schon. Du interessierst dich doch bloß für ihr Geld, sonst nichts.«

»Beweis es.«

»Ich habe etwas Besseres zu tun.«

»Es mit der da zu treiben vielleicht?« Er sieht mich an. »Hübsch ist sie ja, das muss man dir lassen. Wenn auch ziemlich blöd. Mit einem Fuchs herumzuschmusen, obwohl wir mitten bei der Jagd sind.«

»Pass auf, was du sagst, Regan.«

Regan lacht. »Habt ihr das gehört, Jungs? Lord Mansfield mag die Kleine.« Seine Augen verengen sich zu Schlitzen. »Wie lange wohl, bis sie anfängt, dich zu langweilen? So wie Crystal damals?«

31

Lass Crystal da raus«, sagt Patrick.

»Das würde dir so passen, was? Sie einfach vergessen, aus deinem Leben streichen. Anmachen, poppen, abhaken – der Spruch ist doch von dir und deinem Arschloch von Bruder, stimmt's?«

»Hört sich eher nach deinem Motto an.«

Regans finsterer Blick richtet sich auf mich. »Was hat sie, was Crystal nicht hat?«

»Soll ich es noch mal wiederholen? Pass auf, was du sagst.«

Wer ist Crystal? Eine Exfreundin von ihm? Einen Moment lang bin ich völlig verwirrt.

»Verdammt, jetzt kapiere ich!«, höhnt Regan. »Total verknallt ist er in dich, unser Herr Hochwohlgeboren – und du machst es gern mit ihm, was? Aber er war ja schon immer was Besseres!«

»Ich warne dich, Regan«, zischt Patrick.

»Für wen hältst du dich? Willst Großgrundbesitzer und Adeliger sein, dabei macht deine Schwester trotzdem für jeden die Beine breit. Eine echte Lady, das muss man schon sagen, was?«

»Halt's Maul, Regan, sonst stopfe ich es dir.« Patricks Fäuste sind so fest geballt, dass seine Knöchel weiß hervortreten.

»Wenn du Ärger willst, Patrick, kannst du ihn haben.«

Trotz seiner großen Klappe fällt mir auf, dass Regan keinen Schritt näher kommt. Wie gut, dass Patrick bei mir ist.

Einer der Brüder, der Kleinere, steigt ebenfalls von seinem Quad.

Patrick würdigt ihn keines Blickes, aber offensichtlich hat er die Bewegung wahrgenommen. »Setz dich wieder auf deine Kiste, Riley. Das hier geht dich nichts an. Aber falls du dich doch einmischen willst, mache ich dich kalt, das verspreche ich dir.« Patrick mustert den anderen Bruder – den mit den längeren Haaren und dem etwas freundlicheren Blick. »Und das gilt auch für dich, Blake.«

Blakes lange Arme ruhen auf dem Lenker seines Quads. »Du kennst mich lange genug, Patrick. Wegen eines Fuchses lege ich mich bestimmt nicht mit dir an.«

Blake macht einen umgänglicheren Eindruck als die anderen und scheint nicht auf Streit aus zu sein.

»Ein bisschen mehr Unterstützung, wenn ich bitten darf«, knurrt Regan ihn an.

»Ich unterstütze dich immer«, gibt Blake zurück. »Blinde Loyalität ist nun mal nicht mein Ding. Aber dafür hast du ja Riley.«

Ich muss grinsen.

»Den Fuchs kriegst du jedenfalls nicht«, sagt Patrick zu Regan. »Schwing dich auf deine Karre und hau ab – es sei denn, du willst dir richtig Ärger einhandeln.«

»So wie deine kleine Schwester?« Regan grinst hämisch. »Muss ja ziemlich Zoff gegeben haben, schwanger und ohne Schulabschluss …«

Ein Ausdruck unbändigen Zorns huscht über Patricks Gesicht. Er sieht aus, als wolle er sich blindlings auf Regan stürzen.

»Hey!« Den Fuchs fest im Arm packe ich Patrick am Handgelenk. »Nicht.«

Patrick hält den Blick weiter auf Regan gerichtet.

»Patrick!« Ich versuche, ihn wegzuziehen.

»Kein Wort mehr über Anise«, knurrt Patrick. Ich kann seinen Arm keinen Zentimeter bewegen – es ist, als würde ich an einem Laternenpfahl zerren.

»Bitte, Patrick.« Flehend sehe ich zu ihm auf. Ich will unbedingt wissen, was hier los ist. Wieso Patrick und dieser Mann sich so abgrundtief hassen. Aber zuerst gilt es, dafür zu sorgen, dass er sich nicht prügelt.

Einen Augenblick lang bleibt Patricks Arm stahlhart, doch dann gibt er nach.

Regan schüttelt den Kopf. »Sieh mal einer an. Patrick Mansfield lässt sich von einer Frau Befehle geben. Dass ich diesen Tag noch erleben darf.«

»Ich verstehe schon, wieso er auf sie steht.« Ein eigentümliches Lächeln spielt um Blakes Lippen, als er mich ansieht. »Süß sieht sie aus, die Kleine.«

Regan steigt auf seine Maschine. »Du standst ja schon immer auf reiche Schicksen, Blake.«

»Ich bin keine reiche Schickse«, fauche ich.

»Natürlich nicht«, erwidert Regan. »Du kommst bloß aus einer erstklassigen Familie, hast die besten Schulen besucht …«

»Von wegen«, gebe ich zurück. »Ich war nie auf irgendeiner tollen Schule. Und meine Familie kennt kein Mensch. Ich bin bloß die Nanny, das ist alles.«

»Die was?« Ungläubig reißt Regan die Augen auf.

Blake bricht in lautes Gelächter aus. »Ich hab dir doch schon tausendmal gesagt, dass Patrick kein Snob ist. Du hast ihn schon immer falsch eingeschätzt.«

»Willst du unbedingt eins aufs Maul, Blakey?«, faucht Regan.

»Die Kleine wäre es mir wert.« Blakes dunkle Augen flackern, als er mich abermals mustert. »Jederzeit.«

Ich weiche seinem Blick aus, während ich den Fuchs schützend an meine Brust drücke.

»Du hast uns heute echt den Spaß versaut.« Regan lässt den Motor seines Quads aufheulen. »Das werde ich dir nicht vergessen.«

»Dieser Fuchs ist noch nicht mal ausgewachsen«, entgegnet Patrick. »Und gerade mal halb so groß wie deine Hunde. Macht es dir ernsthaft Spaß, Fuchswelpen zu jagen?«

»Immerhin jagen wir«, sagt Regan. »Im Gegensatz zu dir. Die Thorburns sind eben echte Männer.«

»Echte Männer hetzen keine Hunde auf wehrlose Tiere«, erwidert Patrick. »Ich gehe aus Notwendigkeit auf die Jagd. Und das Töten übernehme ich selbst.«

»Von mir aus.« Abermals lässt Regan den Motor seines Gefährts aufheulen. »Wenn die Kleine die Nase voll hat von dem Fuchs, bringt ihr das Vieh wieder zurück. Ansonsten kannst du dich auf was gefasst machen.«

»Der Fuchs gehört jetzt Sera«, sagt Patrick. »Er ist ihr zugelaufen, und sie kann mit ihm machen, was sie will. Tja, und irgendetwas sagt mir, dass sie ihn bestimmt nicht deinen Hunden ausliefern wird.«

»Willst du einen Krieg anzetteln, Mansfield?«

Patrick lacht. »Unsere Familien sind längst im Krieg, Thorburn. Seit Jahren. Dafür brauchst du keinen Fuchs vorzuschieben.«

»Mit deiner Schwester habe ich jedenfalls keinen Streit.«

»Keine Ahnung, wieso. Sie hätte weiß Gott Grund genug. Schlimm genug, dass sie auf der Schule für dich geschwärmt hast.«

»Aber inzwischen ist sie kein Schulmädchen mehr, Mansfield. Und trotzdem schickt sie immer noch Weihnachtskarten. Und zu meinem Geburtstag eine SMS.«

»Noch dümmer von ihr.«

»Ich werde dir das nicht vergessen.« Der Motor des Quads knattert, als Regan kehrtmacht. Dann wirft er noch einen Blick über die Schulter. »Ach ja, deine Hübsche hier kümmert sich doch um den kleinen Bertie – weiß sie auch, wer sein Vater ist?«

»Nein. Bis jetzt nicht.«

»Da frage ich mich, wie deine Kleine wohl von den Mansfields denken wird, wenn sie es rausbekommt.« Mit diesen Worten düst Regan davon.

Riley knattert hinter ihm her.

Mit dem Anflug eines Lächelns auf den Lippen mustert Blake mich noch einen Augenblick, dann wendet er und folgt seinen Brüdern.

32

Ich hole tief Luft, während ich den Kerlen auf ihren Quads hinterhersehe. Inzwischen habe ich die Arme so fest um den zitternden Fuchs geschlungen, dass ich sie kaum noch spüre.

»Du kennst die Typen ja anscheinend ziemlich gut«, sage ich schließlich.

»Ja. Ihnen gehört eine Farm ganz in der Nähe.«

»Die bewirtschaften eine Farm? So sahen sie überhaupt nicht aus.«

»Sie leben dort, von Bewirtschaften habe ich nichts gesagt.«

»Worum ging es da eigentlich gerade? Wer ist Crystal?«

»Ihre Schwester.« Patrick setzt sich auf einen umgestürzten Baum, stützt die Ellbogen auf seine langen Beine und fährt sich mit den Händen übers Gesicht.

»Und?«

»Ich habe sie mal gevögelt. Vor einer Ewigkeit.«

Glühende Eifersucht ergreift Besitz von mir.

»Oh.« Mehr bringe ich nicht hervor.

»Es ist lange her. Und es war ein großer Fehler.«

»Hast du sie geliebt?«

»Ich kannte sie nicht mal richtig.«

»War sie hübsch?«

»Spielt das eine Rolle?«

»Für mich schon.«

»Wieso stellen einem Frauen immer solche Fragen?« Patrick sieht zu den Baumwipfeln auf. »Ja, sie war hübsch. Wenn man so will.«

Falsche Antwort.

Am liebsten würde ich ihn ohrfeigen.

»Ich wünschte, ab und zu würdest du lügen.«

»Setz dich zu mir.« Patrick klopft auf den Baumstamm.

Widerstrebend setze ich mich neben ihn. Der Fuchs wird ein bisschen unruhig, macht es sich dann aber auf meinem Schoß bequem.

»Es ist völlig egal, mit wem ich vor dir geschlafen habe«, sagt Patrick. »Und weißt du auch, warum?«

»Warum?« Ich klinge wie ein schmollender Teenager.

»Ich habe es dir bereits gesagt. Weil du die erste Frau bist, die ich liebe.«

Darauf fällt mir keine Erwiderung ein.

Patricks Blick schweift durch den Wald. »Die Mädchen, die ich vor dir kannte … Sie könnten dir nicht mal annähernd das Wasser reichen.«

»Wie schön, dass jemand mit deiner Taktlosigkeit auch mal die richtigen Worte findet.«

Patrick runzelt die Stirn. »Heute werden sich die Thorburns hier nicht noch mal blicken lassen. Aber Regan wird auf seine Beute nicht verzichten.« Er wirft einen Blick auf den Fuchs und schüttelt den Kopf. »So viel Ärger wegen des kleinen Kerls.«

»Ich musste ihn retten. Es tut mir leid. Ich wollte keine Schereien.«

»Braucht es nicht. Mit den Typen gibt es immer Ärger.«

»Worum ging es überhaupt?«, frage ich zögernd. »Was sollte das mit deiner Schwester?«

»Anise ist Regan Thorburn früher wie ein Schoßhündchen hinterhergelaufen. Sie und meine Cousine Zara hatten etwas für Loser übrig. Möchtegernrocker und Vollpfosten, die den ganzen Tag im Pub abhängen, das war genau ihr Ding. Gott sei Dank ist sie ein bisschen vernünftiger geworden. Hatte ich zumindest gedacht.«

»Oh.« Plötzlich fällt mir etwas ein, und ich beiße mir auf die Unterlippe. »Du verlangst aber nicht von mir, dass ich den Fuchs wieder freilasse?«

»Wie kommst du denn darauf?«

»Du hast doch gesagt, Fuchsjagden wären auch nicht grausamer als die Natur.«

»Dieser Fuchs ist noch ein Welpe. Er hat noch gar nicht richtig gelebt. Eigentlich sollte Regan genau wissen, dass Jungtiere tabu sind. Ich dachte, dass er zumindest einen Funken Anstand im Leib hat.«

»Und was sollte das mit Berties Vater?«

»Er wollte mich bloß provozieren. Mich daran erinnern, dass wir Mansfields alles andere als eine Vorzeigefamilie sind. Als wüsste ich das nicht selbst.«

»Was hat Berties Vater überhaupt mit ihm zu tun?«

»Leider eine ganze Menge.« Patrick packt den Fuchs an der Nase, zieht seine Lefzen hoch und nimmt seine Zähne in Augenschein. »Aber das ist Anises Sache. Darüber musst du mit ihr reden.«

»Oh.« Ich sterbe fast vor Neugier, will Patrick aber nicht mit weiteren Fragen nerven. Er stellt sich vor seine Schwester, und das respektiere ich.

»Sein Gebiss ist voll entwickelt.« Patrick lässt die Schnauze des Fuchses wieder los. »Wir nehmen ihn mit in unseren Wald, und dann lässt du ihn laufen, okay? Nicht dass er dich noch für seine Mami hält.«

Ich spüre, wie sich meine Schultern versteifen. »Aber was ist, wenn er wieder zurückläuft?«

»Das wird er nicht.«

»Woher willst du das wissen?«

»Weil er gar nicht so weit kommen würde. Er ist zu zahm. Wenn du mich fragst, haben ihn die Thorburns mit der Hand aufgezogen. Und dann freigelassen, um ihn zu jagen.«

»Und was wird mit ihm passieren?« Ich drücke den Fuchs an mich.

»Er wird sich in irgendein Loch verziehen. Wie auch immer, den morgigen Tag erlebt er jedenfalls nicht mehr.«

»Er wird sterben, wenn wir ihn freilassen?«

»Mit Sicherheit. Aber zumindest bleibt ihm das Schicksal erspart, von den Hunden in Stücke gerissen zu werden.«

»Können wir nicht seine Mutter suchen?«

Patrick schüttelt den Kopf. »Sie ist wahrscheinlich längst tot.

Den Thorburns zum Opfer gefallen. Aber das spielt auch keine Rolle. Er braucht keine Milch mehr.«

»Ich will ihn aber nicht sterben lassen. Schon gar nicht mutterseelenallein im dunklen Wald.«

»Aha. Sondern?«

»Ich kann mich doch um ihn kümmern.«

Patrick lacht. »Du willst Fuchsmami spielen? Wir sind hier auf dem Land, Seraphina, mitten in der Natur. In der Wildnis. Und Füchse sind keine Babys. Manche überleben, manche sterben. So ist das Leben.«

33

Ich spüre, dass der Fuchswelpe immer noch zittert, als ich ihn abermals fest an meine Brust drücke. »Das mag ja alles sein, aber er ist mir direkt in die Arme gesprungen, und ich werde für ihn sorgen.«

»Und wie willst du das anstellen?«

»Keine Ahnung. Ihn füttern, ihm ein warmes Plätzchen schenken.«

»Das ist kein Haustier, Seraphina, sondern ein wildes Tier.«

»Das ist mir egal. Kinder werden auch nicht handzahm geboren, und ich bin bislang noch mit jedem klargekommen. Ich werde meine Meinung nicht ändern, Patrick. Der Welpe bleibt bei mir.«

Einen Moment lang sieht er mich schweigend an. »Okay«, sagt er dann. »Wenn du unbedingt einen Fuchs als Haustier haben willst, werde ich dich nicht daran hindern. Aber ins Schloss kommt er mir nicht. Du musst ihn draußen unterbringen.«

»Abgemacht.«

»Und wenn er krank wird oder nicht frisst, gebe ich ihm den Gnadenschuss. Auch abgemacht?«

»Mit Sicherheit nicht. Dann bringe ich ihn zu einem Tierarzt.«

»Du wirst wohl kaum einen finden, der sich mit Füchsen auskennt.«

»Dann suche ich eben einen.«

»Na schön. Ich bin gespannt, wie du einem Jungfuchs Manieren beibringen willst.«

Vorsichtig fasse ich den Kleinen unter den Vorderläufen und hebe ihn hoch, sodass seine Nase beinahe die meine berührt.

Angstvoll starrt er mich mit seinen dunklen Augen an und gibt ein leises Fiepen von sich.

»Alles okay«, flüstere ich. »Ich lasse dich nicht sterben, mein Kleiner. Ich kümmere mich um dich.«

Patrick lacht. »Er ist kein Baby, Seraphina. Pass bloß auf, sonst beißt er dir noch die Nase ab.«

»Niemals.« Ich nehme den Kleinen wieder herunter, öffne den Reißverschluss meiner Jacke und schiebe ihn behutsam hinein.

»Sieh dich vor«, sagt Patrick. »Wahrscheinlich ist er voller Flöhe.«

»Und wenn schon.«

»Bist du gegen Tollwut geimpft?«

»Ja.«

»Sehr gut. So ein Fuchs kann nämlich ziemlich übel zubeißen.«

»Er wird mir nichts tun. Er weiß, dass er mir vertrauen kann.«

Der Fuchs schmiegt sich an meinen Bauch, steckt die Nase unter den Vorderlauf und schließt die Augen.

»Wenn du meinst.« Mit einem halben Lächeln wirft Patrick

einen Blick auf das Tier in meiner Jacke. »Ein Bild für die Götter. Jetzt darfst du dich auch Fuchsflüsterin nennen.«

»Können wir zurückgehen? Ich muss ihn füttern.«

»Du willst das persönlich übernehmen?«

»Er hat ja keine Mum, die für ihn da ist.«

»Okay. Dann bringen wir dich und den Kleinen jetzt erst mal zum Schloss. Dort kannst du dann Kindermädchen spielen. In der Zwischenzeit spreche ich mit Gregory, wo wir ihn unterbringen. Er kann dir auch ein paar Tipps geben, wie man ein Wildtier aufzieht.«

»Danke«, erwidere ich. Warm liegt der kleine Fuchs an meinem Bauch. Der sanfte Rhythmus seiner Atemzüge verrät mir, dass er eingeschlafen ist.

Patrick schüttelt den Kopf. »Du brauchst mir nicht zu danken. Gut möglich, dass ich diese Entscheidung noch bitter bereue.«

Plötzlich reckt er das Kinn, lässt den Blick über die Bäume schweifen.

»Patrick?«

»Pst!«

Ich verstumme und lausche, aber ich höre nichts.

»Beweg dich nicht.« Patrick tritt vor mich. »Da kommt jemand.«

34

Patrick richtet sein Gewehr auf die Bäume.

Ich spüre die Wärme, die von seinem Rücken ausgeht.

Er steht so reglos da wie eine Statue, bewegt nur den Lauf der Waffe langsam hin und her.

Erst jetzt höre ich es auch – ein kaum wahrnehmbares Rascheln, das aber genauso gut von einem Vogel oder einem Eichhörnchen stammen könnte.

Dann werden Schritte aus dem Rascheln, das unverkennbare Knirschen schwerer Sohlen auf dem von Blättern übersäten Waldboden.

Eine Gestalt erscheint zwischen den Bäumen.

»Patrick!«, platze ich heraus.

Doch Patrick lässt das Gewehr sinken und lächelt.

»Als Verfolger bist du eine echte Niete«, ruft Patrick dem Fremden entgegen. »Man hört dich eine Meile gegen den Wind.«

Ein Mann tritt zwischen den Bäumen hervor. Er ist groß, schlank und durchtrainiert wie Patrick, hat aber rotbraunes Haar. Seine Grübchen verleihen ihm ein fast jungenhaftes Aussehen, doch seine Augen verraten, dass er etwa so alt wie Patrick sein muss.

»Dann kann ich mich wohl glücklich schätzen, dass du mir keine Kugel verpasst hast«, ruft der Mann zurück, während er auf uns zukommt. Sofort fällt mir sein ausgeprägter Oberschichtakzent auf, den ich nur zu gut von einigen Mädchen aus Wilas Schule kenne.

Patrick und der Mann mustern einander einen Augenblick lang, dann brechen beide in Gelächter aus und schlagen einander auf die Schultern.

»Schön, dich zu sehen, Grey«, sagt Patrick.

»Ganz meinerseits«, erwidert Grey mit einem breiten Lächeln. Er hat strahlend blaue Augen, und rings um seine Augenwinkel graben sich winzige Fältchen in seine Haut ein, auch wenn er wahrscheinlich erst Anfang dreißig ist; offenbar hat auch er eine Menge Zeit unter freiem Himmel verbracht.

»Hat Rab dich geschickt?«, fragt Patrick.

»Genau. Es gibt Neuigkeiten. Dein Vater wird juristisch von Veronica Daniels vertreten.«

»Tja«, sagt Patrick. »Ich hätte nicht gedacht, dass ihr Geld so viel bedeutet.«

»Ich konnte sie noch nie leiden«, sagt Grey.

»Ich auch nicht.« Ein angedeutetes Grinsen spielt um Patricks Lippen. »Gut, dass du uns aufgespürt hast.«

»Meine einfachste Übung.« Grey richtet den Blick auf mich. »Mit wem habe ich denn die Ehre?«

»Seraphina«, stelle ich mich vor und erwidere leicht verlegen seinen Händedruck.

»Die schöne Seraphina. Sehr erfreut.«

»Krieg dich wieder ein, Grey«, sagt Patrick.

Lachend lässt Grey meine Hand wieder los. »Das stimmt also alles? Ich habe mich schon gefragt, wer das Mädchen ist, das den schottischen Drachen gezähmt hat.«

»Gezähmt wäre übertrieben«, meint Patrick. »Aber vielleicht ein bisschen.«

»Also domestiziert?«

Patrick lacht abermals. »Das nun auch wieder nicht. Ich denke, es ist ein bisschen komplizierter.«

»Nun, schöne Seraphina«, sagt Grey. »Darf ich fragen, warum Sie einen Fuchs mit sich herumtragen?«

»Die Thorburns waren mit ihren Hunden hinter ihm her«, erklärt Patrick. »Und Seraphina war ihm lieber als die Reißzähne der Köter.«

»Er ist also zahm?«

»Sieht ganz so aus. Seraphina will ihn mitnehmen und Kindermädchen für ihn spielen.«

»Ins Schloss?« Grey grinst. »Bist du sicher, dass sie dich

nicht gezähmt hat, Patrick?« Er wendet sich zu mir. »Sie müssen ja erstaunliche Fähigkeiten besitzen, junge Dame.«

»Allerdings«, bestätigt Patrick. »Und behalt deine Finger gefälligst bei dir, Freundchen.«

Grey hebt die Hände. »Reg dich ab. Ich habe mich doch bloß mit ihr unterhalten.«

»Ich kenne dich verdammt gut, Grey.«

»Ja, ich stehe auf Frauen. Na und?«

»Kaum siehst du ein hübsches Mädchen, lässt du den Casanova raushängen.«

Grey zieht eine Augenbraue hoch, und seine Grübchen vertiefen sich. »Entweder redet seine Lordschaft mit uns, als wären wir Rekruten, oder er bezeichnet uns als Schürzenjäger.«

Unwillkürlich muss ich lachen.

Patrick lächelt ebenfalls. »Pass auf, was du sagst, Soldat. Du magst mein bester Freund sein, aber das wird mich nicht davon abhalten, dich notfalls in die Schranken zu weisen.«

»Nur die Ruhe, Patrick«, erwidert Grey. »Zwing mich nicht, mich mit dir anzulegen. Das endet nur mit Tränen. Zwar auf meiner Seite, aber trotzdem.«

»Jedenfalls freut es mich, dich zu sehen, Soldat. Aber lass gefälligst die Finger von meinem Mädchen. Meinst du, du schaffst das, Mann?«

»Deinem *Mädchen*?«, platze ich heraus.

Grey lacht. »Endlich mal jemand, der Lord Patrick Mansfield die Stirn bietet. Ich dachte schon, ich wäre der Einzige, der sich das traut.«

»Oh, das ist ihre Spezialität«, entgegnet Patrick. »Oder warum habe ich ihr wohl erlaubt, den Fuchs zu behalten?«

»Gut, dass die junge Lady auf Raubtiere steht«, flüstert Grey mir zu. »Wie sollte sie auch sonst mit Patrick klarkommen?«

»Schluss jetzt, Grey.«

»Bloß ein kleiner Witz.« Wieder hebt Grey die Hände. »So empfindlich, Patrick? Das muss Liebe sein.«

Patrick mustert ihn mit unbewegter Miene. »Allerdings.«

Grey zieht die Brauen fast bis zum Haaransatz hoch. »Soll ich mir schon mal einen Hut für die Hochzeit bestellen?«

»Wird schwierig, einen für deinen Dickschädel zu finden.«

»Der ist nicht das Problem. Eher eine Hose, die weit genug ist, damit nicht alle …«

»GREY!«

»Okay, okay, krieg dich wieder ein.« Grey wendet sich erneut mir zu. »Bitte entschuldigen Sie meine Ausdrucksweise, Miss …«

»Harper«, sage ich.

»Ist mir ein Vergnügen. Darf ich die zwei Turteltäubchen zum Schloss begleiten?«

»Ich gehe voran.« Patricks Finger schließen sich fest um meine Hand.

»Hat der Fuchs denn schon einen Namen?« Greys blaue Augen funkeln leicht belustigt, während er neben uns hergeht.

»Ich glaube, ich nenne ihn Danny-Boy«, antworte ich. »Nach meinem Bruder. Alle sagen, mein Bruder Danny hätte neun Leben, und der kleine Kerl hier scheint ja auch ein Glückskind zu sein.«

»Du lieber Himmel.« Patrick schüttelt den Kopf. »Du willst ihm doch nicht ernsthaft einen Namen geben.«

»Warum denn nicht?«

»Weil er bloß ein wildes Tier ist.«

»Du hast doch selbst gesagt, wir alle wären Tiere«, gebe ich zurück. »Trotzdem hat dich jemand Patrick genannt. Und zumindest ich freue mich darüber.«

Grey lacht. »Jetzt hat sie es dir aber gegeben, Lord Mansfield.«

»Sie ist die Einzige, der ich das durchgehen lasse.« Patrick hilft mir über ein paar Felsen. »Vorsicht, Miss Harper. Und nicht so eilig. Du kennst den Wald immer noch nicht so gut wie ich.«

35

Grey, du sagst Rab Bescheid, dass wir zurück sind. Ich bringe Seraphina und ihren kleinen Freund zu den Zwingern.« Er krault Dannys Köpfchen.

»Geht klar.« Grey schlägt den Weg zum Schloss ein.

»Ich wusste gar nicht, dass es hier Zwinger gibt«, sage ich, während ich Patrick um das Schloss herum folge.

»Mein Vater hat Windhunde gehalten«, erklärt Patrick und führt mich zu ein paar düsteren, von Gestrüpp umwucherten Verschlägen. »Was allerdings nicht heißt, dass er sich auch um sie gekümmert hätte.«

»Und die hat er in diesen Schuppen gehalten?« Mein Blick fällt auf mehrere mit Regenwasser gefüllte Futternäpfe. Offensichtlich haben die Zwinger schon seit einer Ewigkeit keine Hunde mehr beherbergt.

»Ja.« Patrick entriegelt einen der Verschläge. »Hier kann dein kleiner Danny-Boy schlafen. Und dem lieben Gott danken, dass ihm Wind und Wetter nichts anhaben können.«

»Okay.«

»Ich sage Gregory Bescheid, dass er Welpenfutter besorgen soll. Dann kannst du deinen Kleinen so lange füttern, bis dir aufgeht, dass die Aufzucht eines Wildtiers doch nicht so viel Spaß macht, wie du anscheinend glaubst.«

»Ich mache das nicht aus Spaß«, entgegne ich. »Du tust gerade so, als wäre ich ein dämlicher Teenager, der unbedingt ein Tierbaby haben will. Dabei will ich nur nicht, dass er stirbt.« Ich werfe einen Blick auf den schäbigen Verschlag. »Das ist aber eine trostlose Behausung.«

Patrick lacht. »Für einen Fuchs ist es das reinste Luxushotel.« Er klopft auf das Dach. »Hier ist er geschützt, und obendrein bringt ihm jemand sein Fressen. Einen glücklicheren Fuchs wirst du nirgends finden.«

Ich schlucke. Wahrscheinlich hat Patrick recht.

»Komm, Kleiner«, sagt Patrick und greift in meine Jacke.

Der Fuchs schnuppert an Patricks Händen.

Behutsam nimmt Patrick ihn heraus und setzt ihn in den Zwinger.

Danny-Boy tapst über den Betonboden und schnuppert überall. Er scheint alles andere als unglücklich zu sein. Kein bisschen. Aber …

»Kann ich ihn nicht doch mit ins Schloss nehmen? Nur für heute Nacht.«

»Auf keinen Fall.«

»Patrick …«

»Keine Widerrede, Seraphina. Das Tier bleibt hier draußen.«

Ich blicke zu Danny-Boy. »Aber hier ist es so schrecklich *grau*.«

»Du kannst nach ihm sehen, wann immer du magst.« Patrick schließt die Tür und schiebt den Riegel vor.

Danny-Boy beginnt zu wimmern und springt am Maschendraht hoch.

»Es gefällt ihm hier nicht«, stelle ich fest.

»Natürlich nicht«, erwidert Patrick. »Ein wildes Tier will in Freiheit leben.«

Ich beiße mir auf die Unterlippe. Womöglich hat Patrick

recht. Aber ich kann den Gedanken nicht ertragen, ihn draußen in der Wildnis sterben zu lassen. »Vielleicht fühlt er sich ja besser, wenn er ein bisschen Stroh kriegt«, wende ich ein, wenn auch mehr, um mein schlechtes Gewissen zu beruhigen. »Und etwas zu fressen.«

»Ich denke schon.«

»Na gut.« Ich nicke, während ich versuche, nicht auf das Wimmern zu hören. »Gehen wir jetzt zu Gregory?«

»Du bleibst hier bei dem Kleinen. Ich hole Gregory.«

36

Gregory erscheint mit Welpenfutter und trockenem Stroh.

Es gefällt mir gar nicht, dass ich Danny-Boy im kalten Schuppen zurücklassen muss, aber sobald er gefressen hat, schläft er auch schon ein.

»Komm, Seraphina«, sagt Patrick. »Lass den kleinen Kerl schlafen. Du musst dringend auch etwas essen.«

»Okay.«

Nur widerstrebend lasse ich ihn zurück, beruhige mich aber mit der Gewissheit, dass er hier immer noch sicherer ist als draußen im Wald, wo er höchstwahrscheinlich verhungert wäre.

»Ich weiß genau, was du denkst«, sage ich zu Patrick, als wir vor der Eingangstür stehen. »Aber das ist mir egal. Ich werde mich gut um ihn kümmern.«

»Wir werden sehen.« Patrick hält mir die Tür auf.

»Danke«, sage ich und trete an ihm vorbei ins Schloss. Trotz der gewohnten Kälte ist es hier drinnen immer noch angenehmer als im Eiswind.

»Bist du wütend auf mich?«, frage ich Patrick. »Wegen des Fuchses?«

»Nein.« Er legt die Hand auf die Tür. »Aber ich will nicht, dass du ihn im Schloss herumlaufen lässt.«

»Das habe ich doch schon versprochen.« Der Wind heult durch eine der Ritzen in der Tür.

Beim Gedanken an Danny-Boy auf seinem Strohlager überläuft mich ein Schauder. »Ich finde bloß die Vorstellung schrecklich, dass er ganz allein da draußen sein muss.«

»Seraphina …«

»Ich weiß, ich weiß, er ist ein Wildtier. Schon kapiert.«

»Komm und iss etwas. Du brauchst dringend etwas Warmes.«

Ich betrachte meine schmutzigen Fingernägel. »Eigentlich wollte ich vorher noch duschen.«

»Daraus wird wohl nichts. Im Ost- und im Westflügel gibt es erst abends warmes Wasser. Aber im Fitnessraum gibt es welches. Dort kannst du baden. Komm mit.«

37

Im Fitnessraum?«, frage ich, als ich Patrick am Pool und den Gerätschaften vorbei folge. »Ah, jetzt verstehe ich. Hier gibt es eine Dusche. Aber sagtest du nicht gerade baden?«

»Es gibt tatsächlich Duschen, allerdings sind sie noch nicht angeschlossen. Dafür haben wir einen Whirlpool.«

»Einen Whirlpool?«

»Ja.« Patrick öffnet eine kleine Rundtür am Ende des Fitnessraums. »Voilà.«

»Wow!«

Vor mir befindet sich ein weitläufiger, von Elektrokerzen

behaglich erleuchteter Raum mit einer ausladenden sechseckigen Whirlpoolwanne und Liegestühlen aus Holz.

»Willkommen im Schloss-Spa«, sagt Patrick.

»Wie schön es hier ist.« Der Duft nach Jasmin und Rosenöl steigt mir in die Nase. »Der reinste Traum für jemanden, der gerade die Nacht in den Wäldern verbracht hat.«

»Bestimmt willst du dich ein bisschen entspannen, nach all der Zeit mit mir.«

»Ich habe die Zeit mit dir sehr genossen.« Ich hole tief Luft und lasse den Blick über die blaugrauen Mosaikfliesen schweifen, während im Hintergrund leise das Wasser plätschert. »Und im Wald war es ganz wunderbar. Aber das hier ist natürlich auch nicht übel.«

Innerhalb von Sekunden habe ich meine Sachen ausgezogen und steige über die gefliesten Stufen in die Wanne.

»Ich dachte, du genierst dich wegen deiner Nacktheit«, bemerkt Patrick mit einem angedeuteten Lächeln.

»Nicht, wenn ich so schmutzig bin.« Lachend plansche ich im warmen, blubbernden Wasser herum.

»Hätte ich gewusst, dass es so einfach ist, dich aus den Klamotten zu bekommen, hätte ich dich schon viel eher hergebracht.«

In einem Anfall plötzlicher Verlegenheit schlinge ich mir die Arme vor die Brust.

»Lass das«, sagt Patrick.

In der Gewissheit, dass die Blasen meine Blöße verdecken, lasse ich die Arme wieder sinken.

»Besser?«

»Ein bisschen«, meint Patrick und schließt die Tür.

»Sehen Sie all Ihren Angestellten beim Baden zu, Lord Mansfield?«, frage ich neckend.

»Nein, nur dir«, antwortet Patrick, ohne den Blick von mir

zu lösen. Wieder beschleicht mich dieses Gefühl, als wäre ich ein Kaninchen, das vom großen bösen Wolf gejagt wird.

Patrick streift sich sein T-Shirt über den Kopf. Das weiche Licht der elektrischen Kerzen erhellt seinen wohlgeformten, gebräunten Oberkörper.

Er zieht seine restlichen Sachen aus und springt mit einem Satz in den Whirlpool.

»Oh!«, stoße ich erschrocken hervor, als mir eine Fontäne schaumigen Wassers ins Gesicht spritzt.

»Ich konnte nicht widerstehen«, bemerkt Patrick. »Du wolltest doch eine Dusche haben.«

Kichernd spritze ich ihn nass.

»Genug, genug!« Lachend packt er mich bei den Handgelenken und drückt mich gegen den Wannenrand.

»Wie kommt es, dass du mir nie von diesem Wellnessparadies hier unten erzählt hast?«, frage ich und sehe ihn an.

»Vielleicht weil ich darauf stehe, wenn du schmutzig bist«, gibt er zurück, ohne mich loszulassen.

Wieder muss ich lachen. »Hört sich ganz danach an, Mr Neandertaler.«

»Aber rein zufällig«, er streicht mir mit seiner nassen Hand übers Haar, »stehe ich auch drauf, wenn du sauber bist.«

»Noch bin ich es aber nicht.« Ich entwinde ihm meine Hand und halte sie ihm hin. »Siehst du, meine Nägel sind ganz schmutzig.«

Statt einer Antwort greift er hinter sich und nimmt ein ovales Seifenstück an einer langen weißen Kordel von der Ablage. »Mansfield Castle« ist auf der einen Seite eingestanzt.

»Eine Seife an einer Kordel?«, bemerke ich. »Ziemlich 80er-mäßig, was? Schön zu wissen, dass Mansfield Castle modisch immer up to date ist.«

Patrick lässt die Seife vor meiner Nase baumeln. »In Schottland war es nie aus der Mode.«

»Also, das hier ist definitiv das tollste Spa, in dem ich je war. Gibt's hier überall einen nackten Patrick Mansfield gratis mit dazu?«

»Nein, nur in diesem hier.« Patrick seift seine Hände ein, dann nimmt er meine und beginnt, jeden meiner Finger einzeln zu bearbeiten.

»Hm.« Genüsslich lasse ich den Kopf nach hinten sinken.

Mit kreisenden Bewegungen arbeitet Patrick sich über meine Hand, dann an meinem Arm entlang, ganz behutsam, so als berühre er etwas sehr Kostbares und Zerbrechliches.

Als er zu meinen Schultern gelangt, schiebt er mein Haar zur Seite und dreht mich herum, damit er meinen Rücken einseifen kann.

Patrick wäscht mich. Von Kopf bis Fuß. Zuerst den einen Arm, dann den anderen. Er hebt meine Füße an und seift sanft jede Zehe einzeln ein, als wären sie aus Glas, dann verteilt er die Seife auf meinem Bauch.

Ein leises Stöhnen dringt aus meiner Kehle, als er sich vom Nabel abwärts zwischen meine Beine arbeitet und die Seife rhythmisch auf und ab gleiten lässt.

Ganz langsam dreht er mich erneut um und drückt mich gegen die geflieste Wannenwand.

»Oh!«, schreie ich, als das Wasser zwischen meinen Beinen emporsprudelt.

Patrick hat mich direkt auf eine der Jetdüsen gesetzt, aus der das Wasser mit enormem Druck nach oben gepresst wird.

Im ersten Moment will ich ausweichen, aber Patrick hält mich fest.

»Oh! O Gott!«

Das Wasser aus der Düse schießt geradewegs in meinen Körper hinein. Es fühlt sich gut an, aber auch sehr intensiv – zu intensiv.

Gerade als ich mich allmählich an den Strahl gewöhne, spüre ich, wie Patrick die Seife in mich hineinschiebt.

»Oh!« Instinktiv spanne ich die Muskeln an.

»Du … nimmst deine Aufgabe, mich zu waschen ja … ziemlich ernst«, stoße ich hervor, während Patrick meinen Hals küsst.

In diesem Moment zieht er an der Schnur, dann schiebt er die Seife wieder nach oben. Auf und ab, auf und ab.

Oh!

Mit einem lustvollen Stöhnen spanne ich meine Muskeln abwechselnd an und lasse wieder locker.

»Patrick! O Gott, Patrick!«, rufe ich laut, während der Wasserstrahl weiterhin meinen Unterleib massiert.

Mit einem Ruck zieht Patrick die Seife heraus und macht sich an meinen Hinterbacken zu schaffen, während der Jetstrahl mit ungebremster Kraft auf mein Innerstes trifft.

Hingebungsvoll seift Patrick mein Hinterteil ein.

Ich spüre, wie sich die Wärme und das Verlangen in mir aufbauen, während ich den Wasserstrahl förmlich reite.

Inzwischen ist er fast ein wenig zu schwach. Ich will mehr!

Ich rücke ein Stück nach vorn, und Patrick – wie immer perfekt darin, die Sprache meines Körpers und meine Gedanken zu lesen – hält mich so über den Strahl, dass er geradewegs zwischen meine gespreizten Pobacken trifft.

»Oh! Oh!«, schreie ich auf.

Patrick lässt die Seife erneut zwischen meine Pobacken wandern und beginnt behutsam, sie in mich hineinzuschieben.

»Patrick! O mein Gott!«

Innerhalb kürzester Zeit ist es ihm gelungen, die Seife zur Hälfte und schließlich vollständig in mich hineinzuschieben.

Ich spüre die Festigkeit des Ovals in meinem Körper und die heraushängende Kordel, während ich mich stöhnend auf dem Strahl winde.

Gerade als ich sicher bin, es keine Sekunde länger zu ertragen, zieht Patrick die Seife mit einem Ruck aus mir heraus.

Das Gefühl der flutschenden Seife ist zu viel.

Ich komme augenblicklich, von Wogen der Lust geschüttelt, während ich mich gegen den Wannenrand presse.

Schließlich sacke ich erschöpft zusammen, das Gesicht feucht vom Dampf und vor Lust.

38

Schwer atmend lehne ich mich gegen die kühlen Fliesen. Patricks Hände liegen immer noch auf meinen Hüften.

»Das ist definitiv das beste Spa, das ich je besucht habe«, murmle ich. Patrick zieht mich auf seinen Schoß und schlingt die Arme um mich. Einen Moment lang verharre ich mit geschlossenen Augen in dieser Position.

»Und? Sauber genug?«, flüstert Patrick.

Ich lache. »Ich glaube nicht, dass ich schon jemals so sauber war. Es ist sehr freundlich von Ihnen, sich so hingebungsvoll um Ihre Mitarbeiter zu kümmern.«

»Jederzeit gern«, raunt Patrick und küsst meinen Hals, ehe er ein Handtuch aus einem Regal über uns nimmt. »Du brauchst dringend etwas zu essen«, sagt er und rubbelt mir das Haar mit dem Handtuch trocken. »Du musst ja einen Bärenhunger haben.«

»Allerdings.«

Wir sehen einander an.

»Inzwischen kann ich den Reiz des Waldes nachvollziehen, wenn das hier die Belohnung für einen Ausflug ist.«

Patrick lacht. »Ich bin nicht so der Whirlpool-Typ. Das ist eher Greys Metier.«

»Wirklich? Er kommt also häufiger her und nimmt ein Bad in deinem Whirlpool?« Ich ziehe eine Braue hoch.

»Ja. Sogar ziemlich oft«, antwortet Patrick grinsend. »Aber nicht, wenn du hier bist.«

»Wieso nicht?«

»Ich habe ihm klipp und klar gesagt, dass er sich unterstehen soll, splitternackt hier herumzulaufen, solange du dich hier aufhältst.«

»Haha.« Ich nehme ihm das Handtuch aus der Hand und steige aus der Wanne. »Wo ist er eigentlich? Isst er mit uns zu Mittag?«

»Nein. Ich habe ihn ins Dorf geschickt.«

»So? Warum denn?«

»Er mag mein bester Freund sein, aber solange du in der Nähe bist, traue ich ihm nicht über den Weg.«

Ich lache auf. »Das ist ein Witz, oder?«

»Ich kenne Grey schon ziemlich lange. Er ist ein anständiger Kerl, aber sobald eine Frau in der Nähe ist, muss er zwanghaft mit ihr flirten.«

»Na und? Das tut doch keinem weh.«

»Aber es könnte dazu *führen*, dass jemandem wehgetan wird.«

Mein Lächeln verfliegt. »Was behauptest du hier? Dass ich für den Erstbesten die Beine breit mache, der mir ein paar Nettigkeiten ins Ohr säuselt?«

Patrick verzieht das Gesicht. »Bitte, sag nicht solche Sachen.«

»Wieso nicht? Du hältst dich ja auch nicht gerade zurück. Was ist los? Glaubst du allen Ernstes, ich würde dich in den Wind schießen, nur weil ein junger, gut aussehender Typ mit mir flirtet?«

Patrick lässt seine Faust auf die Mosaikfliesen sausen. »Wenn du Grey so attraktiv findest, dann geh doch ins Dorf und such ihn. Du brauchst nur in die nächstbeste Bar zu gehen, dort sitzt er zwischen irgendwelchen Mädels, die wie gebannt an seinen Lippen hängen.«

»Was ist los mit dir, Patrick?«

»Es würde mich umbringen.«

»Was?«

»Es würde mich umbringen, wenn du jemals einen anderen hättest.« Er schließt die Augen. »Ich würde es nicht ertragen.«

Ich schüttle den Kopf. »Aber ich bin mit keinem anderen zusammen, sondern mit dir.«

»Stehst du auf Grey?« Er mustert mich durchdringend.

»Was?«

»Antworte.«

»Mach dich nicht lächerlich, Patrick. Ich bin völlig verrückt nach dir. Es gibt keinen anderen für mich.«

Patrick fährt sich mit der Hand durch sein feuchtes Haar. »Sollten er und du jemals …«

»Was ist denn plötzlich in dich gefahren?«

»Versprich es mir. Schwöre mir, dass du dich nicht zu ihm hingezogen fühlst. Denn wenn es so ist, dann muss ich es jetzt sofort wissen.«

»Du spinnst komplett, Patrick. Ich habe Grey vor … keine Ahnung … gerade mal einer halben Stunde das erste Mal gesehen und vielleicht zehn Worte mit ihm gewechselt. Wieso bist du plötzlich so eifersüchtig?«

»Er hat einfach einen Schlag bei Frauen.«

»Nach allem, was ich so höre, gilt dasselbe ja auch für dich.«

Patrick stößt ein harsches Lachen aus. »Ich suche mir die Frauen nicht aus, sondern sie kommen zu mir.«

»Ist dir eigentlich klar, wie überheblich du klingst?«

»Das ist eine reine Feststellung von Tatsachen. Grey genießt die Jagd. Ich habe nur einer einzigen Frau hinterhergejagt, und das bist du.«

»Das ist doch lächerlich, Patrick. Schieb nicht deinem Freund die Schuld an deiner Eifersucht in die Schuhe. Das ist allein dein Problem, nicht seins.«

»Ich habe dir doch gesagt, was dich angeht, traue ich ihm nicht über den Weg. Er darf sich nur in deine Nähe wagen, wenn ich dabei bin. Ende der Geschichte.«

»Du machst wohl Witze«, schnaube ich aufgebracht. »Für wen hältst du dich eigentlich? Du kannst niemandem verbieten, sich in meiner Nähe aufzuhalten.«

»Seraphina, ich will dich doch nur beschützen …«

»Nein«, schnauze ich ihn an. »Hier geht es nicht darum, *mich* zu schützen, sondern dich selbst.«

»Mein Entschluss steht fest«, beharrt er. »Das Mittagessen steht im großen Saal für dich bereit. Ich kann dich nicht begleiten, weil ich einige Sicherheitsfragen zu besprechen habe. Aber sobald ich fertig bin, werde ich dich holen.«

»Mich holen?«

»Ja. Wie wir wissen, neigst du dazu, dich zu verirren, und ich will sichergehen, dass du den heutigen Nachmittag in meinem Zimmer verbringst. Ich muss mich darauf verlassen können, dass du in Sicherheit bist.«

Ich lache freudlos auf. »Du glaubst allen Ernstes, dass ich mich in deinem Zimmer einsperren lasse? Nachdem du mir verboten hast, in die Nähe deines Freundes zu kommen?«

»Seraphina …«

»Ich gehe in mein altes Zimmer«, sage ich und gehe zur Tür. »Und dort werde ich heute Nacht auch schlafen. Und den Weg in den großen Saal finde ich auch allein. Ob du's glaubst oder nicht, aber ich habe mich auch ganz hervorragend hier zurechtgefunden, bevor wir zusammengekommen sind.«

»Hervorragend zurechtgefunden?«

»Na gut, vielleicht nicht ganz. Aber ich habe es hingekriegt.«

»Du musst das nicht tun, Seraphina. Du brauchst nicht die Unabhängige zu spielen.« Gütiger Himmel!

»Ich spiele das nicht, Patrick. Ich bin eine unabhängige Frau. Und du brauchst anderen Männern nicht zu sagen, dass sie sich von mir fernhalten sollen. Du musst mir vertrauen. Wenn du das nicht hinkriegst, haben wir keine Basis.«

»Hier geht es nicht um Vertrauen, sondern darum, dich zu beschützen. Ich weiß doch, wie Grey ist.«

»Und du glaubst, ich kriege das nicht allein hin? Oder hast du Angst, ich wäre so schwach, dass ich mich von ein paar schönen Worten einlullen lasse?«

39

Du könntest …« Er wendet den Blick ab.

»Ich könnte was?«

»Du könntest in ihm etwas sehen, das mir fehlt.«

»Was soll dir denn fehlen, Patrick?«, frage ich sanft. »Ich verstehe dich einfach nicht.«

»Ich bin kein Charmeur. Ich finde oft die passenden Worte nicht, sondern trage mein Herz auf der Zunge. Etwas anderes als Ehrlichkeit habe ich nicht zu bieten.«

»Glaubst du ernsthaft, ich würde mich so schnell verlieben? So wie dich habe ich noch nie jemanden geliebt.«

»Manchmal teilt einem das Schicksal nun mal schlechte Karten zu. Ich hätte nie gedacht, dass ich meinen Bruder verlieren könnte. Zumindest nicht, solange er unter meinem Kommando steht, unter meinem Schutz. Aber es ist passiert. Und wenn ich dich an jemand anderen verlieren würde …«

»Das ist so ziemlich das Letzte, wovor du Angst zu haben brauchst«, wende ich ein. »Meine Gefühle für dich hauen mich regelrecht um. Ich weiß nicht, was ich denken, was ich sagen soll. Ein Leben ohne dich ist mittlerweile unvorstellbar.«

Patrick steigt aus der Wanne, nimmt meine Hand und umschließt sie. »Würdest du bitte heute Nachmittag in meinem Zimmer bleiben? Und heute Nacht auch?«

»Damit du mich im Auge behalten kannst?« Eigentlich waren meine Worte scherzhaft gemeint, aber sie kommen todernst über meine Lippen.

»Vielleicht ein klein wenig«, gibt Patrick zu. »Ist das so schlimm?«

»Ja, ist es. Du solltest mir vertrauen.«

»Es ist schwer jemandem zu vertrauen, solange Grey hier herumschleicht. Der Typ hat ein Talent dafür, Frauen für sich zu gewinnen.«

»Patrick.« Ich entziehe ihm meine Hand. »Was ich hier gerade höre, gefällt mir überhaupt nicht. Willst du damit sagen, du traust mir nicht?«

Patrick presst die Lippen aufeinander. »Doch, das tue ich.«

»Wo liegt dann das Problem?«

»Ich würde es einfach nur nicht ertragen, wenn etwas passieren würde.«

»Das ergibt doch keinerlei Sinn. Wie soll etwas passieren, wenn du mir vertraust?«

»Ich wusste nicht, dass Grey heute hier sein würde. Vielleicht muss ich mich einfach an den Gedanken gewöhnen, dass er in deiner Nähe ist.« Nachdenklich legt er die Stirn in Falten. »Im Grunde ist er ein sehr enger Freund.«

»Wie lange kennt ihr euch schon?«

»Seit einer halben Ewigkeit. Wir waren zusammen bei der Armee. Und davor auf der Schule. Er ist mit mir durch dick und dünn gegangen. Und hat mir immer wieder aus der Patsche geholfen. Ich hätte mein Leben für ihn gegeben. Bevor du aufgetaucht bist.«

Ich ziehe eine Braue hoch. »Was hat das mit mir zu tun?«

Er lächelt. »Jetzt muss ich am Leben bleiben und mich um dich kümmern.«

»Aber wieso vertraust du ihm nicht, wenn er so ein guter Freund ist?«

»Er kann sich nun mal nicht beherrschen.«

»Tja, zum Glück kann ich es aber.«

»Trotzdem. Ich will nicht, dass du hier herumläufst, solange er hier ist. Ich muss dich im Auge behalten.«

Ich weiche zurück und schlinge das Handtuch fester um mich. »O mein Gott!«

»Was ist?«

»Etwas Schlimmeres könntest du nicht zu mir sagen.«

»Warum?«

»Du verstehst es einfach nicht, oder? Es ist wichtig, dass du anderen vertraust. Dieses Problem musst du lösen. Und ich schlafe heute Nacht in meinem eigenen Zimmer.«

Patricks Augen verdüstern sich. »Das hier ist keine Frage, Seraphina. Verbring den Nachmittag in deinem Zimmer, wenn du unbedingt musst, aber solange Grey im Schloss ist, schläfst du bei mir, so einfach ist das.«

»Du scheinst eines zu vergessen, Patrick.«

»Und zwar?«

»In unserer privaten Beziehung bist du nicht mein Boss.«

»Ich versuche auch gar nicht …«

Ich schneide ihm mit einer Handbewegung das Wort ab. »Bitte, tu doch nicht so, als ginge es hier um etwas anderes als um deine Eifersucht.«

»Du kennst Grey nicht so wie ich.«

»Vielleicht muss ich ihn ja einfach besser kennenlernen«, gebe ich zurück, »dann können wir alle Freunde sein, und du hast keinen Anlass mehr, dir Sorgen zu machen.«

Patrick presst seine vollen Lippen zu einer schmalen Linie zusammen. »Du willst ihn besser kennenlernen? Wunderbar. Auf diese Weise erfahre ich es umso schneller.«

»So habe ich es nicht gemeint.« Ich strecke die Hand nach ihm aus, aber er tritt an mir vorbei zur Tür.

»Ich bitte die Haushälterin, dir frische Sachen zu bringen«, sagt er über die Schulter. »Essen gibt es im großen Saal. Du scheinst ja zu glauben, du findest den Weg allein. Aber solltest du in zwanzig Minuten nicht unten sein, komme ich dich holen.«

»Patrick«, rufe ich, aber er dreht sich nicht um.

Eine tiefe Leere breitet sich in mir aus, aber ich kann ihm nicht nachlaufen. Ausgeschlossen. Nicht nach dem, was er gerade gesagt hat. Wie kann er mir so etwas unterstellen? Wie kann er glauben, ich würde mich wie eine hilflose, dämliche Idiotin in die Arme seines Freundes werfen, nur weil dieser mich ein bisschen umgarnt? Glaubt er, Frauen seien nicht mehr als hübsche Püppchen, die bloß darauf warten, dass ein Kerl sie bei der Hand nimmt und ihnen sagt, was sie zu tun haben?

Auf dem Weg zum großen Saal bin ich so gedankenverloren, dass ich mehrmals die falsche Abzweigung nehme, aber dann reiße ich mich zusammen. Ich werde auf keinen Fall zulassen, dass Patrick mich noch einmal retten muss.

Wie kann er mir verbieten, in die Nähe eines anderen Mannes zu kommen? Das ist doch völlig verrückt.

Sich von einem Mann herumkommandieren zu lassen kann nur böse enden; das weiß ich aus Erfahrung nach all den Kerlen, mit denen sich meine Mutter eingelassen hat.

Wenn Patrick glaubt, mich ständig kontrollieren zu müssen, hat unsere Beziehung keine Zukunft. Aber allein die Vorstellung, von ihm getrennt zu sein, ist …

Ich liebe ihn. Das steht fest.

Aber manchmal ist Liebe einfach nicht genug …

40

Insgeheim hoffe ich, im großen Saal auf Patrick zu treffen, aber natürlich ist er nicht da. Schließlich ist er ein Mann, der zu seinem Wort steht.

Er *muss* zugeben, dass er einen Fehler gemacht hat. Dass seine Eifersucht komplett überzogen war. Dass er mich liebt.

Obwohl ich keinerlei Appetit habe, gehe ich zur Durchreiche.

»Was ist denn mit dir los, Süße?«, fragt Vicky und schiebt mir einen Teller Bratwurstauflauf zu. »Vermisst du Bertie so sehr?«

Schuldbewusst schüttle ich den Kopf. Natürlich fehlt er mir, aber ich war so mit meinen eigenen Problemen beschäftigt, dass ich seit unserer Rückkehr aus dem Wald gar nicht mehr an ihn gedacht habe.

»Ja«, antworte ich. »Aber im Moment geht mir der Streit, den ich gerade mit Patrick gehabt habe, nicht mehr aus dem Kopf.«

»Geplänkel unter Verliebten?«

»Leider wohl etwas mehr als das.« Ich blicke auf die Würste im Teigmantel, die in einer dickflüssigen Zwiebelbratensauce schwimmen.

»Sicher?«

»Er war schrecklich eifersüchtig. So habe ich ihn noch nie erlebt.« Ich lache, aber es ist kein freudiges Lachen. »Man muss eben aufpassen, was man sich wünscht.«

»Hat er denn Grund dazu? Wolltest du das?«

»Nein. Obwohl ich selbst keinen Deut besser bin, wenn die Sprache auf die Frauen kommt, mit denen er früher zusammen war. Eigentlich habe ich mir gewünscht, dass er ähnlich empfindet und ein bisschen eifersüchtig auf meine Exfreunde ist, damit ich weiß, dass ich ihm etwas bedeute.«

»Also hast du ihn eifersüchtig gemacht?«

»Einer seiner besten Freunde ist aufgetaucht. Und …«

Vicky reißt die Augen auf. »Grey ist hier?«

»Kennst du ihn?«

»Das könnte man so sagen«, stößt Vicky atemlos hervor.

»Vicky!«

Sie wird knallrot.

Jetzt muss ich ehrlich lachen. »Los, raus mit der Sprache. Stehst du etwa auf ihn?«

Vicky fummelt an der Manschette ihrer Kochjacke herum.

»Also ja!«

»Ich mag ihn«, murmelt sie. »Na ja, er ist einfach *toll.*« Ein verträumter Ausdruck liegt in ihren Augen.

»Vicky! Du hast doch nicht etwa …«

Sie schafft es nicht, mir in die Augen zu sehen.

»Du und Grey …«

Die Röte auf ihren Wangen verstärkt sich.

»Okay, okay. Ich will dich nicht in Verlegenheit bringen.«

Vicky tätschelt ihre Wangen. »Es ist schon eine ganze Weile her. Aber bitte verrate niemandem etwas, ja?«

»Natürlich nicht.«

»Ich war damals noch mit Joseph zusammen.«

»Deinem Freund?«

Sie nickt.

»Hast du eine Affäre mit Grey oder so was?«

»Nein, aber ich muss ziemlich oft an unsere gemeinsame Zeit denken.«

»Weiß dein Freund Bescheid?«

»Es war bloß ein lächerlicher One-Night-Stand im Suff, und natürlich hat er keine Ahnung. Ich bin fassungslos, wie es überhaupt dazu kommen konnte. Eigentlich bin ich nicht der Typ, der fremdgeht, aber dieser Grey hat eine Art an sich, einem das Gefühl zu geben, als wäre man die tollste Frau auf der ganzen Welt. Etwas ganz Besonderes.«

»Patrick hat auch gesagt, er hätte einen Schlag bei Frauen.«

Vicky seufzt. »Würde ich glauben, dass Grey ernsthafte Gefühle für mich hegt, würde ich Joseph auf der Stelle verlassen. Aber tief im Herzen weiß ich, dass es nicht so ist. Ich war nur eine Eroberung. Ein Spiel, das er gewonnen hat. Vermutlich erinnert er sich noch nicht mal an meinen Namen. Aber diese Nacht mit ihm war … die tollste, die ich je mit einem Mann hatte.«

»Wow.« Ich kann mir ein Grinsen nicht verkneifen. »Das ist doch schon mal was.«

»Es ist lächerlich. Ich bin auf die Sprüche eines Charmeurs hereingefallen und mit ihm in der Kiste gelandet, und dann habe ich mich in ihn verknallt. Aber wie gesagt, schätzungsweise weiß er noch nicht mal mehr, wie ich heiße.«

»Bist du sicher?«

»Nein, das nicht, aber so läuft es nun mal. So sind Charmeure. Sie geben dir das Gefühl, etwas Besonderes zu sein, als könnte sich mehr entwickeln, aber in Wahrheit ist man doch nur eine von vielen.«

»Wenn er auch so einer ist, solltest du ihn vielleicht lieber abschreiben.«

»Im Grunde ist er ein anständiger Kerl. Er mag nur die Frauen ein bisschen zu sehr und hinterlässt eine Spur gebrochener Herzen, wo immer er gerade steht und geht.«

»Im Grunde hat Patrick genau dasselbe von ihm gesagt.«

Vicky nickt. »Mr Mansfield ist ein kluger Mann.«

»Er hat Grey verboten, hier zu Mittag zu essen, weil er nicht will, dass er sich in meiner Nähe aufhält. Er war außer sich vor Wut.«

»Oh.« Vicky runzelt die Stirn. »Dann ist Grey also doch nicht ins Dorf gegangen, um sich mit einem Mädchen zum Essen zu treffen?«

»Nein, nur weil Patrick es so wollte.«

Selbst als die Worte über meine Lippen kommen, kann ich mich nur fragen, ob es das Richtige ist. Allem Anschein nach beschert dieser Grey den Frauen nur Kummer und Leid. Trotzdem bleibt mir nichts anderes, als Vicky die Wahrheit zu sagen. Was sie daraus macht, ist letzten Endes ihre Entscheidung.

Sie berührt meine Hand. »Also hat Lord Mansfield Grey gewarnt, sich von dir fernzuhalten. Das macht dich nur umso interessanter für ihn.«

»Er ist Patricks bester Freund und würde wohl kaum versuchen, bei mir zu landen, oder?«

»Kann sein. Aber er liebt Herausforderungen. Je größer, umso besser.«

41

Ich bringe kaum einen Bissen hinunter. Bevor ich gehe, entschuldige ich mich bei Vicky, aber sie winkt ab. »Kein Problem, schon okay.«

Am liebsten würde ich mich doch ein wenig in Patricks Schlafzimmer ausruhen. Ich wünschte, ich könnte alles vergessen, was er vorhin gesagt hat, und in seine Arme sinken. Aber ich bringe es einfach nicht über mich, zu ihm zu gehen.

Vielleicht ist er auch gar nicht dort. Aber ich könnte ja auf ihn warten, auf seinem Bett sitzen, den Geruch seines wunderbar warmen Körpers in der Nase, und …

NEIN, SERAPHINA!

Gedanken wie diese bringen mich nur in Teufels Küche. Schluss damit! Als Erstes muss er begreifen, dass er mit seiner Eifersucht und seinem ewigen Kontrollzwang bei mir nicht weiterkommt.

Aber wird er es auch begreifen?, quält mich eine innere Stimme. *Was wenn nicht? Was wenn er tief im Herzen genau das ist? Ein Mann, der jeden einzelnen meiner Schritte überwachen will, selbst wenn er gar keinen Grund dazu hat?*

Natürlich wusste ich immer, dass er ein sexistisches Arschloch ist. Aber bis jetzt hat es auch Spaß gemacht, mit ihm zusammen zu sein. Im Grunde habe ich keine Sekunde geglaubt, dass er mich kontrollieren wollte, sondern dachte, sein Verhalten diene nur dazu, mich ein bisschen heißzumachen.

Verwirrter als je zuvor marschiere ich durch die endlosen Korridore. Wenn er wirklich einer von diesen Spinnern ist, die alles und jeden kontrollieren müssen, warum in aller Welt hat er sich dann ausgerechnet *mich* ausgesucht? Warum nicht irgendein anderes Mädchen, das alles genau so macht, wie er will?

Ich muss daran denken, was Vicky über Grey gesagt hat. *Er liebt die Herausforderung.*

Bin ich für Patrick am Ende bloß eine größere Herausforderung als andere Frauen?

O Gott. Ich weiß es nicht.

Ich merke, wie mir die Tränen kommen, und lasse sie ungehindert über meine Wangen kullern.

Schniefend schlage ich den Weg zu meinem Zimmer ein.

Aber mir bleibt nichts anderes übrig, als abzuwarten. Und darauf zu hoffen, dass Patrick doch noch Einsicht zeigt. Ich kann jetzt nicht zu ihm gehen, sondern kann nur beten, dass er zur Vernunft kommt.

Als ich mein Zimmer betrete, bin ich derart in Trauer und Selbstmitleid versunken, dass ich im ersten Moment gar nicht bemerke, was sich verändert hat.

Dann aber sehe ich es, und unwillkürlich schlage ich mir die Hand vor den Mund.

Und dann breche ich erneut in Tränen aus.

42

Meine Sachen, die ich in Patricks Schlafzimmer zurückgelassen habe …

Sie liegen fein säuberlich zusammengefaltet auf einem Stuhl. Darunter stehen meine Cowboystiefel.

Meine Klamotten. Patrick hat sie herbringen lassen. Oder es sogar persönlich übernommen.

Mein Magen zieht sich zusammen, als ich mir vorstelle, wie er hier in meinem Zimmer gestanden hat.

Die Tränen strömen über meine Wangen.

Deutlicher hätte er nicht sagen können, dass er keinen Rückzieher machen wird. Und dass es ihm völlig egal ist, ob ich die Nacht heute mit ihm verbringe oder nicht.

Ich lasse mich aufs Bett fallen und schluchze in die Kissen.

O Gott, wie erbärmlich ich mich fühle. Absolut grauenhaft – weil ich heule, vor allem aber, weil ich an ein Märchen geglaubt habe. Wie konnte ich jemals auf die Idee kommen, dass ich einem Mann wie Patrick Mansfield etwas bedeute? Dass nicht irgendein Haken an der Sache sein würde?

Und ob du ihm etwas bedeutest, flüstert mir eine innere Stimme zu. *Das weißt du auch ganz genau. Aber wenn er nur ein sexistisches Arschloch ist, der dich nach seiner Pfeife tanzen lassen will, dann vergiss es.*

Den Rest des Nachmittags verbringe ich mehr oder weniger damit, auf dem Bett zu liegen und an die Zimmerdecke zu starren. Ich versuche Wila und Bertie zu erreichen, doch Anise geht ebenso wenig an ihr Handy wie Wila, die wohl gerade Unterricht hat.

Gegen Abend klopft es an der Tür. Rab bringt mir ein Tablett mit Roastbeef und frisch gebackenem Brot.

»Vicky meinte, Sie würden vielleicht lieber allein essen.« Rab mustert mich besorgt. »Aber wenn Sie wollen, kann ich das Essen auch wieder in den großen Saal bringen.«

»Nein danke.« Ich nehme das Tablett entgegen. »Ja, ich würde tatsächlich lieber allein essen. Haben Sie Patrick heute schon gesehen?«

Rab nickt. »Wir haben weitere Sicherheitsmaßnahmen besprochen.«

Ich kann mich nicht zurückhalten. »Hat er auch von mir gesprochen?«

»Nicht explizit«, erwidert Rab höflich. »Aber er hat bestimmt an Sie gedacht.«

»Oh. Hm. Danke.«

Als Rab gegangen ist, esse ich ein paar Bissen.

Und dann falle ich in einen unruhigen Schlaf.

43

Es ist stockdunkel, als ich plötzlich erwache.

Was ist das für ein Geräusch?

Abrupt setze ich mich auf und lausche angestrengt.

Ein hohes, lang gezogenes Heulen dringt von draußen herein. Es klingt abgrundtief verzweifelt, wie der Schrei eines kleinen Vogels, der sich in etwas verfangen hat.

Ich kriege eine Gänsehaut, obwohl es nicht kalt ist.

Als ich ans Fenster trete, wird mir klar, dass das Jaulen von der Ostseite des Schlosses kommt. Damit ist klar, wer da so herzzerreißend winselt.

Danny-Boy.

Ich mache auf dem Absatz kehrt und laufe zur Tür.

Das Heulen wird lauter, klingt noch verzagter, ehe es in atemlos klagende Japser umschlägt.

Ich reiße die Tür auf, hetze die Treppe hinunter, die Korridore entlang, bis ich vor dem mächtigen Portal in der eisigen schottischen Frühlingsnacht stehe.

Der Himmel ist klar, und über mir funkeln eine Million Sterne, während ich zu Danny-Boys Zwinger laufe.

Hell scheint der Mond auf die Rasenflächen.

Am Zwinger dringt mir wieder markerschütterndes Geheul entgegen.

Ich entriegle die Tür. Danny-Boy hat sich in einer Ecke des Verschlags zu einem Bündel zusammengekauert und jault erbärmlich.

»Danny-Boy«, flüstere ich.

Er hebt den Kopf. In seinen kleinen schwarzen Augen spiegelt sich das Mondlicht.

Ich gehe auf alle viere und krieche zu ihm hinein.

Er bellt heiser und bleckt die Zähne.

»Ich bin's nur«, flüstere ich.

Danny-Boy hört auf zu bellen und wimmert. Dann gibt er ein freudiges Kläffen von sich.

Patrick Worte kommen mir in den Sinn. Dass er ein wildes Tier ist. Und natürlich stimmt das, aber er ist ja noch ein Baby.

Im selben Moment fasse ich einen Entschluss. Um keinen Preis der Welt werde ich ihn weiter allein hier draußen vor sich hin jaulen lassen. Völlig egal, was Patrick sagt: Ich nehme ihn mit ins Schloss.

Vorsichtig strecke ich die Hände nach dem Kleinen aus und hebe ihn auf die Arme.

Danny-Boy winselt und windet sich in meinem Griff, doch nach ein paar Sekunden gibt er den Widerstand auf.

»Pst.« Ich wiege ihn behutsam hin und her.

Er legt den Kopf an meine Brust und jault leise. Doch dann verstummt er und schließt die Augen.

Ich gehe zurück zum Schloss, ohne zu den Fenstern aufzusehen. Ich pfeife darauf, ob Patrick mich vielleicht beobachtet. Der arme kleine Kerl kann unmöglich allein in diesem dunklen Verschlag bleiben.

Am Eingang versuche ich vorsichtig, eine Hand freizubekommen, um die Tür zu öffnen, als das Knirschen von Kies an meine Ohren dringt.

Ich fahre herum und sehe einen roten Lamborghini, der nur ein paar Meter von mir entfernt hält.

Es ist definitiv keine von Patricks Karossen. So einen Wagen würde er nie fahren. Und das heißt …

Es ist Grey.

44

Er öffnet die Fahrertür, steigt aus und kommt auf mich zu.

Zugegeben, er sieht verdammt gut aus – groß, durchtrainiert, glatt rasiert, markante Wangenknochen und eine Kinnpartie wie gemeißelt. Und auch seine Frisur kann sich sehen lassen: oben ein bisschen länger, an den Seiten schön kurz.

Seine Lippen verziehen sich zu einem breiten Lächeln, als er mich sieht; seine weißen Zähne schimmern im Mondlicht.

»Das ist aber eine nette Überraschung«, sagt er, während er Danny-Boy in Augenschein nimmt. »Und? Wie steht's im Reich der wilden Tiere?«

»Er hat die ganze Zeit gejault und gewimmert«, erkläre ich. »Ich wollte nur … Könnten Sie mir die Tür aufmachen?«

»Aber gern«, erwidert Grey. Seine Finger schließen sich über meiner Hand, die immer noch auf der Türklinke liegt.

Mir fällt sofort auf, wie sauber und gepflegt seine Fingernägel sind – makellos und perfekt manikürt.

Er riecht nach teurem Aftershave und trägt einen erstklassig sitzenden Blazer und Jeans dazu; Typ junger, schwerreicher Rugbyspieler.

»Nach Ihnen, Madam«, sagt er mit einer übertriebenen Verbeugung und legt die Hand um den Türrahmen, sodass ich mich unter seinem Arm hinwegducken muss.

»Haben Sie nichts dagegen, dass ich den Fuchs mitnehme?«, frage ich.

Grey zuckt die Achseln. »Das ist Ihre Sache. Weiß Patrick davon?«

»Nein. Na ja, vielleicht doch. Seltsamerweise weiß er alles, stimmt's? Und er will den Fuchs unter keinen Umständen im Schloss haben.«

Grey lacht. »Stimmt, er weiß eine ganze Menge. Aber ich bezweifle, dass er *allwissend* ist. Und er hat Ihnen verboten, das Tier ins Haus zu bringen?«

Ich nicke.

»Aber Sie tun es trotzdem.«

Wieder nicke ich.

»Das gefällt mir.« Leise schließt Grey die Tür hinter uns. »Dass sich endlich mal jemand nicht von Patrick einschüchtern lässt. Selbst ich habe manchmal Angst vor ihm.« In seinen unschuldigen blauen Augen funkelt es, als hätten wir uns gerade einen rasend komischen Witz erzählt. »Aber Sie offenbar nicht. Wie kommt das?«

Ich zucke die Achseln. »Ich habe keine Angst vor ihm. Nur davor, dass …«

»Wovor?«, fragt Grey.

»Dass ich ihn verlieren könnte.« Ich richte den Blick auf Danny-Boy, dessen pelziger kleiner Körper sich in meinen Armen hebt und senkt.

»Seid ihr schon lange zusammen?«, fragt Grey.

Er hat wirklich wunderschöne, einfühlsame Augen. Doch plötzlich fällt mir wieder ein, was Patrick über ihn gesagt hat. Und Vicky. Dass er genau weiß, wie man Frauen weichklopft. *Vorsicht, Seraphina.*

»Lange genug«, antworte ich hastig.

»Keine Angst. Ich kenne Patrick selbst seit einer Ewigkeit. Und ich sehe doch, dass er völlig hin und weg ist. Ich war bloß ein bisschen neugierig, das ist alles.« Er legt die Hand auf meinen Arm. »Entspannen Sie sich, okay? Ich bin kein Feind, sondern ein Freund. Einer von Patricks ältesten Freunden, um genau zu sein. Er liegt mir am Herzen. Und wer ihm wichtig ist, ist auch mir wichtig. Allerdings muss ich sagen, dass er sich heute wie ein Idiot verhalten hat. Mich aus dem Schloss zu werfen! Anscheinend hat er Angst, dass ich Ihnen an die Wäsche will.«

»Er ist ein bisschen eifersüchtig«, räume ich ein.

»Dazu hat er auch allen Grund«, erwidert Grey. »Sie sind eine ausgesprochen schöne Frau. Clever. Stark. Interessant.« Er sieht mir immer noch tief in die Augen. »Ein Mädchen wie Sie findet man nicht oft. Sie haben etwas Unwiderstehliches an sich.«

»Ich muss Danny-Boy in mein Zimmer bringen.« Ich wende mich zur Treppe.

»Danny-Boy?«, wiederholt Grey. »Ach ja, natürlich. Ich hatte vergessen, dass Sie dem kleinen Racker einen Namen gegeben haben. Hübsch. Darf ich fragen, warum Patrick den Kleinen nicht im Schloss haben will?«

Er folgt mir zur Treppe.

»Er sagt, dass wilde Tiere nach draußen gehören.«

»Tja, mit wilden Tieren kennt er sich aus.« Greys Hand schließt sich um das Geländer. »Ich habe schon immer vermutet, dass in ihm ein Wolf steckt.«

Ich lache. »Schon möglich.«

»Ich begleite Sie zu Ihrem Zimmer.«

»Nein danke. Das ist wirklich nicht nötig. Ich …«

»Ich bestehe darauf. Ich werde nicht zulassen, dass eine junge Dame nachts allein in diesem dunklen Schloss herumirrt.«

»Aber ich …«

»Keine Widerrede. Ich bringe Sie zu Ihrem Zimmer.«

»Es wäre mir lieber, Sie würden das nicht tun. Ich glaube nicht, dass Patrick sehr glücklich darüber wäre. Er … er hat darauf bestanden, dass … Ach was, vergessen Sie's.«

Grey zieht eine Augenbraue hoch. »Worauf hat er bestanden?«

»Ach, gar nichts. Ich glaube, es würde ihm einfach nicht gefallen. Das ist alles.«

»Und das ist Ihnen plötzlich so wichtig? Was Patrick gefällt oder nicht?«

Ich drücke Danny-Boy fest an meine Brust. »Nein. Es ist einfach besser, wenn Sie nicht mitkommen.«

»Wer sagt das denn? Patrick?«

»Nein, ich«, gebe ich zurück, doch im selben Moment wird mir klar, dass das nicht stimmt. Ich beuge mich nur Patricks Anweisungen. Eigentlich wäre es mir sogar sehr lieb, wenn Grey mich zu meinem Zimmer begleiten würde. Im Dunkeln ist das Schloss richtig unheimlich, und mir graut davor, mich mit Danny-Boy in den Armen zu verlaufen.

»Tatsächlich?« Grey beugt sich zu mir. Er hat ein wirklich süßes Lächeln.

»Na gut. Okay.«

»Es ist mir eine Ehre, Mylady.« Grey lächelt und verbeugt sich nochmals übertrieben vor mir. »Hier entlang, bitte.« Er legt eine Hand um meinen Ellbogen und führt mich die Treppe hinauf.

45

Sie sind wirklich außergewöhnlich schön«, sagt Grey, als wir vor meinem Zimmer stehen. »Wäre Patrick nicht mein bester Freund, würde ich garantiert versuchen, bei Ihnen zu landen.«

Ich lache. »Leider ohne Erfolg. Es würde nämlich nichts passieren.«

Grey schlägt sich eine Hand vor die Brust. »Wie grausam! Wirklich gar nichts?«

»Nein.«

»Warum? Bin ich so hässlich?« Gespielt verschämt beißt er sich auf den Fingerknöchel und sieht mich mit waidwundem Blick an.

Wieder muss ich lachen. »Nein.«

»Das wäre mir auch neu gewesen. Aber man weiß ja nie.«

Ich öffne die Tür. »Gute Nacht, Grey.«

»Moment. Erklären Sie mir wenigstens, warum Sie mir eine Abfuhr erteilen.«

»Das wissen Sie doch längst. Weil ich in Patrick verliebt bin.«

Greys Lächeln wird breiter. »Aha. Und wenn es nicht so

wäre, könnte ich also mit hineinkommen und Ihnen angemessen gute Nacht sagen?«

»Mit Sicherheit nicht«, gebe ich zurück.

»Sie brechen mir noch das Herz, Seraphina.« Grey tritt einen Schritt zurück und legt sich abermals die Hand auf die Brust. »Wie verletzend! Aber sagen Sie mir wenigstens, warum Sie mich zurückweisen. Moment, Moment, ich weiß – weil ich keinen Adelstitel habe, stimmt's? Sie wollen unbedingt einen Lord.«

»Wie kommen Sie denn auf so einen Unsinn?«

»Worum geht es dann?«

»Sie sind einfach nicht mein Typ.«

»Oh, da bin ich flexibel.«

Ich schüttle den Kopf. »Hören Sie auf mit dem Unfug, Grey.«

»Von wegen Unfug. Was wenn irgendwann mit Ihnen und Patrick Schluss ist? Ich muss wissen, wie ich Sie für mich gewinnen kann.«

»Vergessen Sie's. Ich bin doch nicht der Hauptgewinn auf dem Rummelplatz. Wieso sind Sie überhaupt so scharf auf mich? Es gibt doch garantiert jede Menge andere Mädchen, die bei Ihnen Schlange stehen.«

»Aber wenn ich die gar nicht will?« Er senkt die Stimme zu einem Flüstern. »Vielleicht schlägt ja mein Herz nur für Sie.«

Ich starre ihn finster an. »Hören Sie auf, Grey. Was reden Sie denn da? Das ist doch lächerlich. Wenn Patrick das hören würde …«

»Tut er aber nicht.« Grey tritt näher zu mir, lässt die Finger sanft durch mein Haar gleiten.

Ich weiche zurück.

»Grey …«

Im selben Moment erblicke ich einen riesigen Schatten am Ende des Korridors.

46

So spät noch auf den Beinen?« Patricks Stimme ist kalt wie Packeis.

Grey verzieht das Gesicht zu einem breiten Grinsen. »Patrick, alter Knabe. Ich wollte gerade …«

Danny-Boy zuckt zusammen.

»Ich habe dir doch gesagt, du sollst dich von ihr fernhalten«, knurrt er. »Und zwar klipp und klar.«

»Hey.« Grey breitet die Hände aus. »Alles halb so wild. Ich bin nur beim Nachhausekommen Seraphina draußen über den Weg gelaufen. Und als Gentleman musste ich sie doch zu ihrem Zimmer begleiten, oder?«

»Seit wann interessiert dich, wie sich ein Gentleman benimmt?«

Greys Lächeln verfliegt. »Ich *bin* ein Gentleman.«

»Das sehe ich ein wenig anders.«

»Nur weil ich Frauen gern mag, bedeutet das nicht, dass ich keiner bin. Ich liebe die Frauen nun mal, aber ein Spielertyp bin ich definitiv nicht.«

»Wage es nicht, sie noch mal anzufassen. Nie wieder. Hast du mich verstanden?«

»Klar und deutlich, Sir. Klar und deutlich. Du hast keinerlei Grund zur Sorge. Ich habe nur ein bisschen rumgeblödelt.«

»Blödle gefälligst mit jemand anderem herum.«

»Ich bitte dich, Patrick. Wir sind doch Freunde, oder nicht? Wir werden uns doch wohl nicht wegen einer Frau in die Haare kriegen.«

»Wegen dieser hier schon«, grollt Patrick. »Ich will, dass du sie zufrieden lässt. Kapiert?«

»Kein Problem.« Grey zaubert sein charmantestes Lächeln aufs Gesicht. »Dann bis morgen.« Er macht kehrt und geht an Patrick vorbei den Korridor hinunter.

Patrick wendet sich mir zu. »Ich will dich nicht noch einmal in seiner Nähe sehen.«

»Patrick …«

»Keine Diskussion.« Patricks Blick fällt auf meine Arme. »Und ich habe dir auch gesagt, dass dieses Tier draußen schläft. Warte hier. Ich hole jemanden, der ihn hinausbringt.«

»Die Mühe kannst du dir sparen. Ich werde ihn nicht hergeben.« Ich straffe die Schultern und sehe Patrick in die Augen.

»O doch, das wirst du, junge Dame.«

»Junge Dame!« Angewidert schüttle ich den Kopf. »Ich bin kein Kleinkind, das du herumkommandieren kannst. Ich lasse Danny-Boy nicht in der Kälte, wo er die ganze Nacht nur weint. Und du erteilst mir auch keine Anweisungen, mit wem ich reden darf und mit wem nicht. Grey …«

»Ich will das nicht hören.« Abwehrend hebt Patrick die Hand.

Ich presse die Lippen zusammen. »Wenn du mich sowieso nicht anhörst, ist jede weitere Unterhaltung zwecklos.«

»Dieser Fuchs wird in die Hundehütte zurückgebracht. Ende der Debatte.«

»Nein!«, schreie ich so laut, dass Danny-Boy vor Schreck zusammenzuckt.

Patrick mustert mich mit eisiger Miene. »Gut. Morgen früh wirst auch du begriffen haben, dass ein Fuchs nicht ins Haus gehört. Du wirst schon sehen.«

Er öffnet die Tür zu meinem Zimmer. »Gute Nacht, Seraphina«, sagt er, dann stapft er davon.

Mit jedem Schritt, den er sich von mir entfernt, wächst die Leere in meinem Innern.

Am liebsten würde ich ihm eine Gemeinheit hinterherrufen, aber was würde das nützen? Es liegt auf der Hand, dass er immer noch schrecklich eifersüchtig ist. Also drehe ich mich um und trete in mein dunkles Zimmer.

Ich schließe die Tür und bleibe einen Moment in dem von silbrigem Mondlicht erhellten Raum stehen.

Hektisch sieht Danny-Boy sich um.

»Ist schon gut, Kleiner«, flüstere ich beschwichtigend und setze ihn vorsichtig auf das Fußende des Betts.

Es ist schon spät; zu spät, um Sharon anzurufen und ihren Rat einzuholen.

Seufzend krieche ich unter die Decke und spüre Dannys kleinen flauschigen Körper, der mir die Füße wärmt.

Wenig später bin ich eingeschlafen.

47

Ich träume von Bertie – dass er aus Disney World weggelaufen ist und ihn niemand finden kann.

Das Herz klopft mir bis zum Hals, als ich aus dem Schlaf schrecke. Das erste rosafarbene Licht des Sonnenaufgangs fällt durchs Fenster.

Am liebsten würde ich Bertie anrufen, aber dafür ist es noch zu früh.

Bei der Erinnerung an die gestrigen Vorkommnisse läuft es mir eiskalt über den Rücken.

O Gott, was für ein Chaos!

Ich reibe mir die Augen.

Was um alles in der Welt stinkt hier so?

Blinzelnd sehe ich mich im Zimmer um, während mich dasselbe mulmige Gefühl beschleicht wie früher, wenn ich ins Büro der Rektorin beordert wurde.

Oje.

Danny-Boy sitzt mit Unschuldsmiene auf dem Boden neben dem Fenster und kratzt sich hinterm Ohr. Als er mich sieht, stößt er ein freudiges Jaulen aus und hüpft im Kreis herum.

»Danny-Boy!« Ich schüttle fassungslos den Kopf. »Du hast ja das ganze Zimmer auf den Kopf gestellt.«

Und das ist noch untertrieben – *komplett verwüstet* trifft es wohl eher.

Die langen Seidenvorhänge sind zerfetzt, zerfledderte Bücher und Dekogegenstände liegen auf dem Boden, Urinflecken und ein kleiner Kothaufen zieren den handgewebten Teppich, und von der Tagesdecke ist auch nicht mehr viel übrig.

Ich schlage mir die Hände vors Gesicht. »Zumindest kann Patrick jetzt sagen, er hätte mich gewarnt.«

Ich hebe den Vorhang an und nehme ihn in Augenschein – vielleicht kann ich ihn ja flicken. Eigentlich bin ich recht geschickt mit Nadel und Faden, aber ich müsste schon wahre Wunder vollbringen, um den Schaden wiedergutzumachen.

Danny-Boy verfolgt jeden meiner Schritte mit funkelnden Augen. Er scheint bester Dinge zu sein

»Ich weiß nicht, was es da zu grinsen gibt!«

In diesem Moment klopft es an der Tür.

»Wer ist da?«, rufe ich und laufe ins Bad, um eine Rolle Klopapier zu holen.

»Ich bin's«, flüstert jemand. Es ist eine Männerstimme, aber sie gehört eindeutig nicht Patrick.

Ich runzle die Stirn.

»Was wollen Sie?« Ich gehe auf alle viere und wische den Haufen auf.

»Darf ich reinkommen?«

»Nein!«, rufe ich. »Haben Sie nicht schon genug Ärger gemacht?«

Ich höre, wie die Tür hinter mir aufgeht.

»Nicht mal annähernd.«

Grey steht im Türrahmen und sieht aus wie ein Sunnyboy auf dem Weg zu seiner Jacht – gebräunt, lässig und völlig entspannt.

»Ich habe doch gesagt, Sie sollen draußen bleiben.« Unvermittelt wird mir bewusst, dass ich noch dieselben Sachen wie gestern trage und mir noch nicht einmal die Zähne geputzt habe.

»Ich dachte, Sie brauchen vielleicht Hilfe«, erklärt er strahlend. »Und wenn ich mich hier so umsehe, liege ich durchaus richtig.«

»Ich komme schon zurecht, danke.«

Grey lacht. »Mir können Sie nichts erzählen. Sie stecken knietief in der Fuchsscheiße.«

Ich blicke auf die Klopapierrolle in meiner Hand. »Kein Problem. Ich mache das schon weg.«

»Soll ich den kleinen Übeltäter in den Zwinger zurückbringen?«

Seufzend sehe ich zu Danny-Boy hinüber, der sich schon wieder an den Vorhängen zu schaffen macht. »Das wäre nett.«

»Gern.«

»Aber behandeln Sie ihn gut«, warne ich ihn. »Er ist ja noch ein Baby.«

Grey salutiert, tritt über die Urinpfütze hinweg und schnappt Danny-Boy, der heftig zu zappeln beginnt.

»Nur die Ruhe, Kleiner. Ganz ruhig!«

Danny-Boy versucht, sich aus seinem Griff zu winden.

»Ist schon gut, Danny-Boy.« Ich trete zu ihm und streichle seinen Kopf, woraufhin er sich ein wenig zu beruhigen scheint. »Ich komme später vorbei und sehe nach dir, ja? Wir finden schon eine Lösung für dich.«

»Haben Sie schon mal überlegt, ihn auszuwildern?«

»Nein, niemand wird ihn auswildern. Er ist in meine Arme gesprungen, um sich vor einem Rudel blutrünstiger Hunde zu retten. Ich werde auf keinen Fall zulassen, dass ihm wehgetan wird. Niemals.«

»Nur die Ruhe«, sagt er lächelnd. »Sie haben ja ein ziemliches Temperament. Wie um alles in der Welt sind Sie ausgerechnet an Patrick geraten? Sie beide – ein Paar? Wow!«

Ich wende den Blick ab. »Ich bin mir nicht ganz sicher, ob wir das gerade sind.«

»Tja, gestern Abend waren Sie es jedenfalls. Ich habe Patrick noch nie so um ein Mädchen kämpfen sehen.«

»Nein?«

»Definitiv nicht. Und bevor Sie aufgetaucht sind, gab es eine Menge hübscher Ladys in seinem Leben, das können Sie mir glauben.«

»Danke«, sage ich kühl.

Grey macht keinerlei Anstalten, Danny-Boy wegzubringen, sondern steht bloß da und sieht mich grinsend an.

»Ist sonst noch etwas?«, frage ich schließlich.

Sein Lächeln wird noch eine Spur breiter. »Das möchte ich doch hoffen.«

Ich werfe ihm einen finsteren Blick zu. »Hören Sie auf damit!«

»Womit?«

Ich verdrehe die Augen. »Das wissen Sie ganz genau. Vergessen Sie's, Grey. Ich bin nicht interessiert. Okay.«

»Das behaupten Sie.«

»Weil es wahr ist.«

»Woher wollen Sie das wissen?«

»Ich weiß es einfach.«

Grey lacht. »Das können Sie doch erst beurteilen, nachdem wir … Sie wissen schon.« Er verschränkt die Finger ineinander. »Nachdem wir uns richtig kennengelernt haben. Ich würde Gefühle in Ihnen heraufbeschwören, die Sie noch nie vorher empfunden haben.«

»Das bezweifle ich.«

»In diesem Fall müssen Sie sehr erfahren sein«, kontert er und hebt vielsagend eine Braue. »Wenn Sie schon alles erlebt haben.«

»Könnten Sie jetzt bitte gehen?«

»Wie die Dame wünscht. Bis später.«

»Es wird kein Später geben. Okay? Danke, dass Sie sich um Danny-Boy kümmern, aber wenn das der Preis dafür ist, tue ich es lieber selbst.«

»Okay, okay, schon verstanden.« Grey geht zur Tür und wirft mir einen letzten seelenvollen Blick aus seinen blauen Augen zu. »Bye-bye, Prinzessin.«

»Nennen Sie mich gefälligst nicht Prinzessin«, rufe ich ihm hinterher, aber es ist zu spät. Grey hat den Raum bereits verlassen und die Tür hinter sich zugeschlagen.

48

Ich räume das Zimmer auf, so gut es geht, dann eile ich zum Frühstück in den großen Saal.

Insgeheim hoffe ich, Patrick in die Arme zu laufen, aber natürlich taucht er nicht auf. Es macht mich traurig, dass er nicht gekommen ist, andererseits ist es besser so. Nicht auszudenken, was passiert wäre, wenn er Grey in meinem Zimmer erwischt hätte.

Vicky steht am Herd und rührt in einem großen Topf Porridge.

»Hallo, Vicky!«

»Guten Morgen, Süße.« Sie dreht sich um.

Ich öffne den Mund, um ihren Gruß zu erwidern, fröhlich und unbeschwert, so als wäre alles in bester Ordnung – was mir bisher immer problemlos gelungen ist, wenn ich Liebeskummer hatte. Aber etwas an ihrer Freundlichkeit zieht mir den Boden unter den Füßen weg.

Ich beiße mir blinzelnd auf die Lippe, während die Tränen bereits zu fließen beginnen.

»Ach, Süße.« Vicky lässt den Rührlöffel fallen, tritt durch die Schwingtür und schließt mich in die Arme. »Was ist denn mit dir?«

Unfähig, einen Ton herauszubringen, schüttle ich den Kopf. Ich habe keine Ahnung, was auf einmal mit mir los ist, aber …

»Ich glaube, zwischen Patrick und mir ist es aus«, platze ich heraus.

»Hat er dir etwas getan? Falls ja, gibt es Riesenärger. Ich mag wie ein kleines Mädchen aussehen, aber ich habe eine ganze Schublade voller Messer in meiner Küche.«

Ich muss kichern.

»Schon besser. Also, raus damit. Was ist passiert?«

Ich wische mir die Tränen ab. »Ach, nur eben seine Eifersucht. Und gestern Abend …«

Ich werde rot. Eigentlich will ich Vicky lieber nichts davon erzählen, um ihre Gefühle nicht zu verletzen, also verkneife ich es mir in letzter Sekunde, aber Vicky lässt sich nicht so leicht hinters Licht führen.

»Geht es hier zufällig um Grey?«, fragt sie. »Kein Problem. Du kannst es mir gern sagen.«

»Dir bindet keiner so schnell einen Bären auf, Vicky«, sage ich. »Ja, du hast recht. Er ist eifersüchtig auf Grey.«

»Grey hat also wieder mal seine Tour abgezogen, ja?«

»Sozusagen.« Ich blicke zu Boden. »Tut mir leid. Aber es ist nichts passiert.«

»Natürlich nicht, du bist ja auch ein anständiges Mädchen. Außerdem bist du mit Patrick zusammen. Es ist völlig okay, ich wusste es ja von vornherein. Ich habe schon mehr als genug über ihn und seine Eroberungen gehört. Mir ist auch klar, dass ich eine komplette Idiotin bin, aber ich kann einfach nicht anders.«

Ich lege ihr den Arm um die Schultern. »Du bist keine Idiotin. Jedes Mädchen fällt einmal im Leben auf einen Charmeur herein.«

»Aber kommen sie auch über ihn hinweg?«

Ich lächle. »Ja, tun sie.«

»Bist du dir sicher?«

Ich nicke. »Absolut. Neben Patrick sind meine Exfreunde absolut bedeutungslos.«

»Hm.«

»War Patrick schon zum Frühstück hier?«

»Nein, er ist heute Morgen direkt in den Wald aufgebrochen«, antwortet Vicky. »Gregory sagte, er hätte nur seine Angel und ein paar Vorräte mitgenommen. Ich musste ihm heute Morgen kein halbes Dutzend Eier braten.«

»Er ist gar nicht mehr hier?«

»Nein, er war schon weg, als Gregory aufgestanden ist. Also muss er sehr früh dran gewesen sein.«

»Hat er etwas wegen Bertie gesagt? Eigentlich sollte er doch heute zurückkommen.«

»Ach ja.« Vickys Züge erhellen sich. »Jetzt, da du es sagst. Bertie gefällt es so gut in Euro Disney, dass er und Anise noch einen Tag bleiben. Das ist doch schön, oder nicht?«

»Hm.« Ich blicke zu den Ölgemälden hinüber. »Ich sollte ihn anrufen. Aber ich habe Anises Nummer nicht, sondern Patrick …«

»Ihre Nummer muss im Verzeichnis im Büro stehen.«

»Welches Büro? Das, in dem Rab arbeitet?«

»Nein. Nicht in dem, sondern …« Vicky zwirbelt eine ihrer Locken.

»Du meinst, Mrs Calders Büro?«

»Entschuldige, Süße. Das war gedankenlos von mir.«

»Kein Problem, irgendwann muss ich ja reingehen.«

»Soll ich mitkommen?«

Ich lächle. »Nein, nein, ich komme schon klar. Ehrlich. Es ist nur ein Zimmer, und Mrs Calder ist ja weg.«

Vicky nickt. »Stimmt, sogar weit, weit weg«, bestätigt sie seltsam gedankenverloren.

»Stimmt etwas nicht, Vicky?«

Vicky presst die Lippen aufeinander. »Bestimmt ist es gar nichts. Aber wenn ich etwas mitbekommen hätte, würdest du es doch wissen wollen, oder?«

»Aber klar.«

»Ganz sicher?«

»Absolut.«

»Mrs Calder … Ich habe neulich Abend im Pub etwas aufgeschnappt.«

Eine Gänsehaut überläuft mich. »Ja?«

»Über ihren Mann.«

»Ist er nicht … er ist doch gestorben, stimmt's?«

Vicky nickt. »Vor Jahren schon. Aber er war Polizist. Ein ziemlich hohes Tier.«

»Inwiefern ist das wichtig?«

»Wahrscheinlich ist es das gar nicht. Aber er hatte ziemlich gute Verbindungen. Die hiesige Polizei … na ja, gewisse Familien stehen unter besonderem Schutz …«

»Und die Calders gehören auch zu diesen Familien?«, frage ich.

»Könnte sein.«

»Aber Mrs Calder und Margaret sitzen doch in Untersuchungshaft. Der Fall ist glasklar. Sie können … sie … ich meine, das ist doch völlig ausgeschlossen. Oder?«

»Bestimmt ist alles in bester Ordnung.« Vicky lächelt, doch der leicht niedergeschlagene Ausdruck in ihren Augen entgeht mir nicht. »Es sind nur Gerüchte, mehr nicht.«

Nun kann ich dieses mulmige Gefühl endgültig nicht mehr leugnen. »Ich muss mit Bertie reden«, sage ich. »Sofort.«

Ich wende mich zum Gehen.

»Warte«, ruft Vicky. »Da ist noch etwas, das du wissen solltest. Wegen des Büros.«

»Schon gut«, antworte ich, ohne stehen zu bleiben. »Ich kriege das schon hin. Ich war gestern im Wald. Schlimmer kann es gar nicht sein.«

»Es geht nicht um die Calders«, ruft sie.

Aber ich gehe weiter. Ich muss mit Bertie reden.

Sofort.

49

Die Tür zum Büro steht weit offen.

Beim Anblick der Gestalt hinter dem Schreibtisch bleibe ich abrupt stehen.

»Hallo, Prinzessin.«

O Gott, *das* wollte Vicky mir also sagen.

Grey sieht mich mit einem nervtötend strahlenden Lächeln an.

»Wie schön, Sie so schnell wiederzusehen.« Er steht auf. »Kommen Sie doch rein.«

»Das ist nicht nötig. Ich brauche nur eine Telefonnummer.«

»Kein Problem.« Wieder lächelt er charmant. »Patrick hat mich als Ersatz für Mrs Calder engagiert, weil ich der Einzige bin, dem er nach allem, was hier vorgefallen ist, noch vertraut.«

»Und Sie halten sich ernsthaft für vertrauenswürdig?« Ich ziehe eine Braue hoch. »Sie sind mir ja ein schöner Freund – baggern mich gleich zweimal an, tauchen in meinem Zimmer auf …«

Grey zuckt die Achseln. »Was soll ich sagen? Ich stehe nun mal auf schöne Frauen. Und Sie sind eine verdammt schöne Frau. Ich kann es kaum erwarten herauszufinden, wie Sie im Bett sind.«

»Da können Sie lange warten.«

»Sagen Sie. Aber das hat schon mehr als eine behauptet.«

»Ich meine es auch so.«

Greys Lächeln wird noch breiter. »Ich mag Herausforderungen.«

»Ich brauche Anise Mansfields Nummer«, schnauze ich ihn an.

»Kein Problem.«

»Danke.«

»Unter einer Bedingung.«

»Und zwar?«

»Dass Sie mir heute Nachmittag helfen.«

»Helfen? Wobei denn?«

Grey setzt sich auf die Schreibtischkante. »Ich habe mich gestern Abend in eine etwas heikle Lage gebracht.«

»Ach.«

»Ja, ich bin der Tochter von Freunden meiner Familie im Pub in die Arme gelaufen. Meine Mutter hatte ihr versprochen, dass ich sie demnächst mal ausführen werde, und jetzt hat sie sich selbst zu einer Wohltätigkeitsveranstaltung einer Freundin meiner Mutter eingeladen, die heute Nachmittag stattfinden soll. Ich habe dem Mädchen gesagt, dass ich nicht mit ihr hingehen könne, weil ich bereits eine Begleiterin hätte. Das Problem ist bloß, dass meine Mutter das Mädchen ziemlich gut kennt. Und ich kann doch meine Mum nicht anlügen, oder?«

»Die Sache gefällt mir nicht.«

»Es wäre nur für eine Stunde oder so.«

»Ob Sie es glauben oder nicht, aber ich bin sehr verliebt in Patrick. Er bedeutet mir alles. Ich bin nicht sicher, ob das, was gestern Abend vorgefallen ist, alles zwischen uns zerstört hat, aber wenn ich jetzt mit Ihnen ausgehe, macht es das Ganze definitiv nicht besser.«

»So soll Ihr Leben also künftig verlaufen?« Grey tritt um den Schreibtisch herum. »Ständig Patricks Eifersucht ausgesetzt zu sein? Das ist wohl kaum eine gesunde Basis für eine Beziehung.«

Damit hat er nicht ganz unrecht.

»Und wieso können Sie nicht mit diesem Mädchen hingehen?«

»Ob Sie's glauben oder nicht, aber ich will ihr keine falschen Hoffnungen machen.«

»Ich glaube Ihnen kein Wort. Was ist der wahre Grund?«

»Das *ist* der wahre Grund. Sie ist eines dieser grässlichen Society-Girls, die nur ein Ziel im Leben haben – möglichst schnell einen Ehemann zu finden. Schon nach der ersten Stunde fing sie vom Heiraten, ihrem Geld und ihren tollen Beziehungen an. Ich hasse solche Frauen.«

»Ich hätte gedacht, so jemand wäre genau Ihr Ding.«

Er lacht. »Bitte, tun Sie mir den Gefallen. Ich habe keinen Nerv für dieses Gequatsche: ›Wie reich ist deine Familie?‹. Für Frauen wie sie bin ich bloß ein Beutestück, das um jeden Preis erlegt werden muss. Darauf kann ich getrost verzichten.«

»Aber machen Sie nicht genau dasselbe mit Frauen?«

»Sagt wer?«

»Niemand.« Ich presse die Lippen aufeinander.

»Los, raus damit. Wer behauptet das?«

»Hören Sie auf, das Thema zu wechseln. Das Mädchen scheint doch ganz nett zu sein.«

»Großer Gott.« Er fährt sich mit der Hand über die Stirn. »Ganz nett? Sie ist grauenhaft. Unerträglich.«

»Sie und Patrick sind doch enge Freunde, richtig?«

»Die besten Freunde.« Greys Miene wird ernst.

»Aber wenn Sie beide so dicke miteinander sind, wieso sind

Sie dann gestern Abend in mein Zimmer gekommen? Und heute Morgen gleich noch mal?«

Grey zuckt die Achseln. »Ich mag Sie eben.«

»Aber ich bin mit Patrick zusammen.«

»Früher hätte das keine Rolle gespielt, weil Patrick genauso war wie ich und sich nie auf nur eine einzige Frau festgelegt hat – es gibt doch Mädchen wie Sand am Meer, die bloß darauf gewartet haben, von uns flachgelegt zu werden.«

»Igitt.«

Grey hebt die Hände. »Das kam jetzt vielleicht falsch rüber. Was ich damit sagen will, ist, dass Frauen in einer Männerfreundschaft keine Rolle spielen sollten. So hat Patrick das jedenfalls immer gesehen. In der Liebe und im Krieg ist alles erlaubt. Wenn du die Chance hast, eine flachzulegen, tu's.«

»Pfui Teufel!« Ich tue so, als müsste ich gleich würgen. »Denkt Patrick tatsächlich so?«

»Jetzt offenbar nicht mehr.«

»Aber früher. Hatte er etwas mit den Mädchen, mit denen Sie vorher zusammen waren?«

»Ständig.«

»Ich dachte, ich würde ihn kennen. Nie im Leben hätte ich gedacht, dass er zu dieser Sorte Männer gehört.«

»Niemand kennt ihn so gut wie ich«, erklärt Grey.

»Wie auch immer.« Ich schüttle den Kopf. »Das ist jetzt nicht wichtig. Können Sie mir nicht einfach Anises Nummer geben? Es ist dringend.«

»Und ich brauche dringend eine Begleiterin.«

»Zuerst die Nummer.«

»Also kommen Sie mit?«

»Ich würde alles tun, um diese Nummer zu kriegen.«

»Wieso fragen Sie nicht Patrick?«

»Er ist irgendwo im Wald unterwegs.«

»Ah, verstehe. Einen klaren Kopf bekommen.«

»Haben Sie mit ihm geredet?«

»Kurz.«

Ich runzle die Stirn. »Hat er … hat er erwähnt, was gestern Abend passiert ist?«

50

Mit keiner Silbe«, antwortet Grey. »Aber das hätte ich auch nicht erwartet. Wenn Patrick einmal gesagt hat, was er zu sagen hat, war's das. Es bringt doch nichts, alles wieder und wieder durchzukauen.«

»Kann ich dann jetzt die Nummer haben?«

»Kein Problem.« Grey zieht eine Schublade auf und nimmt ein blaues Adressbuch heraus.

»Haben Sie keine Angst, ich kneife, wenn ich die Nummer erst mal habe?«

»Nein, das würden Sie nicht tun.« Er lacht.

»Woher wollen Sie das denn wissen?«

»Weil Patrick sich nicht in eine Lügnerin verlieben würde. Nein, Sie sind grundehrlich. Genauso wie er.«

»Vielleicht kennt Patrick mich ja nicht so gut, wie er glaubt.« Ich werfe einen Blick auf das Adressbuch.

»Patrick?« Grey beginnt zu blättern. »Er kennt Sie ganz genau. Ihn führt so schnell keiner hinters Licht. Er durchschaut absolut jeden, selbst mich.« Er hält inne. »Anise, hier steht sie ja.« Grey reicht mir das Adressbuch.

»Danke.« Ich ziehe mein Handy heraus und wähle.

Es läutet, aber niemand hebt ab.

Nach ein paar Sekunden springt die Mailbox an.

Mir dreht sich der Magen um. Ich versuche es noch einmal, und dieses Mal geht sie an den Apparat.

»Hallo?« Ihre Stimme klingt ganz leise.

»Anise? Geht es dir gut? Ist Bertie bei dir?«

»Sera? O ja. Ja. Alles ist in Ordnung. Es geht uns gut. Es ist so schön hier, dass wir dachten, wir bleiben noch ein bisschen.«

Ihr Tonfall lässt etwas anderes vermuten.

»Kann ich mit Bertie reden?«

»Oh … äh … ja, Moment. Klar. Bleib dran.«

Ich höre Rascheln und Schritte.

Dann dringt Berties Atem durch die Leitung.

»Bertie?«

»Hallo, Sera.«

Ich merke, wie sich ein Strahlen auf meinem Gesicht ausbreitet. »Bertie! Ich freue mich ja so, deine Stimme zu hören. Du fehlst mir so sehr!«

»Ich bin in Euro Disney«, erklärt er.

»Ich weiß. Wie ich höre, bleibt ihr noch ein bisschen länger. Hast du Mickey Maus schon getroffen?«

»Ja.«

»Und Minnie auch?«

»Ja.«

»Was macht ihr immer so?«

»Hotdogs essen.«

»Schon wieder? Hängen sie dir nicht langsam zum Hals heraus?« In diesem Moment registriere ich, dass Grey mich beobachtet, und wende mich ab.

»Ich mag sie so gern. Mami sagt, ich muss auflegen.«

»Oh, okay. Wir sehen uns bald, ja? Du fehlst mir.«

Stille, gefolgt von neuerlichem Rascheln, dann ist Anise wieder dran.

»Hi, Sera. Wir frühstücken gerade, deshalb …«

»Ich verstehe. Du musst Schluss machen. Sag Bertie, dass ich ihn lieb habe. Wann kommt ihr zurück? Morgen?«

»Ja. Wahrscheinlich.«

»Weißt du es noch nicht?«

»Nein, nicht hundertprozentig. Vielleicht bleiben wir auch noch ein paar Tage. Bertie und ich haben so viel nachzuholen, da wäre es doch schade, wenn wir so schnell wieder nach Hause müssten.«

»Das stimmt natürlich. Es ist schön, dass ihr all die versäumte Zeit jetzt nachholt. Darf ich dich irgendwann wieder anrufen? Vielleicht heute Nachmittag oder so?«

»Natürlich.«

»Danke. Kann ich Bertie noch kurz Auf Wiedersehen sagen?«

»Äh, er hat gerade die Finger mit Joghurt verschmiert. Soll ich ihm schöne Grüße ausrichten?«

»Stell doch auf Lautsprecher, dann kann ich es ihm selbst sagen.«

»Oh, stimmt ja. Gut.«

Ich höre ein leises Echo.

»Bis bald, Bertie«, rufe ich. »Ich hab dich lieb. Pass gut auf dich auf. Und noch schöne Ferien.«

»Bye, Sera«, höre ich leise aus dem Hintergrund.

Er klingt, als wäre er recht guter Dinge. Vielleicht nicht gerade überschwänglich, andererseits hat er eine Menge durchgemacht, aber jetzt entwickelt sich alles in eine positive Richtung. Und es freut mich, dass er sich so gut mit seiner Mutter versteht.

Ich lege auf und verstaue mein Handy in der Tasche.

»Besser?«, fragt Grey.

Ich nicke. »Ein bisschen. Erst jetzt, als ich seine Stimme gehört habe, ist mir klar geworden, welche Sorgen ich mir um ihn gemacht habe. Aber es geht ihm gut.«

»Das freut mich.«

»Wissen Sie überhaupt, wer Bertie ist?«

»Natürlich weiß ich das. Patricks kleiner Neffe. Ein kleiner blonder Knirps. Sagt nicht allzu viel. Ich bin ihm schon oft begegnet. Also, soll ich Ihnen helfen, Patrick zu finden?«

»Nein. Wenn er allein losgezogen ist, bedeutet das, dass er keinen Wert auf meine Gesellschaft legt. Ich will ihm nicht auf die Pelle rücken.«

Grey nickt in Richtung Fenster. »Sieht ganz so aus, als wäre das gar nicht nötig. Sehen Sie mal, wer da kommt.«

Ich folge seinem Blick und sehe Patrick auf das Schloss zukommen.

51

Er wird garantiert stinksauer, wenn er uns zusammen sieht«, sage ich. »Aber das ist mir egal. Sie haben recht. Er übertreibt es einfach mit seiner Eifersucht.«

»Sie können knallhart sein, was?« Lachfältchen bilden sich um Greys Augen. »Kein Wunder, dass Sie so schwer zu erobern sind.«

»Oh, bitte. Können Sie nicht endlich damit aufhören?«

»Jedenfalls haben Sie recht. Er wird außer sich sein vor Wut. Wollen Sie wirklich nicht verschwinden und sich den Affentanz ersparen?«

»Warum sollte ich? Er hat keinerlei Grund zur Eifersucht.

Das ist sein Problem, nicht meins. Und wenn es Ärger gibt, nur weil ich mir eine Telefonnummer besorgt habe … na schön, von mir aus.«

»Und wieso sind Sie dann so nervös?«, fragt Grey. »Haben Sie Angst vor ihm?«

Ich blicke auf meine Finger und sehe, dass sie zittern.

»Nicht vor *ihm*«, erwidere ich. »Sondern davor, dass … aber das habe ich Ihnen schon einmal erklärt. Dass es zwischen uns vorbei sein könnte. Seit Sie hier sind, ist Patrick nicht wiederzuerkennen. Vorher habe ich ihn nie eifersüchtig erlebt. Ich hoffe, er kriegt sich wieder ein. Und wenn nicht …«

»Also wäre ich der Grund, wenn ihr beiden euch trennt?«

»Nein. Nur seine Eifersucht.«

Von Weitem dringt an meine Ohren, wie die Eingangstür geöffnet und geschlossen wird.

»Eifersüchtig war er eigentlich noch nie«, meint Grey. »Was haben Sie mit ihm angestellt, Seraphina? Sie müssen ja eine echte Granate im Bett sein.«

»Jetzt ist aber Schluss, Grey!«

»Ich meine es völlig ernst. Was ist Ihr Geheimnis?«

»Es gibt keins. Er … ich gefalle ihm einfach, das ist alles.«

»Gefallen? Da dürfte eine Menge mehr im Spiel sein.«

Ein Schatten erscheint in der Tür.

Patrick.

Seine blonden Bartstoppeln schimmern im Licht, das durch das Fenster hereinfällt.

Er trägt eine schwarze Armeehose und ein enges grünes T-Shirt, unter dem sich seine Muskeln wölben. Über seiner Schulter hängt irgendetwas – eine Plane, wie ich jetzt erkenne.

Ich kann mich nicht an ihm sattsehen, während mir einmal mehr auffällt, wie gut er riecht – absolut unwiderstehlich.

Grey und mich zusammen zu sehen scheint ihm ganz und gar nicht zu gefallen. Seine blauen Augen blitzen, und er dreht sich halb weg von mir, zeigt mir buchstäblich die kalte Schulter.

Au. Das tut weh.

»Das habe ich in der Nähe des Thorburn-Bachs gefunden«, sagt Patrick zu Grey.

»Was ist das?«, fragt Grey. »Ein Planenzelt?«

»Sieht so aus«, erwidert Patrick. »Mit Einschusslöchern drin. Ich wollte es mir mal genauer ansehen.«

Grey und Patrick wechseln einen vielsagenden Blick.

Grey runzelt die Stirn. »Du glaubst …«

»Möglich wäre es«, sagt Patrick. »Aber jetzt lass Seraphina und mich bitte allein.«

»Bin schon weg, Kamerad.« Grey nimmt sein Handy und einen Stapel Unterlagen und tritt an Patrick vorbei aus dem Zimmer. »Sag Bescheid, wenn du mich brauchst.«

Patrick nickt. »Alles locker, mein Freund.«

Verwirrt starre ich die beiden an.

»Und jetzt seid ihr also wieder beste Freunde?«, frage ich, als Grey verschwunden ist.

»So wie immer.« Patrick wirft die Plane auf den Tisch.

»Den Eindruck hatte ich gestern Abend aber nicht.«

»Ich habe ihn bloß gewarnt, mehr nicht. Ihm war nicht bewusst, was du mir bedeutest. Aber jetzt weiß er es. Ende der Geschichte.«

»Bist du dir da sicher?«, frage ich.

»Grey wird sich nicht ändern. Flirtmaschine bleibt eben Flirtmaschine. Aber jetzt weiß er, wo die Grenze ist.«

»Glaubst du, dass du deine Eifersucht so in den Griff bekommst?«, frage ich. »Indem du andere Leute einschüchterst?«

»Keine Ahnung. Ich habe rein instinktiv gehandelt. Vielleicht war es falsch von mir. Aber all das ist Neuland für mich. Ich war noch nie eifersüchtig.«

»Noch *nie*?«

»Jedenfalls nicht wegen einer Frau.«

»Dann sollte ich mich wohl geehrt fühlen.«

»Sehr sogar.« Patrick tritt näher und blickt mich aus seinen blaugrünen Augen eindringlich an.

Jetzt erst erkenne ich, welcher Schmerz sich in ihnen spiegelt.

Unwillkürlich halte ich den Atem an.

»Du hast mir gefehlt«, sagt er leise. Der Klang seiner Stimme trifft mich bis ins Mark.

»Du mir auch«, presse ich hervor. »Aber wir müssen reden.«

»Ganz sicher nicht.« Er blickt mir tief in die Augen. »Reden ist das Letzte, was uns jetzt weiterbringt.«

Mit dem Absatz tritt er die Tür zu.

»Patrick, wir …«

»Mit dem ganzen Gerede hat der Schlamassel doch überhaupt erst angefangen.« Er presst seine Lippen auf meinen Mund und streicht mir über die Wange.

Verdammt, Patrick. Wir *müssen* reden. Unbedingt. Aber …

Aber dann steigt mir sein unwiderstehlicher Duft in die Nase, und ich gebe auf, während er mir durch die Haare streicht und mich fest an sich zieht.

Er hebt mich auf den Tisch und schiebt seinen Unterleib zwischen meine Beine.

»Patrick, warte.«

Er lässt die Finger unter meinen Rockbund und in mein Höschen gleiten.

»Komm, du willst es doch auch.«

»Patrick, wir müssen reden!«

Er fegt die Plane und das Adressbuch vom Tisch und drückt mich grob nach hinten.

52

Patrick, bitte!«

Er lässt seine starke Hand über meinen Bauch und meine Brüste bis zu meiner Kehle wandern. Dort hält er schwer atmend inne.

»Los, sprich«, knurrt er.

»Willst du mich erwürgen, wenn ich was Falsches sage?«

Patrick schüttelt den Kopf und schließt die Augen. »Ich will dich spüren.« Seine Finger schließen sich ein wenig fester um meinen Hals. »Sprich weiter.«

»Okay. Also, wieso hast du gestern …« Ich stöhne unwillkürlich auf, als seine Finger meine Kehle liebkosen.

»Gestern ist vorbei.«

»Für mich aber nicht.«

Patrick stößt einen leicht genervten Seufzer aus. »Dann lebst du wohl in der Vergangenheit.«

»Was willst du damit sagen?«, hauche ich, während er die andere Hand zwischen meine Schenkel schiebt. »Dass du nicht länger eifersüchtig wirst?«

Seine Finger gleiten wieder in meinen Slip.

»Ich … ich akzeptiere nämlich nicht, dass du anderen die Hölle heißmachst, nur weil sie …«

Patrick beginnt mich zu massieren, während er mit der anderen Hand weiter meine Kehle streichelt.

»Ich werde versuchen, meine Eifersucht künftig unter Kontrolle zu halten.«

Vor Erregung kann ich kaum sprechen. »Leicht gesagt, nachdem du Grey derart unter Druck gesetzt hast.«

»Du kennst ihn eben nicht so gut wie ich.«

»Patrick, ich würde dich nie … Das war alles völlig unnötig. Ich liebe dich. Um keinen Preis der Welt würde ich dich hintergehen.«

»Dann ist doch alles bestens.«

»Aber trotzdem … Oh!«, stöhne ich, als Patrick zwei Finger komplett in mich hineinschiebt.

»Ich habe mich gerade gefragt, wie viele Finger ich wohl brauche, um dich zum Schweigen zu bringen. Sieht so aus, als würden zwei reichen, was?«

Ich funkle ihn an, versuche mich zu konzentrieren. »Du musst das verstehen«, presse ich hervor. »Du kannst nicht einfach … *Ooh!*«

Ich ringe um Atem, während er einen weiteren Finger in mich bohrt.

Es tut ein bisschen weh, aber auf eine angenehme Weise.

»Zwei sind also doch nicht genug.« Patrick nimmt mich mit drei Fingern.

Eine Woge der Lust spült über mich hinweg.

»Patrick … Ich … So geht das nicht …«

»Aha. Drei reichen wohl auch nicht.«

Ich schnappe nach Luft, als er den vierten Finger in mich hineinstößt.

O Gott, das tut weh. Doch während Patrick die Finger rhythmisch in mir bewegt, höre ich mich laut aufstöhnen.

Jetzt hat er mich ganz in seiner Gewalt.

»Was ist los?« Patrick küsst mich auf den Hals. »Hat es dir die Sprache verschlagen?«

Ich beiße mir auf die Unterlippe.

»Dein Stöhnen macht mich total an«, murmelt er.

Und nun schiebt er auch noch den Daumen hinterher. Ich stoße einen spitzen Schrei aus, als er seine halbe Hand in mir versenkt.

Halb stöhnend, halb schreiend winde ich mich unter ihm, während er mich mit den Fingern zu stoßen beginnt.

Mit der freien Hand packt er meine Kehle und hält mich fest; gleichzeitig spüre ich, wie seine Knöchel mich weiten.

Es brennt. Doch während er seine Finger wieder und wieder unnachgiebig in mich hineinbohrt, ergreift ein süßer Schmerz Besitz von mir. Ich bebe, winde mich auf dem Schreibtisch hin und her.

»Oh! Oh!«, stoße ich hervor, seine Finger tief, tief in mir.

Mein Atem rast, und meine Lider flattern.

Und er sieht mir dabei die ganze Zeit ins Gesicht, ohne eine Miene zu verziehen. Nur sein Mundwinkel kräuselt sich kaum merklich.

Wow!

Nach wie vor streichelt er meine Kehle, doch als ich immer heftiger unter ihm zucke, lässt er meinen Hals los und hält mich an der Schulter fest.

Ich bin zu erregt, um auch nur ein Wort hervorzubringen. Er drückt meine Schultern auf die Tischplatte, und ich komme ihm mit dem Unterleib entgegen, während er mich mit aller Macht bearbeitet.

Begierde und Ekstase, Lust und Schmerz drohen mich zu übermannen.

In diesem Augenblick flutet ein Orgasmus wie eine gigantische Woge über mich hinweg, pulsiert an geheimsten Stellen meines Körpers.

Patrick hält inne, während ein wunderbarer Schauder nach

dem anderen durch mich hindurchjagt. Zwischen meinen Schenkeln bin ich ganz wund, trotzdem fühlt es sich unbeschreiblich an.

Ich gebe mich ganz meiner Lust hin und schließe die Augen, während sich mein Fleisch weich um seine Finger schmiegt.

Der harte Schreibtisch unter mir fühlt sich plötzlich wie ein Bett aus Samt an.

Ich sehe Patricks Gesicht wie durch einen Schleier.

»Wie hast du das gemacht?«, hauche ich.

»Du meinst, wie ich dich zum Orgasmus gebracht habe?«

»Nur mit deiner Hand.«

»Das war leicht.«

»Ich bin noch nie so heftig gekommen. Nicht auf diese Weise.«

Sanft streicht Patrick mir über die Wange. »Ich weiß eben, wie man dich anfassen muss.«

»Es war, als würdest du meinen Körper besser kennen als ich selbst«, seufze ich.

»Wir sind noch nicht fertig.« Er streicht über meine Hüften.

»Was?«

»Jetzt geht es erst richtig los.«

Ein Anflug von Hysterie schwingt in meinem Lachen mit. »Was hast du vor? Ich bin jetzt schon total wund.«

»Ich werde dich noch mal kommen lassen.«

Ich reiße die Augen auf. »Du hast gerade erst deine Hand in mir drin gehabt. Ich kann jetzt nicht …«

»Und ob du kannst.« Er öffnet seinen Gürtel.

Ich sehe seinen großen, harten Schwanz, der sich unter seiner Hose abzeichnet.

»Jetzt erwartet dich der beste Orgasmus deines Lebens.«

»Ich dachte, den hätte ich eben schon gehabt.«

»Du wirst dich noch wundern.«

53

Patrick zieht ein Kondom aus der Tasche und lässt seine Hose hinuntergleiten.

Ich schüttle den Kopf. »Ich glaube nicht, dass ich das noch aushalte.«

»Ich verspreche dir, es wird schön«, widerspricht Patrick. »Unglaublich schön.«

Er zieht sich das Kondom über und spreizt meine Beine.

»Patrick …« Ich bin ganz wund. Mein Unterleib brennt wie Feuer, und als ich seine Größe zwischen den Schenkeln spüre, zucke ich unwillkürlich zurück.

Patrick legt eine Hand auf meine Brust. »Keine Angst. Ich kenne dich. Ich würde dir nie wehtun.«

»Da bin ich mir nicht so sicher.«

»Ich schon.«

Im selben Moment ist er bereits in mir, und ich stoße einen verblüfften Schrei aus.

Ich bin wund und überdehnt, doch zu meiner Überraschung fühlt es sich herrlich an, ihn so tief in mir zu spüren. Irgendwie gelingt es ihm, sich so zu bewegen, dass er mich an genau den richtigen Stellen berührt – und ich sofort wieder an den Orgasmus denken muss, den ich gerade erst hatte.

Er bewegt sich, erst noch langsam und behutsam. Und dann fühlt es sich tatsächlich schön an. Unglaublich schön, genau wie Patrick gesagt hat.

»Oh. Ooooh. Hmm.«

Aus meiner Kehle dringen Laute wie nie zuvor.

Ich bin weich, warm, willig, ganz süßer, zarter Schmerz – es ist einfach *unglaublich*.

Während Patrick immer wieder in mich eindringt, verschmelze ich vollkommen mit ihm. Es ist, als wären wir ein Körper, als würden unsere Bewegungen sanft ineinanderfließen.

Und dann komme ich noch einmal – in einem Orgasmus, der mich wie eine warme Brandung vom Kopf bis zu den Zehenspitzen erfasst.

Mein ganzer Körper wird ganz weich, und selbst mein Herz scheint in mir zu schweben. Während mich der erste Höhepunkt regelrecht von den Beinen gerissen hat, besteht dieser aus lauter kleinen Wellen, die mich sacht umspülen.

Lächelnd schließe ich die Augen, spüre Patrick mit jeder Faser meines Körpers.

Und dann, nach einem langen Moment wundervoller Selbstvergessenheit, schlage ich sie wieder auf.

Und blicke geradewegs in Patricks atemberaubende blaugrüne Augen.

Wahnsinn, wie gut er aussieht. Und so sexy mit seinem kantigen Kinn und den Raubtieraugen.

Er zieht eine Augenbraue hoch. »Na, hatte ich recht?«

Ich lache. »Und wie.«

Er zieht mich auf die Füße.

»Und was ist mit dir?«, frage ich.

»Was soll mit mir sein?«

Ich werfe einen Blick auf seinen stahlharten Schwanz, der das Kondom schier zu sprengen droht. »Na, das.«

Patrick folgt meinem Blick und lacht. »Ach so«, erwidert er. »Ich dachte, der hätte schon genug geleistet.«

»Willst du nicht auch kommen?«

»Natürlich will ich. Aber hätte ich weitergemacht, hätte ich dir garantiert wehgetan.«

Ich kauere mich hin und lege die Hand um ihn. »Da gibt es ja noch andere Möglichkeiten.«

Ich öffne den Mund.

Patrick packt mein Handgelenk. »Nein.«

Ich sehe zu ihm auf. »Warum nicht?«

»Ich liebe dich, darum.«

Ich lache. »Weil du mich liebst, darf ich dich nicht in den Mund nehmen?«

»Genau.«

Ich runzle die Stirn. »Was ist denn so schlimm daran?«

»Ich hab es doch gerade gesagt. Ich liebe dich. Ich habe Respekt vor dir und will dich nicht erniedrigen.«

»Sagt jemand, dessen Hand praktisch komplett in mir gesteckt hat?«, entgegne ich. »Jemand, der mich kurzerhand über die Schulter wirft, wenn ich etwas tue, was ihm nicht passt? Die meisten anderen Leute würden wohl eher so etwas als erniedrigend bezeichnen.«

»Das ist etwas anderes. Außerdem hat mich die Meinung anderer Leute noch nie interessiert.«

»Mich genauso wenig. Aber ich finde es nicht erniedrigend, dich in den Mund zu nehmen. Ich will es. Weil ich dich liebe.«

»Seraphina …«

Ich schenke ihm keine Beachtung und nehme ihn zwischen die Lippen.

Er stöhnt auf und schließt die Augen. »Hör auf, Sera …«

Ich bringe ihn zum Schweigen, indem ich meinen Mund rhythmisch auf und ab bewege. Es schmeckt nach Gummi. Ich wünschte, ich könnte das Kondom abstreifen, will ihm aber keine Gelegenheit bieten, sich mir zu entziehen.

Patrick legt den Kopf in den Nacken und stöhnt leise auf. Mit der Hand fährt er sich durch sein dichtes blondes Haar.

»Du bist wirklich gut«, stößt er mit rauer Stimme hervor.

Ich lasse meine Lippen auf und ab gleiten, bis ich spüre, wie er in meinem Mund zu zucken beginnt. Mit fest geschlossenen Augen weicht er einen Schritt zurück und greift nach seinem Schwanz, der in dem Kondom zu explodieren droht.

»Oh, Seraphina, Seraphina.« Ein Lächeln breitet sich auf seinem Gesicht aus. »Du lässt dir wirklich nichts verbieten, oder?«

Er öffnet die Augen ein klein wenig, sodass seine blaugrünen Pupillen durch die braunen Wimpern schimmern, und wir lächeln einander an.

Doch dann spüre ich plötzlich einen Hauch Zugluft.

Jemand öffnet die Zimmertür.

54

Mit offenem Mund starre ich zur Tür.

Großer Gott.

Ich hocke auf dem Boden, während er vor mir steht, die Hand immer noch um seine Erektion gelegt.

Offensichtlicher geht es wohl kaum.

Eine junge Frau steht in der Tür. Dichte schwarze Locken ergießen sich über ihre schlanken, gebräunten Schultern.

Sie sieht zu Patrick, dann kurz zu mir, ehe sich ihr Blick auf Patricks Gemächt richtet.

»Patrick, mein lieber Cousin.« Sie mustert ihn mit sanftem, katzenhaftem Blick. »Wieder mal ein neues Groupie?«

Ihre Augenbrauen sind perfekt gezupft, und ihr Lächeln erinnert mich an die Grinsekatze aus *Alice im Wunderland*. Sie trägt ein kurzes, eng anliegendes Kleid; aus ihrem Dekolleté blitzen zwei makellos geformte, stramme Silikonbrüste.

Sie mustert mich abschätzend. »Oder ist das etwa die Nanny, von der Anise mir erzählt hat?«

»Wo bleibt deine Kinderstube, Zara?« Patrick zieht seine Hose hoch. »Du hast die teuersten Schulen besucht, aber nicht einmal gelernt, dass man anklopft, bevor man ein Zimmer betritt?«

»Aber wo bleibt da der Spaß?« Lächelnd entblößt Zara ihre perfekten Zähne. »Ist doch viel spannender, wenn man einfach so hereinplatzt. Und eines muss man dir lassen, Patrick Mansfield: Du siehst jedes Mal noch besser aus, wenn ich dir begegne.«

Patrick runzelt die Stirn. »Was machst du hier?«

»Kleiner Überraschungsbesuch.« Zara lächelt wieder. »Willst du mich nicht deiner kleinen Freundin vorstellen?«

Patrick wirft ihr einen warnenden Blick zu. »Komm bloß nicht auf die Idee, Ärger zu machen, Zara.«

»Das würde mir nicht im Traum einfallen.«

»Das ist Seraphina Harper«, sagt Patrick.

»Oh, sie hat sogar einen Namen.«

»Ja, sie hat einen Namen«, gibt Patrick zurück. »Sei nicht so verdammt respektlos.«

»Ähm.« Ich erhebe mich und straffe die Schultern. »Freut mich, Sie kennenzulernen.«

»Und, *ist* sie die Nanny?«, fragt Zara, ohne mich eines Blickes zu würdigen.

»Ja«, entgegne ich. »Ich bin die Nanny. Und Sie?«

»Patricks Cousine.« Zara mustert mich frostig. »Und mein lieber Patrick und ich haben uns schon seit Monaten nicht mehr gesehen.«

Sie streicht Patrick über die Schulter.

Patrick schüttelt ihre Hand ab. »Schluss jetzt, Zara.«

»Schluss womit?«

»Das weißt du ganz genau. Seraphina bedeutet mir sehr, sehr viel – also hör gefälligst auf, sie so herablassend zu behandeln.«

Zara bricht in schallendes Gelächter aus. »Das ist ein Witz, oder?«

»Warum?«

»Dieses Mädchen? Das dir gerade einen geblasen hat?«

»Ich warne dich, Zara …«

Zara hebt die Hände. »Oh, *entschuldige* bitte vielmals. Ich bin nur ein wenig verwirrt. Ich dachte immer, *ich* wäre die Liebe deines Lebens. Eine *echte* Lady, die …«

»Seraphina *ist* eine Lady. Und zwar mehr, als du es je sein wirst.«

»Tatsächlich? Es sah aber nicht besonders damenhaft aus, wie sie vor dir gekniet hat.«

»Es reicht«, knurrt Patrick.

Zara zieht einen Schmollmund. »Bin ich dir etwa nicht mehr wichtig, Patrick?«, fragt sie mit Kleinmädchenstimme.

»Du bist meine Cousine. Als Mitglied der Familie liegst du mir am Herzen, und das weißt du auch.«

»Wie schön, das zu hören, Patrick. Ich denke immer noch daran, wie wir …«

»Halt den Mund, Zara.«

»Weil *sie* hier ist?« Zara wedelt mit ihren pastellfarben lackierten Fingernägeln in meine Richtung.

»Ich würde genau dasselbe sagen, wenn Seraphina nicht hier wäre.«

»Das ist aber nicht nett von dir«, erwidert Zara. »Ich komme extra vorbei, um meinem Lieblingscousin zur Seite zu stehen und …«

»Worum geht's denn diesmal?«, fragt Patrick. »Hat Onkel Peter dir mal wieder die Pferde weggenommen? Oder will er, dass du jemanden heiratest, den du nicht ausstehen kannst?«

»Ich habe von der Sache mit Onkel Dirk gehört. Na ja, und da dachte ich, ein bisschen weibliche Gesellschaft könnte nicht schaden, um dich auf andere Gedanken zu bringen.«

»Und du bist extra aus London gekommen?«

Zara nickt. »Meine Taschen stehen unten in der Halle. Ich musste sie selbst hereintragen.«

»Hättest du Bescheid gegeben, hätte ich dir jemanden geschickt.«

»Aber dann wäre es ja keine Überraschung mehr gewesen«, säuselt Zara.

»Du kannst gern ein paar Tage bleiben. Mehr nicht.«

»Aber Patrick …«

»Melde dich in Rabs Büro.« Patrick packt Zara an den Schultern und schiebt sie unsanft über die Schwelle.

»Oh, Patrick, wie *gebieterisch* du bist!«

»Er wird sich um ein Zimmer für dich kümmern und dein Gepäck hochtragen lassen.«

Zara strahlt Patrick an. »Ich darf also nicht bei dir schlafen?«

»Benimm dich, oder du kannst gleich wieder zurückfahren.«

»Und versohlst du mir vorher noch den Popo?«

»Schluss jetzt, Zara«, zischt Patrick. »Geh jetzt. Alles Weitere können wir später besprechen.«

»Lass mich nicht zu lange warten«, haucht Zara.

»Raus jetzt!«

Zara stöckelt auf den Korridor, und Patrick schließt die Tür hinter ihr.

55

Was hast du mit ihr denn zu *besprechen*?« Ich bemühe mich um einen beiläufigen Tonfall, aber in Wahrheit spucke ich die Worte förmlich aus.

»Wichtige Angelegenheiten«, sagt Patrick. »Wir müssen ein paar Dinge klären.«

»Was für *Angelegenheiten*?«, schnauze ich ihn an. »Wieso redest du überhaupt mit ihr? Hast du nicht mitbekommen, wie sie sich dir an den Hals geworfen hat?«

Patrick lacht. »Wirst *du* jetzt etwa eifersüchtig? Sie gehört zur Familie.«

»So verhält sich doch keine Verwandte!«

»Eigentlich ist sie eine Stiefcousine. Die Tochter der zweiten Frau meines Onkels Peter.«

»Lass mich raten. Väterlicherseits?«

»Genau. Es tut mir leid, dass du sie nicht magst. Trotzdem muss ich später mit ihr reden.«

»Nein.« Ich schlage mit der Faust auf den Tisch.

Ein halbes Lächeln spielt um Patricks Mundwinkel. »Und wie eifersüchtig du bist.«

»Darum geht es nicht«, brülle ich ihn an. »Sondern um Respekt. Diese Kuh hat dich nach allen Regeln der Kunst angebaggert! Wie kannst du dich bloß darauf einlassen? Ich dachte, wir wären zusammen.«

»Ich *bin* mit dir zusammen.« Patrick sieht mir tief in die Augen. »Mit dir und keiner anderen.«

»Dann lass sie links liegen«, gebe ich zurück. »Wenn ich wirklich deine Freundin bin …«

»Du bist viel mehr als meine Freundin«, sagt Patrick.

Meine Wut legt sich ein wenig. Aber beim Gedanken daran, wie Zara ihre Hand auf Patricks Schulter gelegt hat, dreht sich mir immer noch der Magen um.

»Du hast mir den Umgang mit Grey verboten«, sage ich.

»Und du hast nicht auf mich gehört.«

»Ich … Das war was anderes.«

»Tatsächlich? Wieso?«

»Grey … Du bist mit ihm befreundet.«

»Ich werde mit Zara reden müssen. Es geht nicht anders.«

Ich funkle ihn an. »Du darfst also Besitzansprüche anmelden, ich aber nicht?« Ich schäume vor Wut.

»Seraphina, bitte. Versuch doch wenigstens, mir nicht zu misstrauen.«

»So wie du mir nicht misstraut hast?«

»Lass uns später darüber reden, okay?«

»Später geht nicht«, entgegne ich. »Ich bin nämlich verabredet. Mit Grey.«

Patricks Augen werden eisblau vor Zorn. »*Was?*«

»Es macht dir doch bestimmt nichts aus. Du hast versprochen, deine Eifersucht im Zaum zu halten, weißt du noch?«

»Seraphina«, donnert Patrick. »Wenn du hier Spielchen mit mir treiben willst …«

»Das ist kein Spielchen.« Das Herz klopft mir bis zum Hals. »Er hat mich heute Morgen zu einer kleinen Party eingeladen. Ich wollte es eigentlich erst mit dir besprechen, aber du behandelst mich derart respektlos, dass ich dazu keinen Grund mehr sehe.«

»Niemand achtet dich mehr als ich«, knurrt Patrick. »Und das weißt du auch ganz genau.«

»Dann beweise es. Lass Zara abblitzen.«

»Ich *muss* mit ihr reden«, erwidert Patrick. »Sie gehört zur

Familie. Aber du wirst dich hundertprozentig nicht mit Grey treffen, hast du mich verstanden?«

»Du hast doch gesagt, du wolltest nicht mehr eifersüchtig sein.«

»Ich habe gesagt, ich würde es versuchen. Aber was du vorhast, ist eine Provokation der schlimmsten Art, und das lasse ich dir nicht durchgehen!«

»Tja, zu spät, Officer Mansfield«, schnauze ich. »Mein Entschluss steht fest. Wenn du dich mit dieser herablassenden Ziege triffst, tue ich eben auch, was ich will.«

»Wie du willst.« Patrick tritt an mir vorbei auf den Korridor und geht ohne ein weiteres Wort davon.

Ich bleibe zurück und sehe ihm fassungslos hinterher.

Verzweifelt bemühe ich mich, cool und selbstbewusst zu wirken, doch innerlich zittere ich.

O Gott. Was habe ich nur getan?

56

Wie in Trance verlasse ich das Schloss. Bei der Vorstellung, dass Patrick mit Zara zusammen ist, wird mir regelrecht übel. Und ich komme mir wie eine komplette Idiotin vor, weil ich all den Unsinn über Grey gesagt habe. Was ist nur los mit mir?

Ich bin eifersüchtig. *Das* ist mit mir los. Irgendetwas muss in diesem schottischen Wasser sein.

Der Gedanke, dass Patrick mit einer anderen Frau … O Gott, ich könnte es nicht ertragen. Ernsthaft. Der Schmerz wäre zu viel für mich.

Und was habe ich getan? Genau das, was Patrick noch weiter von mir forttreibt – geradewegs in die Arme einer anderen.

Und Zara scheint die Arme mehr als bereitwillig geöffnet zu haben.

Wie konnte ich nur so blöd sein!

Und wie soll ich das wieder geradebiegen?

Ich schlage den Weg zu Danny-Boys Zwinger ein. Vielleicht hilft es mir ja, wieder einen klaren Kopf zu bekommen, wenn ich mich mit jemandem beschäftige, der nicht ständig widerspricht.

Als Danny-Boy mich kommen sieht, fängt er sofort an, am Maschendrahtzaun zu kratzen. Ich öffne den Verschlag und halte meine Hand hinein, die er eifrig beschnüffelt.

»Hey, Danny-Boy.«

Seine Näpfe sind leer, deshalb nehme ich eine Dose Welpenfutter aus dem Regal, gebe den Inhalt hinein und sehe zu, wie er sich gierig darauf stürzt.

»Ich wünschte, ich wäre auch ein Fuchs«, sage ich zu ihm. »Was für ein Leben – essen, schlafen, zusehen, dass einen keiner umbringt, sonst nichts. Keine Eifersucht, keiner, der einem das Herz bricht.«

»Na, ein kleines Bad im Selbstmitleid?«

Ich sehe auf.

Grey steht mit seinem gewohnt charmanten Lächeln vor dem Zwinger.

»Verfolgen Sie mich?«, frage ich und kraule Danny-Boys flauschige Ohren.

»Gewissermaßen«, antwortet er. »Freuen Sie sich schon auf heute Nachmittag?«

Ich lache bitter. »Patrick und ich haben uns gerade deswegen gestritten.«

»Patrick weiß, dass ich Sie gebeten habe, mich zu begleiten?«

»Ich hatte die ganze Zeit vor, es ihm zu sagen. Wir reden

hier von Patrick. Es war sonnenklar, dass er es herausfinden würde. Oder sehen Sie das anders?«

»Ich hatte es gehofft.«

»Aber das lag doch auf der Hand. Schließlich hätte er sowieso gemerkt, wenn ich das Schloss verlasse.«

»Ach ja? Mir war nicht klar, dass er Sie derart an der kurzen Leine hält.«

»Er hält mich überhaupt nicht an der Leine. Ich kann tun und lassen, was ich will.«

»Weswegen habt ihr euch dann gestritten?« Er geht neben mir auf die Knie. »Haben Sie ihn angebettelt, Sie gehen zu lassen?« Er streichelt Danny-Boys Schwanz.

»Nein, ich habe es ihm nur gesagt, dass ich Sie begleiten werde. Und zwar auf die gemeinste Art und Weise. Ich bin so eine Idiotin. Andererseits hat er auch ziemlich auf den Putz gehauen.«

»So? Inwiefern?«

»Er hat mir gesagt, dass er sich später mit seiner Cousine trifft.«

»Sprechen wir zufällig von der atemberaubend schönen Zara Mansfield?«

Ich wünschte, er hätte eine andere Beschreibung gewählt.

»Sie hat ihn förmlich verschlungen.«

»Das wundert mich nicht. Sie hatte schon immer eine Schwäche für ihn«, bemerkt Grey.

Mein Mund fühlt sich mit einem Mal ganz trocken an. »Haben die beiden miteinander geschlafen?«

Grey krault Danny-Boys Bäuchlein. »Wer hat das nicht? Zara hat sich durch sämtliche Betten gearbeitet. Auch durch die der Thorburns.«

»War Patrick mit ihr zusammen?«, krächze ich.

Grey zuckt die Achseln. »Das nicht, aber er hat sie regelmäßig flachgelegt.«

Mein Herz fühlt sich an, als hätte es jemand mit dem Hammer zertrümmert.

»Männer sind nun mal Schweine«, fährt Grey fort und massiert Danny-Boys Ohren. »Haben Sie das immer noch nicht gemerkt?«

»Ich dachte, Patrick sei einer von den Guten.«

»Vermutlich ist er sogar der Allerbeste«, gibt Grey zurück, »trotzdem ist auch er nur ein Mann und denkt die Hälfte der Zeit mit dem Schwanz, so wie jeder andere Kerl auf der Welt.«

»Wann hat er das letzte Mal mit Zara geschlafen?« Mir ist klar, wie erbärmlich mich meine Fragerei dastehen lässt, aber ich muss es einfach wissen.

Wieder zuckt Grey die Achseln. »So lange ist das nicht her. Wann immer sie ins Schloss kommt, treiben es die beiden miteinander.«

Zornig blinzle ich gegen meine aufsteigenden Tränen an. Ich werde mir deswegen auf keinen Fall die Augen ausweinen. Unter keinen Umständen.

Am liebsten würde ich aufspringen, ins Schloss laufen und Patrick auf Schritt und Tritt verfolgen, um sicherzustellen, dass er keine Sekunde mit dieser Frau allein ist.

O Gott, ich kann kaum noch einen klaren Gedanken fassen. Alles dreht sich um mich.

Grey legt mir mit einer vertraulichen Geste den Arm um die Schultern. »Komm mit mir zu der Party heute Nachmittag. Das bringt dich auf andere Gedanken. Sonst hockst du bloß herum und machst dich verrückt.«

Ich bin viel zu betäubt, um ihn abzuschütteln. »Ja«, krächze ich.

»Es wird lustig. Und wenn du zurückkommst, hat Patrick Zara garantiert längst abserviert. Jetzt, da du da bist, geht er bestimmt nicht länger mit ihr ins Bett.«

»Bestimmt? Wie sicher ist das?

»Sagen wir mal so – ich habe noch nie erlebt, dass Patrick so begeistert von einer Frau war. Noch nie. Deshalb bin ich ziemlich sicher, dass er Zaras Charme widerstehen wird. Hast du wirklich so wenig Selbstwertgefühl? Du bist eine bildschöne Frau.«

»Das ist sie auch.«

Grey schnaubt abfällig. »Dieses aufgedonnerte Ding mit den falschen Möpsen? Sie mag ja optisch nicht übel sein, aber dich würde ich immer vorziehen. Zara ist nichts Besonderes, ganz im Gegensatz zu dir.«

»Danke.« Ich ringe mir ein kleines Lächeln ab. »Danke.«

57

Den restlichen Vormittag verbringe ich bei Danny-Boy, in der Hoffnung, dass Patrick nach mir sucht, aber er lässt sich nicht blicken, und mit jeder weiteren Stunde zerbricht mein gläsernes Herz noch ein wenig mehr.

Wieso kommt er nicht?

Zara ist hier. Weiß er denn nicht, was ihr Auftauchen in mir auslöst?

Es wird Mittag, aber ich habe keinerlei Lust hineinzugehen. Er soll nicht denken, ich käme nur seinetwegen herein. Außerdem hat mir das Ganze den Appetit verdorben.

Am frühen Nachmittag taucht Grey wieder auf.

»Warst du den ganzen Morgen hier draußen? Du musst ja völlig durchgefroren sein.«

Erst jetzt merke ich, dass ich tatsächlich ganz ausgekühlt bin. Der arme Danny-Boy. Meine Finger sind schon ganz blau vor Kälte.

»Meinst du nicht, dass der Kleine den Wald vermisst?«, fragt Grey und tätschelt Danny-Boys Kopf.

»Bestimmt tut er das«, antworte ich traurig. »Aber Patrick sagt, wenn ich ihn rauslasse, kommt er um.«

»Aber jetzt weiß er doch, wo es etwas zu fressen gibt. Mach einfach die Tür auf und lass eine Portion Futter hier stehen, dann kann er jederzeit zurückkommen, wenn er Hunger hat.«

»Meinst du, das funktioniert?«

»Absolut. Er ist ja ziemlich zahm und kommt vielleicht sogar abends zum Schlafen zurück. Ich nehme an, die Thorburns haben ihn von Hand aufgezogen.«

»Das war auch Patricks Vermutung.« Ich sehe zu den Wäldern hinüber. »Es wäre so schön, wenn er frei herumstreifen könnte. Bist du sicher, dass es gut geht?«

»Solange er hier etwas zu fressen hat, kann eigentlich nichts passieren.«

»Okay.« Ich schiebe ihn auf den Rasen. »Los, Danny-Boy, du darfst gehen.«

Begeistert kläffend rennt Danny-Boy im Kreis herum, immer weiter von mir fort, bis er den Waldrand erreicht hat und sich ein letztes Mal zu mir umdreht.

»Los, Danny-Boy«, rufe ich mit einer wedelnden Handbewegung. »Geh und sieh dich um. Aber komm wieder, wenn du Hunger hast, okay?«

Danny-Boy läuft los und verschwindet zwischen den Bäumen.

Das Letzte, was ich von ihm sehe, ist sein hellroter pelziger Körper, der im Unterholz aufblitzt.

»Hoffentlich kommt er zurecht«, sage ich und erschaudere. »Aber du hast völlig recht. Ich kann ihn nicht ewig in diesem Zwinger lassen. Das ist grausam.«

Grey zieht sein Sakko aus und legt es mir um die Schultern. »Hier, zieh das an. Aber Patrick sollte es lieber nicht mitbekommen, sonst kommt er noch auf falsche Ideen.«

»Ach, wen interessiert's«, sage ich, während mich unvermittelt ein Gefühl tiefer Hoffnungslosigkeit überfällt. »Er hat sich nicht blicken lassen, sondern ist drinnen. Mit ihr.«

Ein eigentümlicher Ausdruck erscheint auf Greys Gesicht, als er zum Schloss hinübersieht.

»Grey?«

Er wendet sich mir zu; der Ausdruck ist verschwunden. »Also, bist du bereit, dich ein bisschen aufmuntern zu lassen?«

Ich nicke. »Absolut.«

»Gut, dann komm mit. Mein Wagen steht dort drüben.«

»Aber …« Ich sehe an mir hinunter. »Ich muss mich umziehen.«

Grey lacht. »Du warst wohl noch nie auf einer richtig schicken Party, was?«

»Ist das so offensichtlich?«

»Es gibt eine eigene Garderobe, wo all die hiesigen Designer nur darauf warten, die jungen Aristokratinnen auszustatten.«

»Aber ich bin keine junge Aristokratin.«

»Das braucht ja keiner zu erfahren.«

Ich lache. »Die brauchen nur meinen Namen zu hören.«

»Dann sag ihn nicht.«

»Ich werde nicht lügen.«

»Das ist keine Lüge, sondern bloß Zurückhalten der Wahrheit.«

»Ist das dein Lebensmotto?«

Grey grinst. »Wie hast du das erraten?«

Ich schüttle den Kopf. »Ich verstehe das einfach nicht. Für Patrick steht Ehrlichkeit an oberster Stelle. Wie um alles in der Welt kommt es, dass ausgerechnet ihr beide Freunde seid?«

»Diese Geschichte erzähle ich dir ein andermal.«

58

Mit einem leisen Unbehagen steige ich in Greys rotes Sportcabrio, doch trotz der Mordsanlage und der butterweichen cremefarbenen Ledersitze fühle ich mich unwohl.

»Denkst du an Patrick?«, fragt Grey und gleitet neben mir auf den Fahrersitz.

Ich nicke.

»Du versaust dir bloß den ganzen Nachmittag.« Er startet die Zündung und lässt den Motor aufheulen.

»Macht es dir gar nichts aus, dass Patrick stocksauer auf dich sein wird?«

»Ich bin Optimist und hoffe, dass er stattdessen auf dich sauer ist.«

»Haha. Aber im Ernst. Machst du dir keine Gedanken deswegen? Er ist immerhin dein bester Freund.«

»Ganz genau. Und das bedeutet, dass wir uns ab und zu mal in die Wolle kriegen. Aber wir vertragen uns jedes Mal auch wieder. Wenn er mitbekommt, dass ich dich entführt habe, wird er mir wahrscheinlich eins auf die Nase geben, und damit ist die Sache für ihn erledigt.«

»Hast du keinen Respekt vor der Bitte deines besten Freundes?«, hake ich weiter nach. »Er hat dir doch gesagt, du sollst dich von mir fernhalten.«

»Alles eine Frage der Interpretation. Er kennt mich und weiß, dass ich einem hübschen Mädchen nicht widerstehen kann. Würde er sich ernsthaft Sorgen machen, würde er dich viel besser im Auge behalten.«

Mein Magen verkrampft sich. »Also glaubst du, dass ich ihm in Wahrheit gar nicht so wichtig bin?«

Grey lacht. »O doch, aber bis zu einem gewissen Grad muss er dir vertrauen, sonst hätte er sich längst an unsere Fersen geheftet. Vielleicht geht er ja davon aus, dass du mir widerstehen kannst.«

»Oh, das kann ich durchaus. Mach dir darüber mal keine Gedanken.«

»Bist du sicher? Ich bin eine echte Granate im Bett.«

»Das ist Patrick auch.«

Das lässt ihn verstummen.

Schweigend fahren wir die holprige Zufahrt entlang. »Ich hätte mir denken können, dass du so einen Wagen fährst«, bemerke ich, als er auf die Straße einbiegt.

»Ach ja? Und wieso?«

»Eine ziemliche Angeberkarre, oder nicht? Und du weißt ja, was man über Männer sagt, die solche Autos fahren.«

»Dass sie sehr attraktiv und intelligent sind?«

»Eher etwas in die Richtung, dass der Wagen dazu dient, andere Defizite zu kompensieren.«

Grey lacht. »Ich dachte, es hieße, dass Männer, die schnelle Autos fahren, zu schnell kämen.«

»Ist das etwa kein schnelles Auto?«

»Kann sein. Aber ich habe trotzdem ein gutes Durchhaltevermögen, sogar ein sehr gutes.«

»Könntest du bitte aufhören, so daherzureden?« Ich blicke auf die breiter werdende Landstraße.

»Du hast damit angefangen.« Er hält inne. »Was fährst du eigentlich?«

»Ein Motorrad.«

»Heißt das, dass du besonders schnell kommst?«

Ich werfe ihm einen strafenden Blick zu. »Vielleicht sollten wir aufhören zu reden.«

»Aber ich höre deine Stimme so gern. Sie ist so sexy. Ich liebe es, wenn sie so rau und brüchig wird ...«

»Halt den Mund, Grey.«

Er lacht. »Ich kann absolut nachvollziehen, was Patrick an dir findet. Du machst es einem nicht einfach, oder?«

Inzwischen fahren wir dichter bebaute Straßen entlang; kurz darauf erreichen wir die Stadt.

Vor einem großen Gebäude, das wie eine Kirche aussieht, hält Grey an, springt heraus und öffnet mir die Tür.

»Mylady«, sagt er mit einer gespielten Verbeugung. »Bitte folgen Sie mir.«

59

Grey führt mich durch einen hohen Torbogen nach drinnen. »Hier kannst du dich umziehen«, sagt er und tritt vor eine massive Holztür. »Das ist der Umkleideraum, von dem ich dir erzählt habe.«

Ich höre ein leises Läuten.

»Moment.« Ich ziehe mein Handy aus der Rocktasche.

»Du hast dein Handy mitgenommen?« Grey runzelt die Stirn und wirft einen Blick über die Schulter.

»Natürlich«, antworte ich leicht verwirrt. »Weshalb sollte ich es nicht bei mir haben?«

»Weil du keine Jacke oder Handtasche mitgenommen hast.«

»Ich hatte es in der Rocktasche. Manche Mädchen tun so was.«

»Ist es Patrick?«

»Keine Ahnung.« Ich sehe aufs Display. »Nein. Meine Schwester. Warte kurz.« Ich wende mich ab und nehme den Anruf an.

»Pheeny.« Panik schwingt in Wilas Stimme mit. »Ich versuche dich schon die ganze Zeit zu erreichen.«

»Ehrlich?« Ich runzle die Stirn. »Tut mir leid, aber das Netz ist nicht besonders. Geht es dir gut?«

»Ich … wusste nicht … musste …«

Es knackt in der Leitung, und ich muss mir eine Hand aufs Ohr pressen, um sie besser zu verstehen.

»Bin gleich wieder hier«, murmle ich.

»Wohin gehst du?«, ruft er mir hinterher. Seine Stimme hallt von den Wänden wider.

»Nur kurz, es ist meine Schwester. Der Empfang ist so schlecht, deshalb gehe ich nach draußen.«

»Ruf sie doch später an«, meint er.

»Sie hat schon die ganze Zeit versucht, mich zu erreichen. Irgendetwas stimmt nicht.« Ich mache kehrt und lasse ihn stehen.

Einen Moment lang glaube ich, dass er mir folgen wird, doch als er mein Gesicht sieht, hält er inne.

»Du findest den Weg hierher, oder?«, ruft er.

»Ja. Ich bin in einer Minute wieder da.«

Im Freien ist der Empfang wesentlich besser.

Ich stehe auf einer hübschen Veranda aus Stein, von der sich ein herrlicher Blick auf die Stadt in der Ferne bietet.

»Was ist denn los, Lala? Geht es dir gut? Die Leitung ist ständig zusammengebrochen.«

Doch ich höre lediglich ihr Schluchzen.

»Beruhig dich doch, Lala. Sag mir, was los ist. Was es auch ist, wir finden eine Lösung. Okay?«

Schniefen dringt durch die Leitung. »Diesmal nicht, Pheeny.«

»Ist schon gut«, erwidere ich beschwichtigend. »Sag mir einfach, was passiert ist. So schlimm wird es schon nicht sein.«

»Doch. Sogar noch schlimmer.«

»Was ist passiert?«

»Ich bin schwanger.«

60

Mir stockt der Atem.

»Bist du sicher?«

»Ja«, sagt Wila und bricht erneut in Tränen aus.

»Hey, beruhige dich, ist schon in Ordnung.«

»Es tut mir so leid, Pheeny«, schluchzt sie. »Ich hab alles kaputt gemacht.«

»Blödsinn. Ich komme zu dir. Ich mache mich sofort auf den Weg. Wir finden schon eine Lösung.«

»Aber musst du nicht arbeiten?«

»Bertie ist immer noch in Euro Disney. Ich komme nach London, okay?« Eine geradezu unheimliche Ruhe senkt sich über mich. »Im wievielten Monat bist du, Lala? Weißt du das?«

»Es sind erst ein paar Wochen.«

»Hast du schon einen Test gemacht?«

»Ja.«

»Manchmal stimmen sie auch nicht.«

»Aber er hat gestimmt. Meine Periode ist überfällig, was sonst nie passiert.«

»Manchmal gibt es Unregelmäßigkeiten, wenn man Stress hat. Und du hattest in letzter Zeit eine Menge um die Ohren.«

»Nein, ich bin schwanger. Ich … ich spüre es. Wenn ich bloß an Milchshakes denke, wird mir schon schlecht.«

»Dann muss es etwas Ernstes sein.« Ich versuche zu lachen, aber es gelingt mir nicht. »So etwas passiert vielen Mädchen«, sage ich stattdessen. »Mum war auch noch blutjung, als wir zur Welt kamen.«

»Und wir wissen alle, wie es geendet hat.«

»Reg dich nicht auf, Lala. Wir finden schon eine Lösung, wie gesagt. Okay?«

»Es tut mir so leid, Pheeny. Ich hab dich im Stich gelassen.«

»Blödsinn. Ich bin bald bei dir.«

»Okay«, krächzt Wila.

Gerade als ich auflegen will, fällt mir noch etwas ein.

»Wila, wer ist der Vater?«

Stille.

»Wila?«

»Er … ich sage es dir, wenn du hier bist, ja?«

»Okay.«

Ich stecke das Telefon ein und will wieder hineingehen, als mir etwas auffällt.

Greys Wagen steht, zwei Reifen auf dem Gehsteig, am Straßenrand, aber ansonsten ist weit und breit kein Auto zu sehen.

Komisch.

Eigentlich sollte doch die ganze Straße vollgeparkt sein, wenn hier eine Party steigt.

Ich trete um das Gebäude herum und spähe um die Ecke auf den Parkplatz, der ebenfalls fast leer ist – bis auf einen uralten schwarzen Jaguar.

Mein Herz beginnt zu hämmern.

Wie seltsam!

Hat Grey sich im Datum geirrt, oder was ist hier los?

Ich muss an seinen Gesichtsausdruck denken, als ich vorhin mein Handy herausgezogen habe.

Panisch. Das trifft es wohl am besten. In diesem Moment war ich zu sehr mit Wila beschäftigt, um darauf zu achten, aber jetzt …

Hier stimmt etwas nicht.

Ich gehe zurück und lasse den Blick über die Front des Hauses schweifen.

Es sieht verwaist aus. Nirgendwo brennt Licht. Und es herrscht Grabesstille.

Dann höre ich eine Stimme.

»Sera?« Es ist Grey, der mich von drinnen ruft.

Ich höre seine Schritte näher kommen.

61

Da bist du ja.« Grey steht in der Eingangstür. Seine Augen wirken seltsam müde. »Komm herein. Die Party geht gleich los.«

»Äh, ja. Aber … mir ist etwas aus der Rocktasche gefallen. Im Auto. Könnest du mir kurz die Wagenschlüssel geben?«

»Ich hole es dir.«

»Nein! Äh, das wäre mir zu peinlich. Ist eine Frauensache, verstehst du?«

Ich lächle, während ich mich frage, ob er wohl sehen kann, dass mir das Herz bis zum Hals schlägt.

»Ähm, okay.«

Er wirft mir die Autoschlüssel zu, und einen Moment lang

denke ich, ob ich mich nicht vielleicht doch irre. Vielleicht sind wir einfach nur zu früh dran, und die anderen Gäste sind noch nicht eingetroffen.

Doch als ich die Schlüssel auffange, sehe ich, dass Grey mich genau im Auge behält.

Ich lasse die Zentralverriegelung aufspringen, öffne die Beifahrertür und tue so, als würde ich auf dem Boden herumtasten.

»Es muss unter den Sitz gerutscht sein«, rufe ich und krieche noch ein Stück weiter in den Lamborghini.

Panisch lasse ich den Blick über das Armaturenbrett schweifen, während ich fieberhaft überlege, wie man dieses Geschoss wohl fährt. Dann inspiziere ich kurz die Pedale. Der Wagen hat Automatikgetriebe. Und die Handbremse – wo zum Teufel ist die Handbremse?

»Verirrst du dich da unten, oder was?«, höre ich Grey sagen. »Ich komme wohl lieber und helfe dir beim Suchen.«

»Nein, nein, alles okay.« Ich versuche, so normal wie möglich zu klingen.

»Ist kein Problem.« Und dann höre ich seine Schritte.

Ich greife nach der Tür und schlage sie zu, taste nach dem Türknopf und drücke ihn herunter.

Durchs Fenster sehe ich, wie Greys Lächeln von einer Sekunde auf die andere erstirbt.

»Was tust du da?«, ruft er.

Ich rutsche auf den Fahrersitz und verriegele den Wagen von innen, dann stecke ich den Schlüssel ins Zündschloss und starte den Motor.

Grey hämmert gegen die Scheibe. »Hey! *Hey!*«

Ich stelle den Schalthebel auf D, kann die Handbremse aber immer noch nicht finden.

Erschrocken schreie ich auf, als Greys Gesicht auf der Fahrerseite auftaucht.

Er sieht völlig erschöpft aus, und in seinen Augen flackert es nervös, ja ängstlich.

Einen Moment lang sehen wir uns in die Augen. Ich bin wie erstarrt vor Angst, doch dann macht Grey etwas äußerst Seltsames. Er legt die Faust ans Kinn und richtet einen Finger nach unten. Er deutet auf etwas.

Und dann, als ich auf meine Füße sehe, begreife ich.

Die Handbremse ist da unten. Sie ist eins der Pedale.

Ich trete darauf. Prompt schnellt der Wagen nach vorn.

Grey taumelt zur Seite, und ich schieße los, in Richtung Autobahn.

62

Mit aller Macht bemühe ich mich, mich zu konzentrieren, während ich über die Autobahn rase.

Es ist, als würde ich träumen. Habe ich mir das alles nur eingebildet? Habe ich Grey Unrecht getan? Leide ich an Verfolgungswahn?

Grey sah aus, als würde ihm der Arsch auf Grundeis gehen. Ja, er hat sich merkwürdig verhalten, und noch merkwürdiger war diese Party ohne Gäste. Andererseits hat er mir gezeigt, wie ich den verdammten Lamborghini starte.

Ich ziehe mein Handy heraus und rufe Patrick an. Normalerweise würde ich beim Autofahren niemals telefonieren, aber es geht leider nicht anders.

Holla! Der Wagen gerät leicht ins Schlingern, als ich Patricks Nummer eingebe.

Geht's noch dümmer, Sera?

Aber ich will nicht anhalten, weil ich Angst habe, dass mir jemand folgt. Trotzdem gehe ich ein wenig vom Gas und fahre langsamer weiter.

Ich stelle das Handy auf Freisprechfunktion.

Patrick ist bereits nach dem ersten Klingeln dran.

»Seraphina?« Er klingt ausgesprochen kühl.

Am liebsten würde ich sofort in Tränen ausbrechen, als ich seine sonore Stimme höre.

»Ich … ich brauche Hilfe«, presse ich stammelnd hervor.

»Alles okay mit dir?«

»Ja. Na ja, halbwegs.«

»Bist du verletzt?«

»Nein, nein. Nichts dergleichen.«

»Wo bist du?«

»Auf der Autobahn.«

»Mit Grey?«

Ich schlucke. »Nein. Ich bin mit ihm losgefahren, aber …«

»Was ist passiert?« Patrick spricht leise, aber er klingt besorgt und aufgebracht.

»Ich bin mit ihm zu der Party gefahren, von der ich dir erzählt habe. Aber da war niemand. Ich fand das Ganze ziemlich merkwürdig, und dann hat Grey noch so seltsam reagiert, als er mitbekommen hat, dass ich mein Handy dabeihabe. Ich habe mir seinen Lamborghini geschnappt und bin abgehauen.«

Schweigen.

»Und das hat er zugelassen?«, fragt Patrick schließlich.

»Er konnte ja nichts dagegen tun. Ich bin in den Wagen gesprungen, und weg war ich.«

»Grey ist ein von der Armee ausgebildeter Killer. Genau wie

ich. Hätte er dich aufhalten wollen, wäre das keinerlei Problem für ihn gewesen.«

Ich überlege einen Moment. »Ich habe nach der Handbremse gesucht«, gestehe ich dann. »Erst als er mit dem Finger darauf gezeigt hat, konnte ich sie überhaupt finden.«

»Wo sollte diese Party stattfinden?«

»Keine Ahnung. In irgendeinem Gebäude, das wie eine Kirche aussieht.«

»Du musst sofort ins Schloss zurückkommen. Hast du mich verstanden?«

»Meine Schwester … Wila braucht mich.«

»Komm sofort zurück, Seraphina! Auf der Stelle.«

»Ich muss mich um Wila kümmern. Sie ist schwanger und weiß nicht mehr weiter. Ich kann sie jetzt nicht alleinlassen. Ich habe ihr gesagt, dass ich mich sofort auf den Weg mache.«

Erneutes Schweigen.

»Na gut. Aber fahr vorsichtig«, sagt Patrick dann. »Ich schicke dir jemanden hinterher.«

»Und wie soll der mich finden?«

»Eins muss man Grey lassen. Er hat eine Vorliebe für auffällige Schlitten.«

63

Einige Stunden später parke ich vor Wilas Schule und bleibe noch einen Moment hinter dem Steuer sitzen, um mich zu beruhigen.

Meine Hände zittern. Meine Augen sind rot, und ich bin völlig verängstigt.

Am liebsten würde ich gar nicht aussteigen.

Ich blicke in den Rückspiegel, halb in der Erwartung, dass Grey plötzlich von irgendwoher auftaucht.

Eine Horde schnatternder Mädchen in pinkfarbenen Leotards marschiert von einem Gebäudetrakt zum anderen.

Reiß dich zusammen, Sera. Wila braucht dich jetzt.

Ich steige aus und nähere mich den Mädchen.

»Hi«, sage ich. »Wisst ihr, wo ich Wila Harper finden kann?«

Einige stecken die Köpfe zusammen und beginnen zu tuscheln.

Ein großes blondes Mädchen lächelt mich an. »Wila? Sie ist im Gemeinschaftsraum.«

»Und isst Chips«, sagt ein anderes Mädchen. Wieder fangen sie an zu kichern.

»Ach ja?«, frage ich streng. »Und was ist daran so lustig?«

Die giggelnden Mädchen verstummen.

»Gar nichts«, antwortet die große Blonde. »Lasst Wila gefälligst in Ruhe.« Sie wendet sich wieder zu mir. »Kommen Sie. Ich bringe Sie zum Gemeinschaftsraum.«

Wila hat tatsächlich eine Chipstüte in der Hand.

Sie sitzt in einer grauen Jogginghose und einem weiten T-Shirt auf einem gemütlich aussehenden Sofa und mampft Hula Hoops. Die Beine hat sie unter sich gezogen, und ihr Gesicht ist ein bisschen verquollen, ansonsten sieht sie völlig okay aus.

Außer ihr halten sich noch ein paar andere Mädchen im Gemeinschaftsraum auf.

Ich blicke auf die rote Chipstüte. »Davon ernährt ihr euch also hier?«

»Pheeny!« Wila strahlt übers ganze Gesicht, als sie mich erkennt, springt auf und schlingt die Arme um mich.

»Wie schön, dich zu sehen, Lala.« Ich drücke sie fest an mich, dann sehe ich in ihr schmales Elfengesicht. »Keine Angst, alles wird gut. Das weißt du doch, oder? Wir finden schon eine Möglichkeit.«

Im selben Moment merke ich, dass die anderen Tänzerinnen uns beobachten.

»Komm.« Ich nehme ihre Hand. »Lass uns einen Spaziergang machen.«

Wir gehen in den kleinen Garten hinter dem Schulgebäude. Unser Weg führt durch einen efeuumrankten Bogengang. Ganz in der Nähe steht eine Bank aus Stein.

»Wie geht es dir?«, frage ich Wila.

»Am liebsten würde ich auf der Stelle tot umfallen«, erwidert sie. »Ich schäme mich so.«

»So was darfst du nicht sagen.«

»Warum nicht? Ist doch wahr! Ich werde mir das nie verzeihen. Niemals! Nach allem, was du für mich getan hast.«

Ich streiche ihr durchs Haar. »Halb so wild.«

»Von wegen«, gibt Wila zurück. »Mir standen Möglichkeiten offen, die sonst keiner von uns hatte. Ich hätte die Chance gehabt, uns alle zu retten. Und jetzt habe ich alles ruiniert.«

Sie beginnt zu weinen.

»Hey«, versuche ich sie zu beruhigen. »Es war nie deine Aufgabe, irgendwen zu retten.«

»Aber ich wollte mich doch bei euch revanchieren. Bei dir und Danny. Ihr habt so viel für mich getan. Ich hatte mir alles schon ausgemalt. Ich wollte euch beiden ein großes Haus kaufen, und …«

Ich lache. »Lala, du musst dir keine Sorgen um Danny und mich machen. Wir sind erwachsen, okay? Wie lange setzt du dich schon derart unter Druck?«

»Seit ich hier studiere«, sagt Wila leise.

»Oh, Lala.« Ich drücke sie noch fester an mich. »Aber damit ist jetzt Schluss, verstanden? Danny und ich spielen keine Rolle. Wir müssen erst mal an dich denken. Was hast du jetzt vor?«

»Ich will mit dem Tanzen weitermachen«, sagt Wila. »Aber das geht ja nicht mehr, oder? Es ist vorbei. Ich … ich komme mir so unfassbar blöd vor. Wie konnte das bloß passieren?«

»Auf die natürlichste Weise der Welt. Niemand ist perfekt, Lala. Fehler macht man sein ganzes Leben. Vor allem, wenn man jung ist. Willst du mir mehr darüber erzählen?«

»Worüber? Wie es sich anfühlt, schwanger zu sein?«

»Nein. Wie ist es passiert?«

Wila schweigt.

»Lala?«

»Du wirst total sauer auf mich sein.«

»Nein, Lala. Und schon gar nicht, wenn es dir so schlecht geht. Erzähl mir einfach, was passiert ist.«

Wila stößt einen tiefen Seufzer aus. »Ich schäme mich so.«

»Dafür gibt es nicht den geringsten Grund. Okay?«

»Du weißt doch gar nicht, was ich sagen will.«

»Los, raus damit. Ich mache mir Sorgen um dich.«

Wila beißt sich auf die Unterlippe.

»Ich wusste nicht mal, dass du einen Freund hast«, sage ich.

Wila lacht, aber es ist ein trauriges Lachen. »Habe ich ja auch nicht. Ich war so dumm. Ich habe nicht darauf gehört, obwohl alle anderen mir gesagt haben …«

»*Was* gesagt haben?«

»Dass er verheiratet ist.«

Ich reiße die Augen auf. »Und das stimmt?«

Wila nickt.

»Wer ist der Kerl?« Ich versuche, so ruhig wie möglich zu klingen, doch insgeheim denke ich, dass ich dem Schwein gehörig die Fresse polieren werde, wenn er mir über den Weg läuft. »Kenne ich ihn?«

»Na ja, schon. Es ist Mr Farrow. Mein Tanzlehrer.«

64

O Gott.«

Ich habe Mr Farrow vor einiger Zeit beim Elternabend an Wilas Schule kennengelernt. Du lieber Himmel, er hat schon graue Haare. Der Typ ist garantiert über vierzig. Was zum Teufel will er mit einer Sechzehnjährigen?

Wila zuckt die Achseln. »Ich mochte ihn. Jedenfalls bis gestern.«

»Was ist gestern passiert?«

»Ich habe ihm erzählt, dass ich schwanger bin.«

»Und was hat er gesagt?«

»Er ist komplett durchgedreht. Er hat gebrüllt, seine Frau dürfe nie davon erfahren. Dass ich es wegmachen lassen soll. Er hat mich übel beschimpft, und dann hat er gesagt, es könnte nicht von ihm sein. Aber ich weiß, dass es so ist. Ich war mit keinem anderen Mann im Bett – ich habe überhaupt noch nie mit einem anderen geschlafen.«

»Hat er ein Kondom benutzt?«, frage ich.

Wila schüttelt den Kopf. »Er hat mich ab und zu im Auto mitgenommen. Anfangs haben wir uns nur ein bisschen geküsst und so. Aber als wir dann … na ja, du weißt schon … war alles plötzlich ganz anders. Irgendwie so, als wäre ihm egal, ob es mir gefällt.« Wila schnieft und schüttelt den Kopf. »Und mir hat es auch nicht gefallen. Überhaupt nicht. Wie kann man nur an so etwas Spaß haben? Es tat weh.«

»Das sollte es aber nicht«, erwidere ich.

»Ich dachte, er würde sich über das Baby freuen«, fährt Wila fort. »Er hat immer wieder gesagt, er wolle seine Frau verlassen. Und ich dachte, er meint es ernst. Aber ich wäre nie auf die Idee gekommen, dass er so ausflippen würde. In tausend Jahren nicht.«

»Ich wünschte, du hättest mir früher erzählt, dass du dich in einen Lehrer verliebt hast. Ich hätte dir genau sagen können, was passiert.«

Wila ergreift mich am Arm. »Bitte, Pheeny. Du darfst niemandem davon erzählen! Ich will nicht, dass jemand davon erfährt. Ich schäme mich so furchtbar.«

»Er ist derjenige, der sich schämen sollte, Lala.«

»Mag ja sein, aber das ändert nichts daran, wie ich mich jetzt fühle.«

»Okay. Aber jetzt geht es nicht um ihn, sondern um dich. Auf jeden Fall kannst du erst mal noch eine Weile zur Schule gehen …«

Wila schüttelt den Kopf. »Nicht mit einem Baby im Bauch. Und erst recht nicht hier. Ich will der Schule keine Schande machen. Was sollen denn all die Eltern denken, die teure Gebühren für ihre Töchter zahlen?«

»Wen kümmert schon, was die denken?«

»Die Direktorin zum Beispiel. Letztes Jahr musste ein Mädchen die Schule verlassen, nur weil sie sich die Nase gepierct hatte. Sie wird niemals erlauben, dass ein schwangeres Mädchen weiterhin die Kurse besucht. Nicht mal für ein paar Monate. Obwohl ich natürlich …«

»Was?«

»Ich könnte doch auch abtreiben, oder?«

»Ja, schon. Aber willst du das wirklich?«

Wila zögert. Dann lässt sie sich auf die Bank sinken. »Es gibt keinen anderen Ausweg, oder?«

»Es gibt immer eine andere Möglichkeit, Lala.«

»Welche denn? Ich kann mich nicht um ein Baby kümmern. Und von Mr Farrow habe ich nichts zu erwarten. Er wird sogar abstreiten, dass es von ihm ist. Wenn ich mich entscheide, das Baby zu bekommen, fliege ich von der Schule.« Sie schlägt die Hände vors Gesicht. »O Gott, es ist so furchtbar.«

»Das kriegen wir schon hin, Wila. Ich kann dir helfen. Mum hat uns auch ohne unsere Väter aufgezogen.«

»Ich will nicht, dass mein Kind so etwas durchmachen muss«, entgegnet Wila. »Unter keinen Umständen.«

»Ich verstehe dich ja. Wirklich. Aber willst du tatsächlich abtreiben?«

Wila sieht mich aus ihren großen blauen Augen ernst an. »Nein. Eigentlich nicht. Aber es würde eine Menge Probleme lösen.«

Ich schlucke. »Es ist deine Entscheidung, Lala. Meine Unterstützung ist dir sicher, ganz egal, was du tust. Okay? Aber glaub nicht, dass ein Baby dein Leben ruinieren würde. Ich helfe dir. Mach dir keine Sorgen, Süße.«

Ich setze mich zu ihr, und Wila legt ihren Kopf in meinen Schoß.

»Du bist die beste große Schwester der Welt.«

»Und du die beste kleine Schwester der Welt.« Ich streiche ihr übers Haar und seufze. »Lass mich mit diesem Lehrer reden.«

»Bitte, mach das nicht.«

»Okay, okay.« Ich streiche ihr weiter übers Haar, um sie wenigstens etwas zu trösten.

»Es tut mir so leid«, seufzt Wila.

»Vergiss es«, erwidere ich. »So ist das Leben. Wir kriegen das schon wieder hin, okay? Das haben wir doch bisher immer geschafft.«

»Du schon.« Wila setzt sich wieder auf, und der Anflug eines Lächelns erscheint auf ihrem Gesicht. »Na ja, du bist schließlich mit *Lord* Patrick Mansfield zusammen.«

»Oh, schön wär's.«

Wilas Augen weiten sich. »Habt ihr euch getrennt?«

»Ich weiß es nicht. Im Augenblick ist es ein bisschen schwierig. Die Situation ist total verfahren. Am besten, du gehst jetzt erst mal zurück in den Gemeinschaftsraum, okay? Tu einfach ganz normal. Und erzähl niemandem, dass du schwanger bist.«

»Wahrscheinlich haben es einige sowieso schon erraten – so viel, wie ich gerade in mich hineinschlinge.«

»Raten ist aber nicht dasselbe wie wissen. Sprich mit niemandem darüber, sondern mach einfach so weiter wie immer, bis du eine Entscheidung getroffen hast.«

Wila nickt. »Okay. Und was machst du?«

»Ich werde heute Nacht auf dem Boot schlafen. Und morgen komme ich wieder her.«

»Fährst du nicht nach Schottland zurück?«

»Erst mal nicht.«

»Danke, Pheeny. Es geht mir gleich wieder besser, wenn du da bist.«

»Das ist schön. Okay, du gehst jetzt zurück, bevor jemand auf die Idee kommt, dass irgendetwas nicht stimmen könnte. Ich fahre zum Boot. Und mit Danny wollte ich auch sprechen. Wir sehen uns dann morgen, okay?«

65

Ich halte es für keine gute Idee, mit Greys Wagen in Camden herumzufahren. Wahrscheinlich dauert es bloß ein paar Minuten, bis jemand die Räder abmontiert hat. Deshalb lasse ich den Lamborghini vor Wilas Schule stehen und nehme die U-Bahn.

Camden ist so verrückt wie immer. Es wimmelt nur so von Leuten, und ein cooler Laden reiht sich an den nächsten.

Eigentlich bin ich davon ausgegangen, dass ich mich in all dem Lärm und Chaos sofort wieder pudelwohl fühlen würde, aber irgendwie kommt mir alles plötzlich überfüllt und verdreckt vor.

Auf dem Markt erspähe ich Tony, der gerade einen Joint raucht.

»Sera!«, ruft er. »Hab gehört, du hättest ’nen Job oben in Schottland ergattert. Was ist passiert? Haben sie dich gefeuert?«

»Bis jetzt noch nicht«, antworte ich lächelnd.

»Und was machst du dann hier?«

»Wila braucht mich.«

»Gut siehst du aus, Süße. Die Landluft scheint dir zu bekommen. Danny ist da hinten.« Mit dem Daumen deutet er zum anderen Ende des Markts. »Du hebst garantiert seine Laune. Hatte einen ziemlichen Scheißtag heute.«

»Ach so?«

Grinsend entblößt Tony seine gelben Zähne. »Soll er dir selbst erzählen.«

»Ähm, okay.« Ich drücke mich an ihm vorbei. »Danke.«

Mein Bruder ist hinter seinem Stand. Er ist noch bleicher als sonst und lächelt müde, als er mich sieht.

»Soso, unsere Globetrotterin. Gut siehst du aus, Schwesterherz. Wie war's bei den Rockträgern?«

»Schön«, sage ich. »Tony meint, du hättest einen schlechten Tag?«

»Der blöde Laberkopf.«

»Das war doch bloß Small Talk, Dan.«

»Soll er gefälligst jemand anders vollquatschen.«

»Was ist denn los?«

»Nichts. Ein Deal ist in die Hose gegangen, das ist alles. Wird schon wieder.«

»Du siehst aber nicht sehr glücklich aus.«

»Ach was. Ein paar Drinks, und die Welt sieht schon wieder ganz anders aus.«

»Dann lass uns doch einen trinken gehen. Ich habe Durst, und ich würde auch gern kurz mit dir reden.«

»Geht's um Kohle?« Danny legt die Hände an seinen Geldgurt.

»Nein. Um Wila.«

»Alles okay mit ihr?« Danny zieht die hölzernen Rollläden herunter und schließt seinen Stand ab.

»Sagen wir mal so – sie ist in froher Erwartung.«

»Du lieber Gott. Sag, dass das nicht wahr ist.«

»Doch.«

»Wer hat ihr den Braten in die Röhre geschoben? Ich bringe das Schwein um.«

»Vielleicht trinken wir lieber erst mal ein Glas, Danny.«

66

Wir gehen ins Nag's Head, wo ich kurz im Türrahmen stehen bleibe.

Seltsam, aber obwohl ich nur kurze Zeit weg war, wirkt der Laden völlig anders als sonst.

Die wacklige Holzbühne, auf der ich gesungen habe, ist verdreckt und heruntergekommen. Ehrlich gesagt macht der ganze Pub einen reichlich deprimierenden Eindruck.

»War das ernsthaft meine Stammkneipe?«, murmle ich.

»Allerdings«, bestätigt Danny. »Wieso fragst du? Hast du dich inzwischen so an den Luxus im Schloss gewöhnt?«

Ich lache. »Kann sein.«

»Und was ist mit deinem Lord Wie-hieß-er-noch?«

Ich werde rot. »Woher weißt du denn schon wieder davon?«

»Wila hat mir alles erzählt.« Er verzieht das Gesicht zu einem schiefen Grinsen. »Sie war völlig aus dem Häuschen vor Begeisterung. Er hätte euch beide zum Abendessen eingeladen, sagt sie. In irgendeinen superschnieken Laden. Und dass er wahnsinnig attraktiv, aber auch sehr bodenständig wäre.«

»Vielleicht sollte sie künftig seine PR übernehmen.«

»Aber mal im Ernst – ist er okay? Ein anständiger Typ?«

»Besser als das«, sage ich leise. »Ich liebe ihn.«

»Meine kleine Schwester hat ihren Traummann gefunden. Soll ich das Datum im Kalender anstreichen?«

»Nein, ganz sicher nicht. Im Moment ist es ein bisschen schwierig.«

»Soll ich ihm eins auf die Fresse hauen?« Danny hebt spielerisch die Fäuste. »Wenn ich mich anstrenge, könnte ich ihn vielleicht plattmachen. Okay, ich war nie bei Olympia, aber …«

Wieder muss ich lachen. »Wir sollten uns eher Gedanken wegen Wila machen.«

»Aber vorher brauche ich erst etwas zu trinken.« Danny geht zur Bar. »Das Übliche, Fred!«

Ein kahlköpfiger Hüne mit Armen wie Baumstämme nimmt zwei Biergläser aus dem Regal. »Danny. Sezza.«

»Hi, Fred, wie läuft's so?«, frage ich.

»Genauso wie gestern.«

»Da habe ich dich aber nicht gesehen.«

»Ehrlich?« Fred kratzt sich den Schädel. »Hast du gestern nicht hier gesungen?«

»Nein. Der arme alte Fred hat wohl zu viele Drinks gekippt und sich zu oft geprügelt, deshalb hat er heute schon wieder vergessen, was gestern war. Aber Gesichter und die Lieblingsgetränke seiner Stammgäste, die kann er sich problemlos merken.«

»Ja, ja, ich freu mich auch, dich zu sehen, Süße«, gibt Fred zurück. »Die Harpers. Also, was darf's sein – das Übliche von unter der Woche oder die Freitagsportion?«

»Die Freitagsportion«, antwortet Danny und schiebt einen Zwanziger über den Tresen.

Fred schenkt zwei Guinness und zwei Tequilas ein.

Wir nippen an unseren Biergläsern, dann kippen wir die Schnäpse.

Kaum sitzen wir auf unseren Hockern, leert Danny die Hälfte seines Biers mit einem Zug. »Okay«, sagt er. »Schon besser. Und jetzt erzähl mir von Wila. Wer ist der Dreckskerl, und wo finde ich ihn?«

»Sie hat mich angefleht, nichts zu unternehmen. Deshalb musst du mir versprechen, die Füße stillzuhalten. Okay?«

»Muss ich?«

»Ja.«

»Na gut. Aber wissen will ich es trotzdem. Also raus mit der Sprache.«

»Es ist ihr Tanzlehrer. Er ist verheiratet und schon über vierzig.«

Danny springt auf. »Den bring ich um, verdammt noch mal!«

Fred beugt sich über den Tresen. »Das würde ich an deiner Stelle lieber lassen, Danny«, raunt er. »Der hat überall Freunde.«

Danny schüttelt den Kopf. »Ich rede nicht von Ray, sondern von jemand anderem.«

»Ray?« Ich greife nach meinem Glas. »Du willst doch nicht etwa ... Danny, sag mir sofort, dass du dich nicht mit Ray King angelegt hast.«

»Vielleicht ein kleines bisschen.«

»Danny!« Ich vergrabe den Kopf in den Händen.

»Der Arsch hat mir eine Tüte voll Dreck verkauft, also habe ich nicht bezahlt, und jetzt flippt er komplett aus.«

»Du hättest dich am besten gar nicht erst mit ihm einlassen sollen.«

»Ich versteh gar nicht, was du gegen ihn hast. Er hat dir einen Job gegeben. Was für ein Problem hast du also mit ihm?«

»Das willst du lieber nicht wissen.«

»Ich sag dir ja auch nicht, wie du dein Leben ...«

»Herrgott noch mal, Danny. Er tut anderen Leuten weh.«

»Dir auch?«

»Nein, mir nicht.« Ich starre zu Boden.

»Aber wieso hasst du ihn dann so?«

»Weil er ein Arschloch ist, Danny. Das weiß doch jeder.«

»Ist ja schon gut, krieg dich wieder ein. Ich biege das schon wieder gerade. Aber eine Entschuldigung kriege ich trotzdem noch von ihm.«

»Ray King wird sich nie im Leben bei dir entschuldigen. In tausend Jahren nicht. Der Typ spinnt komplett. Sieh einfach zu, dass du dich wieder mit ihm verträgst, und lass es gut sein.«

»Ja, ja.« Danny nimmt noch einen Schluck aus seinem Glas. »Und jetzt erzähl mir von unserer kleinen Schwester.«

»Na ja, sie hat natürlich schreckliche Angst. Das ist nur verständlich. Du hattest auch ziemlich die Hosen voll, als du erfahren hast, dass du Vater wirst, nicht?«

»Will sie es behalten?«

Ich zucke die Achseln. »Das weiß ich nicht.«

»Es wäre vermutlich besser, wenn sie es nicht täte, meinst du nicht auch?«

»Kann sein. Aber irgendwie auch wieder nicht. Ich werde ihr helfen. Wir beide, ja? Wenn sie beschließt, es zu bekommen.«

»Ist doch klar. So gut es geht.« Er sieht auf seine Uhr. »Ich habe jetzt noch etwas zu erledigen.«

»Danny …«

»Du willst nicht, dass ich dem Kerl, der meine kleine Schwester geschwängert hat, die Fresse poliere, oder?«

»Genau.«

»Dann sag mir nicht, wie ich mein Leben leben soll.«

»Ganz toll.« Ich trinke einen großen Schluck. »Mein eigener Bruder erpresst mich.«

»Spiel dich hier nicht auf. Ich will dich da raushalten. Du hast völlig recht – Ray King ist ein kompletter Spinner. Und deshalb will ich nicht, dass du da reingezogen wirst.«

»Verdammt noch mal, Danny, wie hast du es geschafft, da reingezogen zu werden?«

67

Reine Blödheit«, antwortet er.

»Toll, dass du ausnahmsweise mal ehrlich bist«, sage ich.

»Kaum wohnst du für eine Weile in einem schicken Schloss oben im Norden, und schon vergisst du, dass einige von uns hart für ihren Lebensunterhalt arbeiten müssen. Was treibt dein Typ eigentlich so? Herumsitzen und Bonbons lutschen, während sein Butler das Silber poliert?«

»Absolut nicht. Du wirst ihn mögen, da bin ich mir ganz sicher. Er hält sich nicht mal gern im Schloss auf, sondern ist lieber im Freien.«

»Ich sollte jetzt los.« Er trinkt sein Bier aus. »Ich komme später zu dir aufs Boot, okay?«

»Gut.«

»Pass auf dich auf, Schwesterherz. Und das mit Wila kriegen wir auch irgendwie hin. In dieser Familie sind schon viel schlimmere Dinge passiert. Sie hätte drogenabhängig werden oder sich mit irgendeinem zwielichtigen Kerl einlassen können.«

»Ich weiß. Trotzdem mache ich mir Sorgen um sie. Es ist sehr schwer, in so einem Alter eine dermaßen weitreichende Entscheidung zu treffen. Ich hoffe nur, sie tut das Richtige.«

»Was wäre das denn deiner Meinung nach?«

»Was denkst du?«

»Dass sie das Baby behält.« Danny vergräbt die Hände in den Taschen seiner abgenutzten Jacke. »Was ist das immer bloß mit Mädels und Babys? Sobald Kinder ins Spiel kommen, werdet ihr sofort rührselig.«

Ich lache. »Das sagt ja der Richtige. Schließlich hast du ein Foto von Jacob als Bildschirmschoner.«

»Na ja, er ist doch mein kleiner Wunderbursche, oder?«

»Wie soll Wila sich denn entscheiden, wenn es nach dir ginge?«, frage ich, obwohl ich die Antwort längst kenne.

»Ich denke genauso wie du, aber ich unterstütze sie in jedem Fall, völlig egal, wie ihre Entscheidung ausfällt.«

»Ich auch.«

68

Als ich aufs Boot komme, ist es längst dunkel. Und kalt. Ich habe völlig vergessen, wie klamm es dort sein kann.

Erschaudernd schließe ich die Tür auf und rümpfe die Nase, als ich eintrete.

Es stinkt. Modrig, wie auf dem Grund eines Tümpels.

Gerade als ich den Kamin anzünden will, bemerke ich einen Schatten in der Ecke.

Mit einem lauten Schrei weiche ich zurück und will zur Tür hinauslaufen.

»Das ist also dein altes Zuhause, ja?«, sagt eine Stimme.

O Gott sei Dank.

Patrick.

Seine hochgewachsene Gestalt löst sich aus dem Schatten. »Das ist doch kein Ort für eine Frau. Eigentlich müsstest du Angst haben, im Dunkeln allein hierherzukommen.«

»Was machst du denn hier?«, frage ich, immer noch leicht geschockt.

»Ich habe dir doch gesagt, ich schicke jemanden, der dich im Auge behält.«

Ich hebe eine Braue. »Und dieser Jemand bist du?«

»Ich kann mir keinen besseren Aufpasser vorstellen. Du?«

»Nein«, räume ich ein. »Ich freue mich, dich zu sehen.«

»Gleichfalls.«

»Hast du mit Grey geredet?«

»Ja.«

»Und?

»Und er hat mir die Situation zu meiner vollen Zufriedenheit erklärt.«

»Möchtest du mir vielleicht davon erzählen?«

»Sehr gern, aber nicht jetzt. Fest steht allerdings, dass Grey mein vollstes Vertrauen genießt. Und das wird auch in Zukunft so bleiben.«

»Bist du dir da ganz sicher, Patrick? Die Geschichte heute war irgendwie seltsam. Ich hatte Angst. Vielleicht habe ich es mir nur eingebildet und es fand tatsächlich eine Party statt, aber wir waren zu früh dran, trotzdem … irgendwie hat es sich falsch angefühlt. Greys Verhalten war so …«

»Bislang konnte ich mich immer auf meinen Instinkt verlassen. Und jetzt sagt er mir, dass wir im Hinblick auf Grey nichts zu befürchten haben.«

»Aber …«

»Vertrau mir, Seraphina.« Er tritt näher.

Plötzlich ist es mir schrecklich peinlich, dass er mein schäbiges, heruntergekommenes Zuhause sieht.

»Wie lange bist du schon hier?«, frage ich.

»Noch nicht lange. Davor war ich unterwegs und habe dich im Auge behalten.«

»Aber wie? Während ich mich mit meinem Bruder getroffen habe? Wie hast du das angestellt?«

Patrick zieht mich in seine Arme. »Ja.«

»Du musst ein wirklich exzellenter Soldat gewesen sein.«

»Ja, das war ich.«

»Ich wollte nicht, dass du siehst, wie ich lebe«, fahre ich fort.

»Gelebt *hast*«, korrigiert er.

»Lebe ich denn immer noch bei dir? Bist du sicher, dass du nicht lieber mit deiner Cousine zusammen sein willst?«

»Hör auf mit dieser Eifersucht.«

»So wie du, meinst du?«

»Ja. Du hast recht, ich war eifersüchtig, und es tut mir leid. Ich hätte mich nicht davon hinreißen lassen dürfen, sondern hätte dir vertrauen müssen. Ich vertraue dir. Okay?«

»Also haben wir beide Fehler gemacht?«, hake ich nach und sehe ihm in seine wunderschönen Augen.

»Ja, wir waren beide gleich schlimm.« Er lächelt mich an. »Und nur fürs Protokoll – mir gefällt es, wie du lebst. Es ist so typisch für dich. Sehr frei und ungebunden.«

»Früher habe ich mir häufiger überlegt, einfach die Taue zu lösen und loszuschippern, zu sehen, wohin es mich verschlägt. Aber natürlich war das undenkbar. Wila musste schließlich zur Schule. Was hast du sonst noch gesehen?«

»Nicht annähernd genug«, knurrt er.

»Das Problem ist … na ja, meine Vergangenheit …«

»Ich will nicht wissen, mit wem du gevögelt hast, keine Sorge.« Patrick streicht mir eine Strähne aus dem Gesicht.

»Gut. Ich hatte nämlich auch nicht vor, es dir auf die Nase zu binden. Schließlich wissen wir, wie schnell du eifersüchtig wirst.«

Ich lächle, und Patrick bricht in Gelächter aus.

»Mich hat sie auch überrascht«, gesteht er. »Die Eifersucht, meine ich. Ich hätte nicht erwartet, dass ich mich so … so …« Er sieht sich um. »Hast du es schon mal mit jemandem auf diesem Boot hier getan?«

»Ich dachte, du wolltest es nicht wissen.«

Er zieht mich enger an sich. »Will ich auch nicht, aber erzähl es mir trotzdem.«

»Glaub mir, das willst du nicht wissen, Patrick. Mit Eifersucht kenne ich mich aus. Du machst dich nur selbst verrückt.«

»Also ja.«

»Ich habe einige Jahre hier gelebt«, sage ich sanft. »Und ich hatte immer wieder auch einen Freund. Ich hatte ein Leben, bevor du aufgetaucht bist, genauso wie du. Mit Zara.«

»Was hat sie mit all dem zu tun?«

»Du hattest Sex mit ihr.«

69

Patricks Schweigen sagt alles. Und sorgt dafür, dass ich mir wünsche, die Zeit zurückdrehen zu können; an einen Punkt, an dem ich Greys Worte als unwichtige Bagatelle abtun kann.

»Also ja, stimmt's?«, frage ich.

»Welche Rolle spielt es, was ich getan habe, bevor du aufgetaucht bist?«

»Es spielt durchaus eine Rolle, weil sie zu dir gekommen ist. Und du hast sie nicht weggeschickt, sondern sogar gesagt, du müsstest mit ihr reden, wenn ich mich recht entsinne.«

»Und genau das habe ich auch getan.«

Ich presse die Lippen aufeinander. »Worüber?«

»Ich habe ihr klargemacht, wie viel du mir bedeutest«, erklärt er. »Und dass ihre Avancen nicht willkommen sind. Dass sie sich unangemessen benimmt. Und dass ich sie vor die Tür setze, wenn sie so etwas noch einmal tut.«

»Oh.« Ich senke den Blick. Plötzlich komme ich mir ziemlich blöd vor. »Darüber wolltest du mit ihr reden?«

»Ja.«

»Aber ich dachte …«

»Ich weiß, was du dachtest.« Patrick legt einen Finger unter mein Kinn und zwingt mich, ihn anzusehen. »Du solltest mir vertrauen. Zara bedeutet mir nichts. Noch nie.«

»Trotzdem hattest du Sex mit ihr«, argumentiere ich und versuche vergeblich, gegen die aufsteigende Übelkeit anzukämpfen, die mich überfällt, als die Worte über meine Lippen kommen. »Hast … hast du sie nur benutzt? Willst du mir das damit sagen? Und soll ich mich dadurch besser fühlen?«

»Zara war immer verfügbar. Sie ist attraktiv, und sie stand zur Verfügung. Ende der Geschichte.«

Es ist wie ein Schlag ins Gesicht, dass er sie als attraktiv bezeichnet hat.

»Danke für die rücksichtsvolle Erläuterung.«

»Ich war noch nicht fertig«, fährt er fort. »Männer stehen darauf, Frauen zu vögeln. So einfach ist das. Aber geliebt habe ich bisher nur eine.«

»Und zwar wen?«

»Das weißt du ganz genau. Sie steht direkt vor mir.«

Mein Magen beruhigt sich ein wenig. »Was hindert dich dann daran, etwas mit einer so gut aussehenden Frau wie Zara anzufangen, wenn ich nicht da bin?«

»Gar nichts. Aber das heißt noch lange nicht, dass ich es auch tue.«

»Mein Exfreund hat mich schamlos betrogen, deshalb fällt es mir schwer, anderen zu vertrauen. Wie lautet deine Ausrede?«

»Ich habe keine. Ich hasse dieses Gefühl, die Kontrolle über mich zu verlieren.«

»Ja, schrecklich, nicht? Eifersucht ist wirklich schlimm.«

»Absolut, aber du bist es wert.«

Ich sehe mich um. »Es passt mir gar nicht, dass du hier bist.«

»Wieso nicht?«

»Du bist Besitzer eines Schlosses. Das hier muss doch eine Beleidigung für deine Augen sein.«

Patrick lacht. »Die Hälfte meiner Zeit verbringe ich im Wald. Allein ein Dach über dem Kopf zu haben ist für mich schon Luxus.«

»Trotzdem …«

»Ich will hierbleiben, weil ich diese Seite von dir kennenlernen möchte.«

»Aber dieses Boot ist lediglich ein Kompromiss, den ich eingehen musste. Aus finanziellen Gründen. Wegen meiner Familie. Ich habe mir immer mehr erträumt. Aber schätzungsweise kann jemand wie du so etwas nicht verstehen.«

»Sogar besser, als du glaubst.«

»Ich bitte dich.«

»Es stimmt aber. Die Welt, aus der ich stamme, mit all dem Pomp und Glitzer, den Zeremonien, den guten Manieren und angemessenen Worten – das ist doch alles Schwachsinn. Ich habe immer von etwas Realem, Handfestem geträumt. Wieso habe ich mir wohl ein Häuschen im Wald eingerichtet, was glaubst du?«

»Also können wir uns vermutlich irgendwo in der Mitte treffen, ja?«, lache ich.

Patrick drückt meine Hand. »Ich bleibe über Nacht hier. Keine Widerrede.«

Ich seufze. »Dafür bin ich sowieso viel zu müde.«

»Braves Mädchen. Ausnahmsweise tust du, was man dir sagt.«

»Sehr witzig.«

»Also, führst du mich ein bisschen herum?«

»Du willst doch nicht ernsthaft hier übernachten, oder?«

»Absolut.«

»Na gut. Was willst du als Erstes sehen?«

»Das Schlafzimmer.«

Ich lache. »Also gut, dann komm mit. Der Weg dorthin ist nicht allzu weit.«

Ich gehe vor ihm her in Richtung Heck.

»Stockbetten.« Patrick grinst.

»Du kannst es dir ja immer noch überlegen.«

»Netter Versuch. Du schläfst vermutlich unten, oder?«

»Das dürfte ziemlich offensichtlich sein.«

Die Wände rings um das obere Bett sind mit allerlei Ballett-Postern vollgepflastert.

Es ist ein seltsames Gefühl, mit ihm in diesem Zimmer zu stehen, das ich sonst mit Wila teile; ihre Sachen zu sehen, die Aufnahmen der Tänzer und ihre *Sweet-Valley-High*-Bücher.

Plötzlich vermisse ich sie schmerzlich.

»Bist du gern unten?« Patrick hebt vielsagend eine Braue.

»Halt den Mund.«

»Ich werte das als ein Ja.« Patrick sieht sich um.

Ich werde rot. Das muss der winzigste, vollgestopfteste Raum sein, den er je gesehen hat.

70

Er streckt sich auf dem unteren Bett aus und verschränkt die Hände hinter dem Kopf.

Die Bettfedern quietschen.

»Na? Gemütlich?«, frage ich.

Er betrachtet den Lattenrost über seinem Kopf. »Wer ist das?«

O Gott. Ich würde mich am liebsten irgendwo verkriechen.

Mit achtzehn habe ich wahnsinnig für Ricky Wilson geschwärmt und deshalb ein Poster von ihm auf die Unterseite von Wilas Bett getackert.

»Ich … also, ich stehe ziemlich auf die Kaiser Chiefs.«

»Ich sehe aber nirgendwo ein Poster von der restlichen Band.«

Ich laufe noch dunkler an. »Ich … na ja, ich mag den Sänger.«

»Wie man sieht.« Der Anflug eines Grinsens erscheint auf Patricks Gesicht.

»Ja, ich geb's ja zu, ich habe für ihn geschwärmt. Aber ich war ja erst sechzehn, als ich hier eingezogen bin.«

Patrick runzelt die Stirn.

»Was denn? Sag bloß nicht, du wärst auf einen Teenagerschwarm eifersüchtig. Ich bin dem Mann ja noch nicht mal begegnet.«

»Es geht nicht um ihn.« Patrick schüttelt den Kopf.

»Um wen dann?«

»Du hast in diesem Bett mit jemandem gevögelt.«

Ich zögere. »Patrick …«

Er bringt mich mit einem einzigen Blick zum Schweigen. »Das stimmt doch, oder?«

»Soll ich die Frage ernsthaft beantworten?«

»Ich will die Wahrheit hören.«

»Manchmal ist die Wahrheit aber …«

»Wer war er?« Patrick starrt auf den Lattenrost.

»Ein Idiot«, antworte ich wahrheitsgetreu.

»Was verschweigst du mir?« Er setzt sich auf und sieht mich an.

»Im Hinblick auf Billy? Was willst du wissen? Dass er mich betrogen hat? Dass mich alle gewarnt haben, ich aber nicht auf sie hören wollte? Dass ich mich komplett zum Narren gemacht habe?«

»Nein. Etwas ist heute passiert. Es hat irgendetwas mit deiner Vergangenheit zu tun und damit, was du mir verschweigst.«

Weiß er von Ray King? Kann er zufällig Gedanken lesen oder was?

»Ist das wichtig?«

»Ja, ist es.«

Ich setze mich neben ihn auf die Bettkante. »Jetzt ist nicht der richtige Zeitpunkt, Patrick.«

Ich greife nach seiner Hand, aber er entzieht sie mir.

Das schmerzt.

»Solange du nicht offen bist, können wir einander niemals nahe sein«, sagt er.

»Was willst du denn?«, schnauze ich ihn an. »Ich kapiere es einfach nicht. Gerade noch ist alles in bester Ordnung, und dann …«

»Ich mag keine Geheimnisse.«

»Das weiß ich. Ich versuche ja auch, dir gegenüber aufrichtig zu sein, aber es gibt nun mal ein paar Dinge, die ich noch nie jemandem erzählt habe.«

»Was muss ich tun, damit du mir vertraust?«

»Ich vertraue dir, aber …«

»Nein.« Patricks Miene ist düster. »Das tust du nicht.«

»Na gut, dann frag mich, was du über Billy wissen willst, und ich erzähle dir alles.«

»Gut.« Sein Kiefer spannt sich an. »Hat er dich kommen lassen?«

»Oh, Patrick, ich …«

»Hat er, oder hat er nicht?«

»Ich dachte, wir haken das mit der Eifersucht ab.«

»Sag es mir.«

»Nein, hat er nicht. Nie. Bist du jetzt zufrieden? Er hat mich benutzt, und ich habe mich wie ein Stück Fleisch gefühlt, wenn ich mit ihm im Bett war. Ich war ihm vollkommen egal. Wie es mir dabei geht, hat ihn nicht die Bohne interessiert. Ob ich Spaß daran habe.«

»Bist du bei ihm gekommen?«

»Ich habe dir doch gerade gesagt …«

»Du hast gesagt, er hätte dich nicht dazu gebracht zu kommen. Aber bist du gekommen, als du mit ihm zusammen warst?«

Ich sehe zu Boden.

»Also?«

»Ja«, gestehe ich. »Aber erst, als ich die Dinge selbst in die Hand genommen habe. Anfangs mochte ich ihn sehr gern. Ich dachte … ach, ist ja auch egal. Ich fürchte, das Gespräch führt in keine gute Richtung.«

Patrick steht auf. »Ist er derjenige, der dir wehgetan hat?«

Ich kann ihm nicht von Ray erzählen. Noch nicht …

»Er hat mich betrogen«, sage ich und spüre, wie mein Mund trocken wird. »Das hat sehr wehgetan. Eine echte Demütigung.«

Patrick wendet sich mir zu. »Ich weiß, dass das noch nicht alles ist, und ich wünschte, du würdest es mir sagen.«

Mir kommen die Tränen. Ich traue meiner Stimme nicht über den Weg, daher nicke ich nur.

»Leg dich hin.« Patrick tätschelt die Matratze.

Ich lasse mich aufs Bett sinken und spüre die Wärme, wo Patrick gerade noch gelegen hat.

»Ich schlafe auf dem Sofa.« Er steht auf.

»Wieso?« Ein flaues Gefühl macht sich in meinem Magen breit. »Willst du mich nicht mehr?«

»Aber natürlich will ich dich.« Er streicht mir übers Haar. »Aber ich werde nicht in einem Bett schlafen, in dem dich ein anderer Mann hatte.«

Das verstehe ich. Sogar sehr gut. Trotzdem tun seine Worte weh.

»Du gibst mir das Gefühl, schmutzig zu sein«, sage ich. »Billy und ich – das war nichts als lächerlicher Teenie-Kram. Außerdem ist es Jahre her. Damals war ich ein völlig anderer Mensch.«

»Trotzdem. Er hat mit dir geschlafen.« Er schließt die Augen und öffnet sie wieder. »O Gott, wie sehr ich mir wünsche, ich wäre dir begegnet, bevor dich ein anderer angefasst hat.«

Diesmal schlucke ich hart.

»Ich komme mir vor, als wäre ich verdorben.« Mir kommen die Tränen. »Du bist der einzige Mann, der mir je etwas bedeutet hat, Patrick. Wirklich.«

»Wenn es so wäre, würdest du mir nichts verschweigen.«

Ich schüttle den Kopf. »Ich will es nicht sagen. Verstehst du das denn nicht? Alles ist so wunderbar, wie es jetzt gerade ist. Wieso musst du alles kaputt machen?«

»Alles über dich zu wissen macht rein gar nichts kaputt. Stattdessen liebe ich dich nur umso mehr.«

»Dann wirst du dich wohl oder übel damit abfinden müssen, mich ein bisschen weniger zu lieben«, sage ich und wende mich ab. »Gute Nacht, Patrick.«

Ich sehne mich danach, dass er mich umdreht. Mir sagt, dass es ihm leidtut. Dass er mich liebt, ganz egal, was passiert. Dass es ihm nichts ausmacht, mein Geheimnis nicht zu kennen. Und dass er in diesem Bett mit mir schlafen will. Aber er tut nichts davon.

»Gute Nacht, Seraphina«, sagt er nur.

Am liebsten würde ich endgültig in Tränen ausbrechen.

Wie gern will ich ihm alles sagen, aber ich kann einfach nicht.

71

Als ich am nächsten Morgen aufwache, weiß ich im ersten Moment nicht, wo ich bin.

Der morgendliche Smog zieht bereits durch die Ritzen der Bootfenster. London. Ich hatte den Mief der Stadt ganz vergessen.

Als ich an mir heruntersehe, fällt mir wieder ein, dass ich in meinen Klamotten eingeschlafen bin. Dass Patrick nicht bei mir schlafen wollte. Und dass Wila …

Ich setze mich so abrupt auf, dass ich mir den Kopf anschlage.

O Mann. Etagenbetten.

Während ich mir den Kopf reibe, steigt mir der Geruch von Verbranntem in die Nase.

»Patrick?« Ich springe aus dem Bett.

Er steht, lediglich in seinen Boxershorts, in der Küchenzeile und brät Würstchen in einer Pfanne auf unserer kleinen elektrischen Kochplatte.

In der Pfanne brutzeln ungefähr zehn Exemplare.

Ich muss husten, als der Rauch zu mir herüberweht.

»Lust auf Frühstück?«, fragt Patrick.

»Die Platte wird ziemlich heiß.« Ich beuge mich vor und drehe die Temperatur herunter.

»Das liegt an den Würsten. Sie sind voller Wasser und anderem Zeug, das die reingeben, um Fleisch zu sparen.«

»Das sind aber viele. Du hast ja offenbar einen Bärenhunger.«

»Nicht mehr als sonst. Du bist eben nur Spatzenportionen gewöhnt. Außerdem habe ich die Würstchen auch für dich gemacht. Du musst doch hungrig sein.«

»Wo hast du sie gekauft?«, frage ich.

»In dem Laden da drüben.« Patrick deutet mit dem Pfannenwender zum Fenster. »Smith's News.«

»Und das Brot hast du auch von dort?«, frage ich, den Blick auf den Laib auf der Arbeitsplatte gerichtet.

Patrick nickt.

Ich muss grinsen.

»Was ist denn so lustig?« Patrick streicht sich eine blonde Strähne aus der Stirn.

»Nichts.«

»Los, raus damit.« Er lächelt ebenfalls.

»Ach, es ist bloß … Du verhältst dich wie ein Tourist, das ist alles. Keiner hier würde je etwas bei Smith kaufen. Dort gibt es nur Schrott. Brot und Würstchen kauft man lieber woanders.«

Patrick hält mir den Laib hin. »Das ist doch gutes Brot.«

»Es sieht gut aus. Aber es ist bestimmt zwei, drei Tage alt. Ian Smith nimmt den Bäckereien das Brot ab, das sie nicht mehr als frisch verkaufen können.«

Patrick klopft mit dem Brot gegen den Frühstückstresen, dann flucht er leise und knallt den Pfannenwender auf die Würstchen.

Ich lache. »Das will ich aber nicht gehört haben.«

»Stimmt, ganz frisch ist es nicht«, gibt Patrick zu.

»Sei nicht gleich beleidigt, Landei. Du konntest ja nicht wissen, wie das hier in der Stadt läuft. London ist eben ein gefährliches Pflaster.«

»Ich bin nicht zum ersten Mal in London«, knurrt Patrick.

»So? Und was hast du hier gemacht?«

»Ich habe Fernsehinterviews gegeben.«

»Aber hast du je in einer Stadt *gelebt*?«

»Kabul *ist* eine Stadt.«

»Du weißt genau, was ich meine.«

Patrick starrt auf die Würstchen. »Nein. Ich wollte nie in einer Stadt leben, und ich werde es auch niemals tun. Allein heute Morgen Frühstück zu holen war die reinste Tortur. All die Menschenmassen auf den Straßen.«

Ich grinse. »Du hörst dich an wie ein alter Mann.«

»Gefällt dir das etwa? Das ist doch kein Leben. Bloß Existieren.«

»Für mich war es Leben genug.« Ich öffne das Fenster, um den Rauch abziehen zu lassen. »Manchmal sogar ein bisschen zu viel davon.«

»Du und die Stadt – was für eine Horrorvorstellung«, sagt Patrick. »Der ganze Lärm. Der Dreck, der Gestank, die ganzen Laffen …«

»Die *was*?«

»Die Schönlinge, die aufgebrezelten Leute.« Patrick wirft sich in die Brust und tut so, als würde er wie ein Pfau herumstolzieren.

Ich lache.

»All die Typen mit ihren hautengen Hosen, Halstüchern und lila Brillen.«

Ich pruste laut los. »Hast du jetzt auch noch etwas gegen Brillenträger?«

»Nein. Aber warum muss man sich so zur Schau stellen?«

»Das nennt man Kreativität«, erkläre ich. »Und wenn dir das nicht gefällt, frage ich mich, was du eigentlich an mir findest. Oder ist dir nicht aufgefallen, dass ich manchmal auch ziemlich flippige Klamotten trage?«

»Ich interessiere mich für dich, nicht für deine Klamotten.« Er wendet die Würstchen. »Aber noch mal zu gestern …«

Ich schüttle den Kopf. »Nicht jetzt. Bitte, Patrick. Gib mir noch etwas Zeit, okay? Es ist einfach ein bisschen viel im Moment – mit Wila und allem …«

»Na gut. Dann kannst du mir ja jetzt erst mal helfen, mich an all das hier zu gewöhnen.«

»Ich habe dir gesagt, dass das Boot …«

»Um das Boot geht es nicht. Der Kutter gefällt mir noch am besten. Wenn du willst, lasse ich ihn nach Schottland überführen und zeige dir, was richtige Landschaften sind.«

»Gibt es in Schottland überhaupt Kanäle?«

Patrick lacht. »Ja, du Stadtpflanze, die gibt es.«

»Aber da ist es doch bestimmt ziemlich kalt.«

Patrick grinst. »Eiskalt.«

72

Patrick zieht eine meiner wackligen Küchenschubladen auf und holt das Brotmesser heraus, mit dem er ein paar dicke, klobige Scheiben Brot abschneidet.

Er säbelt sie auseinander, legt die warmen Würstchen hinein und klappt sie wieder zusammen.

»Frühstück«, verkündet er, nimmt einen Plastikteller vom Abtropfgestell neben der Spüle und knallt die Sandwiches darauf.

»Die sind ja riesig«, sage ich.

»Ich will keine Klagen hören, Weib.«

»Ich klage ja gar nicht. Ich finde nur …« Ich schüttle den Kopf.

»Was?« Patrick zieht eine Augenbraue hoch.

Ich unterdrücke ein Lächeln. »Ach, nichts.«

»Sind meine Sandwiches plötzlich nicht mehr gut genug, nur weil wir hier in deiner tollen angesagten Stadt sind?«

»Nein, sie sind absolut perfekt.«

Patrick nimmt ein Sandwich und beißt hinein. »Okay, das Brot ist ein bisschen trocken«, nuschelt er. »Aber die Würstchen sind schön heiß, und genug davon haben wir auch.«

Ich lache. »Ist das das wichtigste Kriterium für dich? Dass es genug gibt?«

Er würgt einen Riesenbissen herunter. »Kommt drauf an.«

»Worauf?«

»Wie hungrig man ist.«

»Dann musst du ja einen Bärenhunger haben.«

Patrick nickt, während er den Rest seines Sandwiches mit einem Bissen verschlingt. Dann schiebt er den Teller zu mir herüber. Ich nehme mir das kleinste, das aber immer noch eine ziemliche Portion ist.

»Willst du es nicht essen?«, fragt er.

»Oh. Ähm, ja.« Ich nehme einen kleinen Bissen.

Patrick mustert mich, während ich auf dem trockenen Brot herumkaue. Schließlich gelingt es mir, den Brocken zu schlucken.

»Und?«, fragt Patrick. »Wie schmeckt's?«

»Soll ich ehrlich sein?«

»Was sonst?«

»Ich habe schon bessere Sandwiches gegessen.«

Patrick grinst. »Sie schmecken scheußlich. Keine Ahnung, was der Kerl in dem Laden in die Würstchen getan hat. Tapetenkleister?«

Er schiebt sich den nächsten Riesenbissen in den Mund.

»Und wieso isst du dann weiter?«, frage ich.

»Es macht satt«, erwidert Patrick. »Und Lebensmittel werfe ich nicht weg.«

»Willst du mein Sandwich auch haben?«

»Muss ich?«

Wir brechen beide in Gelächter aus.

»Also, Stadtpflanze«, sagt Patrick. »Wo kaufst du normalerweise ein? Offenbar bin ich ja ohne Umweg im schlimmsten Laden der ganzen Gegend gelandet.«

»Falsche Frage«, gebe ich zurück. »Die letzten fünf Jahre haben Wila und ich uns fast ausschließlich von Cornflakes ernährt.«

»Und was wäre die richtige Frage?«

»Wo wir hier in der Gegend ein *anständiges* Frühstück bekommen.«

»Okay. Also?«

»In Duncans Grill in Camden Lock. Da gibt es das beste Bacon-Sandwich, das du je essen wirst.«

Patrick runzelt die Stirn, während er einen weiteren Bissen herunterwürgt. »Dieser Duncan – ist das ein Exfreund von dir?«

»Patrick!« Ich schüttle den Kopf. »Erstens ist er über vierzig, zweitens habe ich in meinem Leben nur mit zwei Männern geschlafen. Okay?«

»Dann lass uns aufbrechen.«

»Meinetwegen müssen wir aber nicht hin«, sage ich. »So viel Hunger habe ich gar nicht.«

»Du musst etwas frühstücken. Und dieses Weltklassesandwich würde ich gern mal probieren.«

»Nachdem du all das schon verputzt hast?« Ich zeige auf den inzwischen fast leeren Teller.

»Ich bin ein Mann. Und ich esse gern.«

»Dann los.«

73

Der Smog hat sich verzogen, und draußen erwartet uns ein herrlicher Morgen.

Camden wacht gerade auf.

»Eigentlich ist noch gar nicht viel los«, erkläre ich Patrick, während wir Richtung Camden High Street gehen. »Ehrlich gesagt, es ist sogar ziemlich ruhig für hiesige Verhältnisse. Wenn du glaubst, hier wäre es voll, dann warte mal, wie es hier später aussieht, wenn die Touristen einfallen.«

»Das nennst du ruhig?« Finster mustert Patrick einen Kerl mit jeder Menge Piercings, der auf seinem Handy herumspielt und uns um ein Haar über den Haufen rennt.

»Na ja, hier geht es etwas rauer zu«, räume ich ein. »Zumindest im Vergleich mit dem Leben auf einem idyllischen Schloss in der schottischen Natur.«

»Auch auf dem Land kann es ziemlich rau sein«, erwidert Patrick. »Nichts ist so rau wie die Natur.«

»London macht dir also keine Angst?«, ziehe ich ihn auf.

»Von wegen. Angst macht mir höchstens, dass du hier allein herumläufst, ohne dass ich für deinen Schutz sorgen kann.«

Wir erreichen Duncans Grill, einen kleinen Imbiss an einer Ziegelsteinmauer. Duncan kommt aus dem East End, trägt stets einen flachen Hut und seine rote Schürze, die er selbst im Pub nicht ablegt.

Er hat mir und Wila mehr Sandwiches spendiert, als ich zählen kann.

»Duncan!« Ich lächle ihn an – es tut gut, einen alten Bekannten zu sehen.

»Morgen, Sera«, begrüßt mich Duncan. »Alles doch noch halbwegs gut gegangen?«

»Gut gegangen?«

»Muss ja wohl, wenn ich mir dich so ansehe. Oder etwa nicht? Sag, dass alles okay ist. Ich kann nicht noch mehr Hiobsbotschaften ertragen.«

»Wovon redest du? Was für Hiobsbotschaften?«

Duncans Augen weiten sich. »Du lieber Gott. Du weißt es noch gar nicht?«

»Nein, Duncan. Was?«

74

Duncan, allmählich kriege ich Angst. Was ist passiert?«

Duncan schüttelt den Kopf. »Oh, Sera, Süße. Du weißt wirklich nichts? Und jetzt muss ausgerechnet ich dir davon erzählen? Es geht um deinen Bruder.«

»Danny? Was ist mit ihm?«

»Sie haben ihn gestern Abend in die Mangel genommen. Ein paar Kumpels von Ray King. Ich habe gehört, es hätte ihn schlimm erwischt.«

»O Gott. Wo ist er?«

»In Carols Bumsbude. Er wollte nicht ins Krankenhaus. Da hätten sie ihm bloß blöde Fragen gestellt.«

»Bei Carol?«, frage ich. »Ich muss sofort hin.«

»Moment.« Patrick ergreift mich am Arm. »Bumsbude? Also ein Bordell, richtig?«

»Na ja, nicht direkt ein Bordell«, entgegne ich.

Duncan lacht. »Wie würdest du es denn sonst nennen?«

Ich werfe ihm einen finsteren Blick zu.

Im selben Moment bemerkt Duncan, dass ich nicht allein bin. Sein Blick wandert nach oben, dann wieder zu mir. »Wer ist denn der Riese da?«

»Das ist Patrick«, sage ich. »Er gehört zu mir. Patrick, ich gehe jetzt zu meinem Bruder.«

Ich will los, doch Patrick hält mich mit eisernem Griff fest.

»He!«, blafft Duncan. »Lass die Kleine in Ruhe, sonst kriegst du meinen Fleischklopfer zu schmecken.«

Patrick lacht. »Den hätte ich dir schon abgenommen, bevor du überhaupt ausholen könntest.«

»Patrick!« Ich reiße mich los. »Er ist mein Bruder! Und ich gehe jetzt zu ihm, egal, ob es dir passt oder nicht!«

»*Ich* gehe«, sagte Patrick.

»Nein, Patrick. Sie werden dich nicht zu ihm lassen. Ich muss ihn sehen, verstehst du das nicht? Was würdest du tun, wenn es *dein* Bruder wäre?«

Das ist gemein, aber darauf kann ich jetzt keine Rücksicht nehmen.

Patrick zieht mich in eine ruhige Ecke.

»Ich lasse mich von dir nicht aufhalten«, sage ich. »Um keinen Preis der Welt.«

»Wenn du gehst, komme ich mit dir.«

Ich zögere.

Der Gedanke, Patrick ausgerechnet jetzt mit Danny bekannt zu machen, behagt mir ganz und gar nicht. Nicht nach einer Schlägerei. Danny wird garantiert fluchen wie ein Bierkutscher und damit angeben, wem er alles die Fresse poliert hat.

»Das ist wohl keine gute Idee.«

»Wieso?«, fragt Patrick. »Schämst du dich etwa für deine Familie?«

Damit hat er meinen wunden Punkt getroffen.

»Nein, ich schäme mich nicht, aber …« Ich schüttle den Kopf. Wie soll ich ihm erklären, was in mir vorgeht? »Ich glaube, ich will einfach nicht, dass das Märchen zu Ende geht.«

»Welches Märchen?«

»Wenn ich mit dir zusammen bin, kann ich meine Herkunft vergessen. Meine Vergangenheit, meine Ängste, den täglichen Kampf, mich über Wasser zu halten. Bei dir vergesse ich, dass ich ein Nichts bin. Ein Niemand. Wie hart das Leben für Menschen wie mich ist.«

Patrick ergreift meine Hände. »Ich hasse es, wenn du solche Dinge sagst. ›Menschen wie ich‹. Menschen sind Menschen, Seraphina. Es gibt kein ›wie ich‹ oder ›wie du‹. Letzten Endes sind wir alle gleich.«

»Okay.« Ich sehe ihm in die Augen. »Dann komm. Ich will dir meinen Bruder vorstellen.«

75

Carols Puff ist ein gepflegtes Londoner Bürgerhaus im schicken Teil von Camden – ein rotes, von einem gusseisernen Gitterzaun umgebenes Backsteingebäude, das normaler nicht aussehen könnte.

Aber die Eingangstür ist niemals abgeschlossen.

Als wir davorstehen, sehe ich Patrick an.

»Bist du schon mal in so einem Laden gewesen?«, frage ich, während mir auffällt, dass die Samtvorhänge allesamt zugezogen sind. Anscheinend ist gerade jede Menge los.

»Du meinst, in einem Bordell?« Patrick zieht eine Augenbraue hoch.

»Ja.«

Patrick nickt. »In Teheran. Zwei Soldaten machten eine Sause in einem Freudenhaus, und ich musste sie am Ende rausholen.«

Ich schlucke. »Und du bist nie in Versuchung gekommen, selbst …«

»Mit einer Prostituierten? Was bringt denn Sex, wenn der andere keinen Spaß daran hat?«

»Viele Männer hier gehen zu Nutten«, sage ich, erstaunt über meine eigene Ehrlichkeit.

»Dann sind sie keine richtigen Männer«, erwidert Patrick. »Du gestattest?«

Er öffnet die Tür und hält sie mir auf.

Wir betreten das Foyer – eine Art Empfangsbereich, von dem eine Treppe nach oben führt.

Hinter einem Schreibtisch sitzt ein hübsches blondes Mädchen. Die Kleine ist gerade mal vierzehn, eine von Carols beiden Töchtern, wenn ich mich nicht irre.

Bei Patricks Anblick hellt sich ihre Miene auf.

»Guten Morgen, Süßer«, sagt sie, ohne mich eines Blickes zu würdigen. »Die Mädchen sind gerade beschäftigt, aber Julie steht gleich wieder zur Verfügung. Sie ist Ihnen gern zu Diensten.«

Patrick runzelt die Stirn. »Ich bin nicht auf der Suche nach einem Mädchen. Ich habe schon eins. Wir wollen mit Seras Bruder sprechen.«

»*Wessen* Bruder?« Das Mädchen blickt verwirrt zu ihm auf.

»Danny«, sage ich.

Sie sieht zu mir, dann wieder zu Patrick. »Ihr seid doch nicht etwa Bullen, oder?«

»Nein, wir sind keine Polizisten. Ich bin Dannys Schwester.«

Die Schultern des Mädchens sacken herunter. »Gott sei Dank.«

»Wo ist Danny?«, frage ich.

»Braune Haare? Nettes Gesicht, aber ein bisschen schiefe Zähne?«

»Das ist er.«

»Er ist in Mums Zimmer. Erste Etage, direkt gegenüber der Treppe. Sie ist die ganze Nacht bei ihm gewesen. Sieht so aus, als hätte sie eine Schwäche für ihn. Es gäbe nämlich auch sonst genug zu tun.«

»Er ist verletzt«, sage ich, schon auf dem Weg zur Treppe.

»Ach, deshalb das ganze Geschrei?«, erwidert sie grinsend. »Klang so, als ob jemand üble Schmerzen hätte.«

Ich schenke ihr keine weitere Beachtung und eile die Stufen hinauf.

»Warte, Seraphina!« Im selben Moment hat Patrick mich überholt, steht oben und klopft an.

Carol öffnet die Tür einen Spaltbreit. Sie trägt einen seidenen Hausmantel und hat sich die kurzen schwarzen Haare zur Stachelfrisur gegelt. Wie immer duftet sie nach teurem Parfüm und ist perfekt geschminkt.

Sie wirkt nervös, doch als sie Patrick sieht, entspannt sich ihre Miene. »Ich habe gerade einen Gast, Schatz. Wir kennen uns noch nicht, oder? Ich würde mich bestimmt an dich erinnern.«

Bei ihrem aufreizenden Lächeln würde ich mich am liebsten übergeben.

Ich habe Patrick noch nie erröten sehen, aber jetzt ist es so weit.

Er wird sogar knallrot.

»Wir würden gern mit Seras Bruder sprechen.« Ich wusste gar nicht, dass er so formell klingen kann.

»Oh!« Carols Augen weiten sich. »Woher wissen Sie …«

Dann sieht sie mich hinter Patrick stehen. »Sera! Was machst du denn hier?«

Carol und ich konnten uns nie besonders leiden. Nicht dass ich persönlich etwas gegen sie hätte, aber es gefällt mir nicht, dass sie ihre beiden Töchter in ihrem Etablissement einspannt. Außerdem war da auch noch die Nacht, in der sie mir nicht sagen wollte, wo Danny steckt.

»Rate mal«, erwidere ich. »Was ist mit Danny?«

Sie nickt, und ernste Sorge spiegelt sich in ihrem Blick.

»Ist es so schlimm, Carol?«, platze ich heraus. »Wir wissen, dass er ziemlich was abgekriegt haben muss.«

Carol schluckt. »Am besten, du kommst erst mal rein.«

76

Ich habe Carols Zimmer bisher nur ein einziges Mal betreten; damals war ich auf der verzweifelten Suche nach Danny.

Am liebsten würde ich diese Nacht für immer vergessen.

Ich sehe Patrick an und frage mich, ob er weiß, was in mir vorgeht. Falls ja, kennt er die Antwort auf seine Frage inzwischen. Er weiß, was ich vor ihm verberge. Da hat er sie, seine schonungslose Offenheit. Allein beim Gedanken daran dreht sich mir der Magen um.

In dieser Nacht, als ich Carols Zimmer betreten habe, war

Danny nicht da. Aber dafür Carol. Ich platzte herein und rief seinen Namen, und da stand Carol – von der Taille abwärts nackt, die Handflächen an der Wand.

Ich weiß noch, dass mir auffiel, wie gut ihre Figur war – kurvig, aber straff und definitiv jugendlicher als ihr Gesicht.

Zwischen ihren Schenkeln stand ein Typ, der stöhnend die Finger in ihr Hinterteil krallte.

Einen entsetzlichen Moment lang dachte ich, es sei Danny, aber dann fiel mir auf, dass er viel älter war, bestimmt schon über fünfzig.

Carol wollte mir nicht verraten, wo Danny steckte, obwohl sie es ganz genau wusste, wie ich später herausfand – er war im Pub. Das habe ich ihr bis heute nicht ganz verziehen.

»Los«, sagt sie. Ich bin nicht sicher, ob sie sich an diese Nacht überhaupt noch erinnert, aber sie scheint zu spüren, dass ich nicht gerade scharf darauf bin, einen Fuß über die Schwelle zu setzen.

Ich hole tief Luft und trete ein.

Das Zimmer sieht noch ganz genauso aus – ein Himmelbett mit Chiffonvorhängen, ein Versace-Nachttisch, in dessen verspiegelten Schubladen mehrere Kondome liegen.

Nur ist es diesmal tatsächlich Danny, der im Bett liegt.

Bei seinem Anblick schlage ich mir vor Schreck die Hand vor den Mund und muss den Impuls unterdrücken, mich abzuwenden. Ich stehe da und starre ihn fassungslos an.

Sein Gesicht ist nichts als eine blutige Masse, und auch sein Körper ist blutüberströmt.

Ich erkenne ihn lediglich an seinen halb zugeschwollenen Augen mit den blutverkrusteten Wimpern wieder.

Er versucht etwas zu sagen, bringt jedoch nur ein heiseres Krächzen heraus. Dann stöhnt er auf und schließt die Augen.

»Danny!« Ich laufe zu ihm und nehme seine Hand. Wieder stöhnt er.

Patrick schließt die Tür hinter sich.

»Was ist passiert?«, frage ich Danny.

»Er wurde angeschossen«, stellt Patrick sachlich fest.

»Was?« Erst jetzt bemerke ich das riesige Einschussloch in Dannys Oberschenkel. »O mein Gott, Danny.« Ich hyperventiliere beinahe, sodass sich der Raum um mich zu drehen beginnt.

»Er braucht einen Druckverband.« Patrick zieht ein Taschenmesser heraus, schneidet in das seidene Laken und reißt einen Streifen ab, den er straff um Dannys Bein bindet.

»Ah!«, schreit Danny und beißt auf die Zähne. »Wer zum Teufel bist du denn? Was treibst du da?«, stößt er mit schmerzverzerrtem Gesicht hervor.

Patrick beachtet ihn nicht, sondern verknotet die Enden des Lakens.

»Er will dir helfen, Danny. Wir müssen dich ins Krankenhaus bringen.«

Wieder stöhnt Danny auf und schüttelt den Kopf.

»Bitte, Danny, es muss sein.«

»Wir können hier keinen Krankenwagen gebrauchen«, wirft Carol mit schriller Stimme ein. »Wenn ein Krankenwagen kommt, ist die Polizei auch gleich da. Das geht nicht. Nicht wegen eines dummen Jungen, der Prügel bezogen hat. Die verlangen nur Gratistermine, und am Ende sperren sie uns dann doch den Laden zu.«

»Wir brauchen aber einen Krankenwagen!«, herrsche ich sie an. Meinen Bruder so zu sehen, blutüberströmt und schwer verletzt – ich kann kaum einen klaren Gedanken fassen. Ich habe schon häufiger erlebt, dass er zusammengeschlagen wurde, aber in diesem Zustand war er noch nie. Er atmet kaum noch.

»Er muss sofort ins Krankenhaus«, schaltet sich Patrick ein. »Ich rufe jetzt einen Krankenwagen.«

»Ich habe keine Ahnung, wer du bist, verdammte Scheiße!«, presst Danny hervor. »Aber du hast hier gar nichts zu sagen. Du hast Carol doch gehört. Keine Polizei. Viel zu viele Fragen.«

»Wenn Sie nicht bald ins Krankenhaus kommen, ist die Polizei Ihre geringste Sorge«, gibt Patrick zurück.

»Danny, bitte, hör auf ihn«, flehe ich.

»Wer ist der Typ überhaupt?«, fragt Danny ein wenig ruhiger. Seine Augen sind geschlossen.

»Das ist Patrick«, antworte ich.

»Dein Scheißlord oder was?« Dannys Lider flattern. »Er sieht wie ein beschissener Armeetyp aus. Was soll das, Sezza? Der Typ ist keiner von uns. Er gehört hier nicht her.«

»Ich mag nicht aus der Gegend sein«, wirft Patrick ein. »Aber ich gehöre zu Ihrer Schwester. Ich kümmere mich um sie, und das schließt auch ihre Familie mit ein.«

»Du weißt doch gar nichts über unsere Familie«, murmelt Danny.

»Aber ich weiß, dass Sie sofort einen Krankenwagen brauchen.« Patrick zieht sein Handy heraus.

»Nein!« Dannys Augen weiten sich. Wieder zuckt er vor Schmerz zusammen. »Das … tu doch was, Sezza!«

»Sie können jetzt keinen Krankenwagen rufen!«, kreischt Carol und versucht, Patrick das Telefon aus der Hand zu reißen.

»Nicht!« Ich packe sie bei den Handgelenken und halte sie zurück. »Er muss ins Krankenhaus, dringend!«

Carol wehrt sich einen Moment, doch dann scheint sie zu spüren, dass ich stärker bin als sie. »Meredith!«, schreit sie. »Meredith, hier gibt's Ärger! Los, hol deinen Onkel!«

77

Ich presse ihr die Hand auf den Mund. »Hör auf«, herrsche ich sie an. »Er braucht Hilfe. Das weißt du genauso gut wie ich. Tu jetzt das Richtige. Nur ein einziges Mal.«

Carol erschlafft und schüttelt meine Hand ab. »Na ja, wenn er hier drinnen abkratzt, gibt es bloß noch mehr Fragen.«

»Wer redet hier von sterben?«

»Sieh ihn dir doch mal an«, meint Carol. »Lange macht er's nicht mehr.«

Erst jetzt betrachte ich Danny genauer. Vermutlich hatte ich bisher viel zu große Angst. Oder ich wollte optimistisch sein.

So viel Blut. Das Laken ist getränkt davon.

»Danny hat neun Leben«, murmle ich. »Das sagen doch immer alle.«

»Und zehn davon hat er bereits aufgebraucht«, bemerkt Carol mit einem Blick auf meinen schwer verletzten Bruder.

Seine Augen sind geschlossen, und seine Atemzüge … In Wahrheit sind sie kaum noch wahrnehmbar.

»Danny? DANNY!« Ich presse meine Wange gegen sein Gesicht, aber er schafft es nicht einmal mehr, die Augen aufzuschlagen. »Bitte«, bettle ich. »Mach die Augen auf, Danny. Bitte.«

Patrick hält sich das Handy ans Ohr. »Hallo?«

Noch einmal versucht Carol, es ihm zu entreißen, aber ich stoße sie zur Seite.

»Was wenn das eines von deinen Mädchen wäre?«, schreie ich sie an.

»Das ist meine Sache«, brüllt sie zurück. »Ich tue das nur für meine Mädchen. Meinst du etwa, ich will, dass die mir den Laden dichtmachen?«

»Ein Notfall!«, schreit Patrick in das Handy und wendet sich mir zu. »Wie ist die Adresse?«

»Ich … ich kenne den Straßennamen und die Hausnummer nicht«, stammle ich. »Carol?«

»Wenn du glaubst, ich würde …«

Ich packe sie bei den Schultern und schüttle sie so heftig, dass ihr Kopf wackelt. »SAG MIR SOFORT DIE SCHEISS-ADRESSE!«

»Okay, okay.« Carol hebt die Hände. »12, Westgate Street.«

Patrick gibt die Adresse durch. »Wie alt ist Danny?«, fragt er dann.

»Sechsundzwanzig«, antworte ich und fahre mir mit der Hand durchs Haar. »Sag ihnen, sie sollen sich beeilen.«

Patrick nickt. Sekunden später beendet er das Gespräch.

»Sie sind schon unterwegs.« Er überprüft den Druckverband. »Er hat eine Menge Blut verloren.«

»Bitte sag, dass er wieder gesund wird«, flehe ich.

Statt einer Antwort hebt Patrick Dannys Bein an und legt ein Kissen darunter.

»Patrick?«

»Ich weiß es nicht.«

»O bitte.« Ich lasse mich auf die Knie sinken. »Bitte, bitte.«

»Bete, dass der Krankenwagen schnell hier ist«, sagt er.

»Musst du so verdammt herzlos sein? Er ist mein Bruder!«

»Jetzt ist nicht der Zeitpunkt, die Dinge schönzureden. Wir müssen uns beeilen.«

Ich nicke. »Ich weiß. Ich bin nur so wütend.« Mir kommen die Tränen, und ich lasse sie ungehindert fließen.

78

Ich sitze an Dannys Seite und sehe zu, wie er bleicher und bleicher wird. Seine Hand fühlt sich ganz kalt an, und wenig später nehme ich seine Atemzüge kaum noch wahr.

Patrick bellt Carol entgegen, sie solle Wasser besorgen. Kurz darauf kehrt sie mit einer Tasse lauwarmem Wasser zurück, das Patrick Danny einzuflößen versucht.

Nach einigem Husten und Keuchen gelingt es ihm, ein paar winzige Schlucke zu trinken, aber der Großteil läuft ihm übers Kinn.

»Hör auf!«, rufe ich nach dem dritten Versuch. »Er wird sich noch erkälten, wenn er pitschnass ist!«

Patrick steht auf und geht vor dem Fenster auf und ab.

»Da sind sie!«, verkündet er.

Er läuft die Treppe hinunter, um sie in Empfang zu nehmen.

»Hier entlang«, höre ich ihn sagen. »Schnell!«

Augenblicke später kommen zwei Notärzte hereingestürmt.

Die Ereignisse der nächsten Minuten nehme ich wie durch einen Schleier wahr.

Die beiden Notärzte hasten zum Bett und rufen einander knappe Anweisungen zu.

Ich glaube, eine Sauerstoffmaske oder etwas Ähnliches gesehen zu haben, dann liegt Danny plötzlich auf einer Trage, aber ich habe vergessen, wie er dort hinkam.

Am Ende sitze ich im Krankenwagen neben ihm, allerdings

kann ich mich nicht daran erinnern, eingestiegen zu sein. Patrick ist bei mir und hält meine Hand.

Hektisch versorgen die Notärzte Danny während der Fahrt, legen ihm einen Zugang, telefonieren mit dem Krankenhaus und geben durch, dass sie mit einem eiligen Notfall unterwegs sind.

Ich kann mich an praktisch nichts mehr erinnern, nur noch daran, dass Patrick keine Sekunde lang meine Hand losgelassen hat.

79

Auch nach zwölf Stunden auf der Intensivstation ist Danny noch nicht wieder bei Bewusstsein.

Patrick und ich sitzen im Warteraum. Irgendwann fasse ich einen Entschluss.

»Ich muss eine Weile allein sein. Okay?«, sage ich.

Patrick schüttelt den Kopf. »Nein, du brauchst mich an deiner Seite.«

»Nein!«, widerspreche ich eine Spur zu vehement. »Ich … bitte, Patrick. Ich brauche nur ein bisschen Zeit für mich.«

Ich spüre die Wärme, die sein Körper verströmt.

Eigentlich möchte ich gar nicht allein sein, absolut nicht, aber bei dem, was ich erledigen muss, kann ich Patrick nicht an meiner Seite gebrauchen.

Sein Blick wird weich. »Bist du sicher?«

Ich nicke schnell. Zu schnell. Ich kann nur hoffen, dass er keinen Verdacht schöpft.

Ich kann mich nicht überwinden, ihm ins Gesicht zu sehen, denn wenn ich es tue, merkt er ganz bestimmt, dass etwas im Busch ist.

»Wohin gehst du, und wann kommt du zurück?«, fragt er.

»Nur … äh … zurück aufs Boot«, lüge ich. »Ich bin in ein paar Stunden wieder hier.«

»Tu das. Ich verstehe dich, aber sieh zu, dass du nicht zu lange weg bist.«

»Okay.« Mein Mund fühlt sich ganz trocken an. »Nur ein paar Stunden.«

»Und geh nirgendwo anders hin«, fährt er fort. »Ich bleibe solange hier und gebe Bescheid, sollte es etwas Neues geben.« Er zieht sein Telefon heraus.

»Was tust du da?«

»Ich rufe einen meiner Jungs an, damit er dich zum Boot bringt.«

»Nein! Ich meine … ich will wirklich allein sein, Patrick. Ich bin völlig durcheinander und will jetzt niemanden sehen, den ich nicht kenne. Bitte, lass mich einfach gehen. Ich nehme die U-Bahn, das ist überhaupt kein Problem.«

Patrick presst die Lippen aufeinander. »Seraphina …«

»Bitte, Patrick, ich bin hier aufgewachsen und kenne mich aus. Ich komme schon klar. Jetzt ist nicht der Zeitpunkt, um sich zu streiten. Mein Bruder …« Ich schüttle den Kopf, als mir neuerlich die Tränen kommen.

Ich weine nicht aus Kalkül, aber meine Tränen scheinen Wirkung zu zeigen.

»Okay.« Er nickt knapp. »Bis Mitternacht. Aber eine Sekunde später, und ich lasse nach dir suchen, verstanden?«

»Ja.«

»Bis Mitternacht, keine Sekunde länger.« Patricks Blick durchbohrt mich.

Eilig wende ich mich ab, damit er meine Augen nicht sehen kann. »Versprochen.«

Ich kehre tatsächlich auf das Boot zurück, gehe geradewegs in die Schlafkoje und taste unter dem Bett, bis ich das in alte Lappen gehüllte Bündel hinter den Schachteln mit unseren Kleidern gefunden habe. Früher haben wir mit diesen Lappen immer den Holzofen gesäubert – bevor er zu alt und verdreckt war, um sich noch länger die Mühe zu machen.

Ich schlage die Lappen auseinander.

Darin kommt Dannys Geschenk zu meinem achtzehnten Geburtstag zu Tage: eine abgesägte Schrotflinte. Und eine Handvoll grüner Patronen.

80

Ich nehme es in die Hand, klappe den Lauf um und lege zwei der riesigen grünen Patronen ein, dann lasse ich ihn wieder zuschnappen.

Danny hat Stunden damit zugebracht, mir zu zeigen, wie man die Flinte lädt und abfeuert. Er wollte, dass ich mich verteidigen kann, wenn er nicht in der Nähe ist. Und Wila.

Aber ich habe sie bisher nie benutzt, sondern nur ein paarmal angesehen, während Wila gerade geschlafen hat.

Schon komisch: Seit Jahren habe ich Fantasien, wie ich Ray King umbringe, auch wenn es nie eine angemessene Rache dafür wäre, was er mir angetan hat.

Mein Bruder dagegen – das ist eine völlig andere Geschichte.

Ich verstaue das Gewehr in einer Reisetasche, schwinge sie mir über die Schulter und trete in die Dunkelheit hinaus.

Es ist elf Uhr abends, das heißt, mir bleibt nur eine Stunde, bevor Patrick mich holen kommt.

Ich hoffe, das genügt.

81

Ein eiskalter Schauder überläuft mich, als Ray Kings Club in Sichtweite kommt.

Der Laden sieht genauso aus wie damals, als ich dort gearbeitet habe. Alles in Schwarz und Gold, die Fenster verdunkelt.

Nirgendwo steht, dass es sich um einen Stripschuppen handelt, aber jeder hier in der Gegend weiß Bescheid.

Ich schlucke. Dann trete ich zur Tür und öffne sie.

Ein junges Mädchen in durchsichtigem Rock und Bustier steht hinter dem Empfangstresen. Sie sieht aus wie sechzehn – so alt, wie ich damals war, als ich für Ray gearbeitet habe.

Gott sei Dank ist sie mir noch nie über den Weg gelaufen. Die Mädels, die früher meine Kolleginnen waren, sind inzwischen zu alt für diesen Laden.

»Ist Ray da?« Mit Mühe unterdrücke ich das Beben in meiner Stimme.

Meine Hände sind feucht, und ich kann nur hoffen, dass kein Schweiß auf meiner Stirn steht.

Sie mustert mich von oben bis unten. »Wenn du einen Job suchst …«

»Nein, darum geht es nicht.«

»Worum dann?« Sie hat schönes blondes Haar, aber ein pickeliges, irgendwie schiefes Gesicht, und ihre Finger sind gelb vom Nikotin.

»Ich habe bloß Geld für ihn«, lüge ich.

Sie zieht die Stirn in Falten. »Was?«

»Also, ist er jetzt da oder nicht?« Demonstrativ ziehe ich den Gurt meiner Tasche ein Stück höher.

»Ja, schon.«

»Kann ich dann durchgehen?« Ich nicke in Richtung des Vorhangs.

Das Mädchen zuckt die Achseln. »Solange du tatsächlich Geld für ihn dabeihast. Er ist nämlich echt mies drauf heute. Aber wenn du bloß seine Zeit verschwendest, bist du geliefert.«

Ich trete durch den Vorhang.

82

Ich schiebe jeden Gedanken an die Vergangenheit beiseite, während ich durch den Club marschiere.

Mädchen winden sich an den Stangen, genau wie damals, als ich selbst hier gearbeitet habe. Junge Mädchen, sehr junge. Definitiv unter sechzehn. Aber als ich so alt war wie sie, habe ich mich auch nicht für jung gehalten.

Nicht dass ich je an der Stange getanzt hätte. Ich habe hier nur Drinks serviert.

Meine Gedanken schweifen zu Patrick, und plötzlich überkommt mich abgrundtiefe Scham. Er darf nie erfahren, dass ich früher hier gearbeitet habe – und schon gar nicht, was noch passiert ist. Aber nach dem heutigen Abend wird er es garantiert auch nie herausfinden.

Ein gedämpfter Pfiff dringt zu mir herüber, und als ich mich umdrehe, sehe ich einen alten, kahlköpfigen Sack auf einem Kunstledersofa fläzen.

»Na, Schätzchen.« Er wedelt mit einer Fünfzig-Pfund-Note in seiner Hand. »Tolle Titten. Lass doch mal sehen.«

»Ich arbeite hier nicht«, sage ich und gehe weiter.

»Was zum Teufel treibst du dann hier?«, grölt er mir hinterher. »Erst scharfmachen, dann stehen lassen – blöde Schlampe!«

Ich war sechzehn, als ich hier gearbeitet habe.

Aber heute bin ich keine sechzehn mehr.

Ich bleibe abrupt stehen und wirble herum.

»Wie hast du mich gerade genannt?«, stoße ich mit heiserer Stimme hervor.

Der Kerl starrt mich einen Moment lang verdutzt an, dann hat er die Sprache wiedergefunden. »Eine blöde Schlampe«, wiederholt er und nickt den beiden Typen neben sich feixend zu. »Zieh dich aus oder verpiss dich. Das hier ist ein Striplokal.«

Ich beuge mich auf Augenhöhe zu ihm hinunter.

»Dann zieh du dich doch aus«, fauche ich.

»Was?« Er glotzt mich völlig perplex an.

»Du hast schon verstanden. Zieh dich aus.« Ich krame einen Penny aus der Tasche und werfe ihn in seinen Schoß. »Das dürftest du ungefähr wert sein. Und sei froh, dass ich für eine Nullnummer wie dich überhaupt was springen lasse.«

Dem Kerl bleibt der Mund offen stehen.

Die beiden Männer neben ihm lachen sich schlapp.

»Tja, Stanley«, sagt der eine. »Wo sie recht hat, hat sie recht.«

Ich bin bereits zum Hinterzimmer unterwegs.

83

Meine Hand zittert, als ich den Türknauf drehe.

Knarrend öffnet sich die Tür, und im selben Moment höre ich Rays raue Stimme.

»Wer zum Teufel ist das?«

Ich öffne die Tür vollends und drücke die Schultern durch.

O Gott, wenn meine Hände bloß nicht so zittern würden.

»Hi, Ray«, sage ich.

Ray hat die Füße auf seinen Schreibtisch gelegt und blickt auf eine Reihe von Bildschirmen an der Wand, auf denen übertragen wird, was gerade in den Separees vor sich geht.

Auf einem ist ein mageres nacktes Mädchen zu sehen, das seinen Hintern auf dem Schoß eines Typen kreisen lässt, auf einem zweiten besorgt es ein anderes einem Kerl mit dem Mund.

»Ja, leck mich am Arsch, wenn das nicht Sera Harper ist.« Ray nimmt die Füße vom Tisch und klopft sich auf die Schenkel. »Komm, setz dich doch.«

Ray hat volles schwarzes, an den Seiten jedoch bereits ergrautes Haar, außerdem hat er ordentlich zugelegt.

»Ich bleibe lieber stehen.«

Ein bedrohlicher Unterton mischt sich in Rays gedämpfte Stimme. »Wenn du einen Job haben willst, tust du gefälligst, was ich sage. Komm und setz dich auf meinen Schoß.«

»Ich will hier nicht arbeiten.«

Ray lacht. »Ach ja, jetzt erinnere ich mich wieder. Du stehst ja nicht auf Ausziehen, sondern auf Auftakeln, stimmt's?«

Ich koche vor Wut. »Leck mich, Ray.«

Ray steht auf. »Pass bloß auf, was du sagst.«

»Hast du meinem Bruder das angetan?«

»Was?« Ray verzieht das feiste Gesicht.

»Danny. Hast du ihn so zugerichtet?«

»Ach so, du meinst die kleine Ratte, die wir uns gestern vorgeknöpft haben? Zugerichtet? Ich dachte, wir hätten ihn allegemacht. Er lebt noch? Dann schick ich die Jungs noch mal los, damit sie ihm den Rest geben.«

Ich öffne die Tasche und ziehe die Schrotflinte heraus. »Nein, wirst du nicht.«

Ray steht reglos da, ohne den Blick von mir zu wenden. »Was zum Teufel hast du mit der Knarre vor?«

Ich richte den Lauf auf ihn.

»Runter mit dem Ding, du blöde Schlampe.«

Ich drücke ab, und Rays Lider zucken. Doch der Abzug bewegt sich keinen Millimeter. Er klemmt.

Ich fasse es nicht!

Abermals versuche ich abzudrücken, aber nichts passiert.

Scheiße!

Ray scheint mit jeder Sekunde größer zu werden.

»Du blöde Nutte«, knurrt er. »Du verdammte blöde Nutte!«

Er kommt auf mich zu.

Es ist sinnlos. Ich lasse die Waffe sinken.

Abwehrend hebe ich eine Hand, um mein Gesicht zu schützen, und kneife die Augen zusammen.

Im selben Moment hallt ein Krachen durch den Raum.

Es klingt, als würden Knochen brechen. Aber ich spüre keinen Schmerz.

Ich öffne die Augen einen Spaltbreit.

Tatsächlich stehe ich immer noch auf meinen zwei Beinen. Und …

O Gott!

Ray liegt vor mir auf dem Boden.

Patrick steht mit geballten Fäusten über ihm.

»Patrick! O Gott, Patrick! Wie kommst du denn hierher?«

Patrick nimmt mir die Schrotflinte aus den zitternden Händen, greift nach der Leinentasche und verstaut die Waffe darin. »Wie kannst du bloß so etwas Dummes tun?« Kopfschüttelnd wirft er sich die Tasche über die Schulter und nimmt meine Hand.

»Los, wir gehen.«

Ich nicke wie in Trance und stolpere über meine eigenen Füße, während er mich hinter sich her durch die Tür zieht.

Alle starren uns an, als wir das Lokal durchqueren, aber niemand versucht uns aufzuhalten.

Und Patricks Gesichtsausdruck nach zu urteilen wäre das auch keine gute Idee.

84

Die kalte Abendluft trifft mich wie ein Schlag ins Gesicht.

Ich wende mich ab und übergebe mich in den Rinnstein.

Patrick wischt mir den Mund ab und führt mich zu einem schwarzen Geländewagen.

Meine Beine geben nach, noch bevor wir ihn erreichen.

Patrick fängt mich auf und hebt mich auf den Beifahrersitz.

Als ich meine fünf Sinne wieder beisammenhabe, sehe ich aus dem Fenster und stelle fest, dass wir in einem Affenzahn durch London fahren.

»Es tut mir leid.« Ich schlucke gegen den widerlichen Geschmack in meinem Mund an.

Patrick blickt durch die Windschutzscheibe auf die Straße.

»Patrick?«

»Du hast dich in Lebensgefahr gebracht.«

»Es tut mir leid«, wiederhole ich. »Ich wollte bloß …«

»Was hast du dir nur dabei gedacht?«

»Mein Bruder. Ich habe einzig und allein an Danny gedacht.«

»Und du hast geglaubt, du könntest ihm helfen, indem du Selbstmord begehst?«

»Was hätte ich denn sonst machen sollen?« Ich spüre, wie mir die Tränen kommen.

»Du hättest im Krankenhaus bleiben können.«

»Und diesen Dreckskerl damit durchkommen lassen?«, brülle ich Patrick an. »Er hat versucht, meinen Bruder umzubringen. Was hättest *du* denn an meiner Stelle getan? Und erzähl mir nicht, du hättest im Krankenhaus gesessen und tatenlos zugesehen, wie er damit davonkommt. Weil ich dir das nämlich nicht abnehmen würde.«

»Du hast recht. Ich hätte dasselbe wie du getan. Nur hätte ich die Waffe vorher überprüft.« Der Anflug eines Lächelns spielt um seine Mundwinkel. »Außerdem hätte ich keine abgesägte Schrotflinte benutzt. Wo hast du das verdammte Ding überhaupt her?«

»Ich bin einfach durchgedreht. Ich konnte den Gedanken nicht ertragen, dass Ray ungestraft davonkommt.«

Patrick runzelt die Stirn. »Der Kerl in dem Schuppen. Der Gangster. Ist er der Schatten auf deiner Vergangenheit?«

Ich senke den Blick. »Ja.«

»Was hat er dir angetan? Wenn er sich an dir vergriffen hat, bringe ich ihn um.«

»Nein, hat er nicht«, erwidere ich.

»Was dann?«

»Ich schäme mich so.« Und nun breche ich tatsächlich in Tränen aus.

Patrick ergreift meine Hand und drückt sie fest, während er abrupt auf die Bremse tritt und den Wagen vor einer roten Ampel anhält.

»Hör auf damit«, sagt er. »Du hast keinerlei Grund, dich zu schämen.«

»Aber du weißt doch gar nicht, was damals war.«

»Na und? Ich kenne dich. Ich weiß, wie es in dir aussieht.« Er beugt sich zu mir und legt die Hand auf meine Schulter.

»Und du hast eine wunderschöne Seele. Also sag mir, was dich so belastet.«

Ich beiße mir auf die Unterlippe. »Du hast heute schon so viel über mich erfahren.«

»Ach ja?« Patrick zieht eine Augenbraue hoch. »Was denn?«

»All das mit meinem Bruder.«

»Dein Bruder ist aber nicht du.«

»Nein. Aber er ist Teil meiner Familie. Meiner Herkunft, meiner Vergangenheit.«

»Deine Vergangenheit ist mir völlig egal. Für mich zählt das Hier und Jetzt. Vor allem, wenn du mitten in der Nacht einfach davonläufst.«

»Aber hättest du je geglaubt, dass meine Familie so schlimm ist?«

»Nicht halb so schlimm wie meine.«

»Du hast noch nicht alle kennengelernt.«

Patrick lacht. »Wie wär's, wenn du endlich mit der Wahrheit herausrückst, statt immer nur vom Thema abzulenken?«

»Na gut. Ich erzähle es dir. Versprich mir nur, dass du niemanden umbringst, okay?«

»Wenn es unbedingt sein muss.« Den Blick auf die Ampel gerichtet, rückt Patrick den Rückspiegel zurecht. »Bist du angeschnallt?«

Ich sehe an mir herunter. »Ja, ich …«

»Gut.«

Blitzartig tritt er aufs Gas, reißt das Lenkrad herum und lenkt den Wagen auf den Gehsteig.

»Patrick!«, kreische ich, während ich zur Seite gerissen werde. »Was ist denn los?«

Die Reifen quietschen laut, als er abrupt die Handbremse zieht und aus dem Wagen springt.

»Beweg dich nicht vom Fleck«, ruft er und schlägt die Tür hinter sich zu.

Ich drehe mich um und sehe, wie er den Gehsteig entlangrennt, einen dunkel gekleideten Mann packt und ihn mit einem einzigen Schlag zu Boden streckt.

»Oh!« Unwillkürlich schlage ich mir die Hand vor den Mund.

Breitbeinig steht Patrick über der Gestalt und brüllt irgendetwas, das ich nicht verstehen kann. Dann fährt er sich mit der Hand durchs Haar, kehrt zum Wagen zurück und setzt sich wieder hinters Steuer, als wäre nichts geschehen.

»Patrick?«, stammle ich. Meine Hände zittern.

»Du wolltest mir etwas erzählen«, sagt Patrick, während er den Wagen vom Bordstein rollen lässt.

Ich werfe einen Blick zu der leblosen Gestalt auf dem Gehsteig zurück.

»Was um alles in der Welt war denn das?«, frage ich.

»Jemand hat uns verfolgt«, erwidert Patrick nüchtern.

Mir stockt der Atem.

»*Was?*«

»Schätzungsweise ein Kumpel von dem Typen, den du einschüchtern wolltest.«

»Und der war hinter uns her?«

»Nicht nur er. Da war noch ein zweiter Kerl.«

»O Gott, Patrick. Wie konnte ich nur so blöd sein? Ich habe überhaupt nicht nachgedacht, sondern wollte es ihm einfach nur heimzahlen. Ich hätte nie gedacht … Es tut mir leid, dass ich dich da reingezogen habe.«

»Drin ist drin. Und ich steige auch nicht wieder aus.«

»Und der andere Mann?«, frage ich. »Wo ist er?«

»Als er gesehen hat, dass ich seinem Kumpel eins auf die

Nase gebe, ist er abgehauen. Schlau von ihm, sonst wäre er der Nächste gewesen. Mach dir keine Sorgen. Die Burschen sind wir los.«

Erschrocken sehe ich ihn an. »O nein! Was ist mit Danny? Ray findet im Nu heraus, in welchem Krankenhaus er liegt. Was, wenn er seine Leute schon losgeschickt hat?«

85

Patrick drückt das Gaspedal bis zum Anschlag durch. »Der Kerl weiß, dass dein Bruder noch lebt?«

»Ray? Ja. Er weiß es.«

Mit quietschenden Reifen biegt Patrick um die nächste Straßenecke, mitten in einen Verkehrsstau hinein. »Verdammtes London!« Er drischt mit den Fäusten auf das Lenkrad. »Geht hier überhaupt niemand zu Fuß?«

Er richtet sich auf und lässt den Blick über den Verkehr schweifen. Dann lenkt er den Geländewagen auf die Busspur, drückt auf die Hupe und überfährt eine rote Ampel.

Ich klammere mich am Armaturenbrett fest.

»Gleich haben wir die Polizei auf dem Hals«, sage ich. »Und dann nehmen sie uns fest.«

»Mit Sicherheit nicht.«

Kurz darauf stehen wir vor dem Krankenhauseingang.

Patrick öffnet seine Tür. »Ich brauche dich wohl nicht zu bitten, im Auto zu bleiben.«

»Vergiss es.«

86

Patrick tritt vor die Tür zur Intensivstation, drückt mehrmals den Klingelknopf und hämmert gegen die Tür.

Sekunden später erscheint eine Krankenschwester. »Ist ja schon gut«, zischt sie verärgert. »Beruhigen Sie sich.«

»Entschuldigen Sie.« Patrick schiebt sich an ihr vorbei.

Ich folge ihm.

Bei Dannys Anblick bleibt mir fast das Herz stehen.

Ich hatte während der letzten Stunden vergessen, wie schlimm er aussieht. Sie haben ihn zwar gewaschen, und er liegt auch nicht länger in einer Blutlache, trotzdem ist sein Gesicht nichts als eine breiige Masse, und seine Atemzüge sind ganz flach.

Mein Blick schweift zu den Monitoren. Ich weiß zwar nicht, wonach ich Ausschau halte, aber trotzdem …

Alles scheint genauso zu sein wie vorher. Also ist er zumindest stabil.

Die Schwester ist uns gefolgt. »Sie dürfen hier nicht herein«, stößt sie atemlos hervor. »Es ist keine Besuchszeit mehr.«

»Wie geht es ihm?«, frage ich.

Bei meinem Anblick werden ihre Züge weich. »Sie sind seine Schwester?«

Ich nicke.

»Okay. Bislang gab es keine Veränderung. Das ist ein gutes Zeichen. Zumindest hat sich sein Zustand nicht verschlechtert.«

»Er braucht Bewachung«, sagt Patrick. »Die Männer, die ihm das angetan haben, werden hier sicher auftauchen.«

Die Schwester reißt die Augen auf. »Ich rufe die Polizei.«

»In der Zwischenzeit halte ich Wache«, erklärt Patrick.

»Sind Sie Polizist?«

»Nein.«

»Er ist Armeeoffizier«, erkläre ich.

»Wirklich?« Ein winziges Lächeln erscheint auf ihren Zügen, als sie anerkennend den Blick über Patricks hochgewachsene Gestalt schweifen lässt. »Aber Sie sind ja noch blutjung.« Sie schüttelt den Kopf, als wolle sie sich zur Ordnung rufen. »Äh. Also gut, ich rufe dann mal die Polizei. Sie können hierbleiben. Es ist ja schließlich ein Notfall.« Sie sieht mich an. »Sie müssen allerdings draußen warten.«

»Sie bleibt hier bei mir«, erklärt Patrick.

Die Schwester sieht zuerst zu ihm, dann wieder zu mir. »Na gut. Aber nur bis die Polizei eintrifft.«

Damit hastet sie davon.

»Also.« Patrick wendet sich mir zu. »Höchste Zeit, mir die ganze Geschichte zu erzählen.«

87

»Woher wusstest du, dass ich in Ray Kings Club sein würde?«, frage ich Patrick.

»Ich bin dir gefolgt.«

»Wann?«

»Sowie du das Krankenhaus verlassen hattest.«

Ich werde rot. »Die ganze Zeit?«

»Ja.«

»Und was dachtest du, als ich in Ray Kings Club gegangen bin?«

»Dass du nach demjenigen suchst, der deinen Bruder verletzt hat.«

»Aber wieso hast du mich nicht davon abgehalten?«

»Du hast doch gesagt, du willst nicht, dass ich dich kontrolliere. Also habe ich dich tun lassen, was du tun musstest. Ich konnte ja nicht wissen, dass du den Dreckskerl einfach über den Haufen schießen würdest. Was so ziemlich das Blödeste ist, was …«

»Ich weiß. Ich wollte … keine Ahnung … ich wollte ihn einfach dafür bezahlen lassen, was er getan hat. Der Drang, ihm wehzutun, war so stark, dass ich nicht über die Konsequenzen nachgedacht habe. Wäre es nach mir gegangen, wäre der Typ jetzt tot.«

»Und du hinter Schloss und Riegel.«

»Nein, ich hatte mir ein Alibi überlegt.«

Patrick lacht. »Heutzutage gibt es das eine oder andere Hilfsmittel bei der Aufklärung. Schon mal von Spurensicherung gehört? Die Jungs können ziemlich genau rekapitulieren, wie etwas passiert ist.«

»Kann sein, aber die Polizei ist schon seit Jahren hinter Ray her. Na ja, einige zumindest. Diejenigen, die er nicht gekauft hat. Viele wollen Ray gern tot sehen. Ich bezweifle, dass es größere Ermittlungen geben würde. Und die Spur hätte wahrscheinlich niemals zu mir geführt.«

»Die Polizei macht ihre Arbeit besser, als du glaubst«, widerspricht Patrick und wirft einen Blick auf Dannys Überwachungsmonitor.

»Glaubst du ernsthaft, dass Ray Kings Männer herkommen?«, frage ich.

»Du kennst ihn ja offenbar am besten. Was denkst du?«

»Ja.«

»Also.« Patrick sieht mich an. »Was hat er dir getan?«

Ich hole tief Luft. »Ray?«

»Ja.«

»Wie gesagt, er hat mich nicht angerührt oder so was.«

»Das sagtest du bereits.«

Wieder werde ich rot. O Gott, das ist so unsagbar peinlich. »Ray hatte in der Zeit, als ich für ihn gearbeitet habe, mehrere Geschäfte am Laufen, darunter einen Kostümverleih in der Camden High Street, wo man allerlei Kram bekam. Superwomankostüme, Polizistinnenuniformen und all solche Sachen.« Ich schlage mir die Hand vors Gesicht. »O Gott, das ist so peinlich.«

»Sprich weiter.«

»Ray wollte, dass ich für ihn modele«, flüsterte ich zwischen meinen Fingern hindurch. »Er wollte einen Katalog zusammenstellen und brauchte ein Mädchen, das die Kostüme anzieht.«

»Und weiter?«

»Ich habe die Sachen angezogen, ein Typ hat die Fotos gemacht, und Ray hat mir mein Geld gegeben.« Ich sehe auf. »Patrick, das ist so schrecklich.«

»Sag es mir einfach.«

»Okay, okay. Ray hatte auch noch andere Sachen im Laden. Latexoutfits, Korsagen und solche Dinge. Eines Tages hatte ich gerade eine Schicht im Club, als Ray mit einer Tüte voll ankam und fragte, ob ich noch mal als Model für ihn arbeiten könnte. In einem der Hinterzimmer.«

Meine Hände zittern. Patrick ergreift sie und hält sie fest.

»Er hat mir ein paar Hundert Pfund dafür angeboten«, fahre ich fort. »Das war damals eine Menge Geld für mich. Ich war schon wieder mal mit Wilas Schulgeld im Verzug und brauchte dringend eine kleine Spritze. Also habe ich Ja gesagt. Er hat mich in eines der Peepshow-Zimmer gebracht, wo die Mädels auf einem Drehtisch sitzen und die Kunden ihnen zusehen können. Und wenn sie ihnen gefallen, bezahlen sie, um mehr von ihnen sehen zu dürfen. Die Tür ist mit einem Schloss versehen, damit keiner hineingehen kann. Also bin ich mit ihm reingegangen, aber als ich die Sachen gesehen habe, bin ich komplett ausgeflippt. Die Sachen waren völlig anders als das Zeug aus dem Laden. Total gruselig. Eines sah aus wie ein Pferdekostüm aus Latex, mit einer Kapuze und einem Kragen. Und es gab noch andere Masken. Und Ketten. O Gott, ich fasse es nicht, dass ich dir das alles erzähle.«

»Sprich einfach weiter.«

»Jedenfalls habe ich gesagt, dass ich das nicht mache. Da wurde er wütend, schubste mich zur Seite und schloss mich ein.«

»Ich dachte, er hätte dich nicht angerührt.« Patricks Stimme ist gefährlich leise.

»Es war nur ein kleiner Schubser. Das Schlimmste war, in diesem Raum eingesperrt zu sein. Ich habe gebrüllt wie am Spieß, aber sie haben mich bis in die frühen Morgenstunden eingesperrt gelassen. Irgendwann dazwischen kam er rein und meinte, ich solle jetzt endlich diese Scheißklamotten anziehen. Also habe ich es getan.« Ich halte inne.

»Er hat mich gezwungen zu posieren. Du weißt schon, sodass man praktisch alles sehen konnte. Ich hab sie draußen gehört, die Typen aus dem Club. Sie haben zugesehen, und danach hat er mich noch über Stunden dort drinnen gelassen. Es war eiskalt, kein Wasser, keine Decke, nichts. Es gab auch keine Toilette. Ich musste in die Ecke pinkeln, während mich alle sehen konnten. Als er mich endlich rausgelassen hat, war ich total am Ende. Ich hatte wahnsinnige Angst und dachte, die lassen mich da drinnen verhungern oder so. Ich bin sofort nach Hause und habe keiner Menschenseele je davon erzählt.«

Patrick zieht mich an sich und schlingt die Arme um mich.

»Ich wünschte, ich hätte dich damals schon gekannt«, flüstere ich an seiner Brust. »Ich wünschte, ich hätte zu dir gehen können.«

»Ich auch«, sagt er. »Ich habe einen Schwur geleistet, nur im Notfall einen anderen Menschen zu töten. Zählt jemanden halb zu Tode prügeln auch, was meinst du?«

»Bitte, Patrick, nein. Du kennst ihn nicht so gut wie ich. Er ist unglaublich gefährlich und hat schreckliche Dinge getan, viel schlimmere Dinge als mit mir. Jeder weiß, dass man sich mit Ray King nicht anlegen sollte.«

»Genauso wenig wie mit Patrick Mansfield.«

»Bitte, Patrick, ich würde es nicht ertragen, wenn dir etwas zustieße.«

»Dazu wird es nicht kommen.«

»Du bist nicht von hier und weißt nicht, wie er ist. Er tut Menschen weh. Sehr weh. Er hat gesagt, er hätte Danny umbringen wollen. Können wir es nicht einfach gut sein lassen? Zurück nach Schottland gehen? Und Danny mitnehmen, sobald es ihm besser geht?«

»So funktioniert die Welt aber nicht, Seraphina«, erwidert Patrick. »Wenn du einmal wegläufst, läufst du immer weg. Dasselbe gilt für deinen Bruder.«

»Was willst du also tun?«

»Dafür sorgen, dass sich jemand um den Dreckskerl kümmert.«

»Patrick …«

»Ich werde mir selbst nicht die Finger an ihm schmutzig machen. Aber ich habe jede Menge Freunde, die sich um diesen erbärmlichen Abschaum kümmern können. Ein paar Anrufe, und die Sache ist erledigt.«

88

Patrick und ich sitzen die ganze Nacht an Dannys Bett. Als der Morgen anbricht, sehe ich plötzlich, wie seine Lider flattern.

Schwestern kommen auf ihren morgendlichen Rundgängen vorbei.

»Hey«, sage ich. »Hier drüben.«

Keine beachtet mich.

Dann höre ich einen Laut, über den ich mich kaum mehr freuen könnte.

»Hey, Schwesterherz.«

Es ist die Stimme meines Bruders, krächzend und matt.

»O mein Gott!« Ich schlage mir die Hand vor den Mund und spüre, wie mir die Tränen kommen. »Danny?«

Er öffnet die Augen einen winzigen Spaltbreit. »Wo bin ich?«

»Im Krankenhaus.« Ein beinahe hysterisches Lachen dringt aus meinem Mund. Ich drücke seine Hand.

»Im Krankenhaus? Wieso?«

»Weil du ein Idiot bist.«

»Klingt einleuchtend«, krächzt er. »Darf ich hier drin rauchen?«

Wieder muss ich lachen. »Nein.«

In diesem Moment bemerkt ihn eine der Schwestern.

»Er ist aufgewacht«, informiere ich sie. »Und er spricht.«

Die Schwester lächelt. »Tja, junger Mann, Sie haben tatsächlich neun Leben.«

»Allerdings«, bestätige ich.

»Ich brauche ein bisschen Platz hier«, sagt die Schwester

und schiebt mich zur Seite. »Der Arzt muss ihn sich ansehen. Außerdem braucht er dringend ein Schmerzmittel. Sie können während der Besuchszeit wieder vorbeikommen.«

Ich spüre den leichten Druck von Patricks Hand auf meinem Oberarm. »Komm, Seraphina«, flüstert er mir zu. »Lassen wir die Leute ihre Arbeit machen.«

89

Patrick schiebt mich aus dem Zimmer in einen angrenzenden Wartebereich.

Wenig später kommt eine Schwester herein.

»Wie geht es ihm?«, frage ich sie.

»Unter diesen Umständen sehr gut«, antwortet sie. »Seine Verletzungen sind sehr schwer, aber er ist trotzdem weiterhin bei Bewusstsein. Das ist die Hauptsache.«

»Also ist er über den Berg?«

»Davon können wir ausgehen, ja.«

Schluchzend lasse ich mich gegen Patricks Brust sinken.

Ich schaffe all das nicht mehr. Seit Jahren lebe ich in ständiger Sorge um Danny, der wieder und wieder in Schlägereien verwickelt wird oder im Knast landet. Immer ist irgendetwas. Und manchmal habe ich sogar Angst, er könnte sterben. Aber so nahe dran …

Alle sagen, Danny Harper hätte neun Leben.

Macht zehn draus, Leute.

Patrick sagt nichts, sondern hält mich einfach nur fest.

»Ich sollte zu Wila fahren. Bestimmt fragt sie sich schon, wo ich bleibe. Ich habe versprochen, heute noch mal nach ihr zu sehen.«

Patrick zieht sein Handy heraus. »Ich schicke jemanden hin, der sie abholt.«

»Abholen?

»Sie kann mit uns nach Schottland kommen.«

»Wir gehen zurück nach Schottland?«

»Dort kann ich am besten für eure Sicherheit sorgen.«

»Aber Wila … die Schule …« Nun, da ich die Worte ausspreche, wird mir bewusst, dass ihr eine kleine Unterbrechung bestimmt guttäte. Vermutlich ist es sogar das Beste, wenn sie für eine Weile von den klatschenden Mädchen weg ist; zumindest bis sie sich im Klaren ist, wie sie weiter vorgehen will.

»Wir sollten sie lieber mitnehmen«, fährt Patrick fort. »Die Männer, die deinen Bruder so zugerichtet haben, könnten … Nun ja, sagen wir einfach, ich will deine Schwester lieber an einem Ort wissen, wo ich sie im Auge habe.«

»Okay. Ich denke, du hast recht. O Gott, wie soll ich ihr nur das von Danny beibringen?«

90

Wila klammert sich an meinem Arm fest, als der Hubschrauber abhebt und zuerst über London, dann über die grünen Felder schwebt. Ihre Augen sind gerötet, aber sie weint nicht – vermutlich, weil sie mittlerweile schon keine Tränen mehr hat.

Als wir über Patricks Anwesen fliegen, blickt Wila, eine Hand auf ihrem Bauch, wie gebannt aus dem Fenster.

»Pheeny?«, meint sie, »ich glaube, ich werde das Baby behalten.«

Trotz aller Probleme, mit denen wir im Moment zu kämpfen haben, durchströmt mich ein Anflug von Wärme.

»Danny hat sich genau das gewünscht«, krächze ich.

»Ehrlich?« Wieder kommen Wila die Tränen.

»Ja.«

»Und du?«

»Ich will es auch. Aber ich wollte es dir erst sagen, nachdem du dich entschieden hast.«

»Vielleicht kann ich ja trotzdem eines Tages tanzen«, meint sie.

»Vielleicht.«

»Aber das Baby ist das Einzige, was wirklich zählt.« Sie presst ihre Nase gegen die Scheibe und späht hinaus.

Mansfield Castle liegt direkt vor uns.

»Wir sind da«, sage ich.

»Es ist wunderschön«, haucht sie. »Bist du sicher, dass ich bleiben kann?«

Ich sehe Patrick an. Wir haben Wila nichts von Ray King erzählt, sondern nur, dass Danny auf der Intensivstation liegt und wir London besser verlassen sollten, bis die Polizei herausgefunden hat, wer ihn dorthin gebracht hat.

»Was für eine Frage«, sagt Patrick. »Natürlich kannst du bleiben.«

Beim Anblick des Schlosses überkommt mich ein Gefühl, als käme ich nach Hause.

Wir landen.

Ich führe Wila zum Schloss, während Patrick sich um den Hubschrauber kümmert.

In diesem Moment dringt ein hohes Quieken an meine Ohren, und etwas Rotes kommt auf mich zugestürzt.

»Danny-Boy!«, rufe ich lachend und gehe auf die Knie. Sekunden später springt mir das rote Fellbündel geradewegs in die Arme.

»Ich freue mich ja auch so, dich wiederzusehen«, raune ich in sein weiches Fell.

»Was ist denn das?«, fragt Wila.

»Ein Fuchs. Den haben wir im Wald gefunden.«

»Der ist ja süß«, meint sie.

»Trotzdem ist es ein Wildtier«, bemerkt Patrick.

Danny-Boy weicht mir nicht von der Seite, als wir zum Schloss gehen.

»Du darfst nicht hinein«, sage ich an der Tür zu ihm. »Okay. Nicht nach dem, wie du dich beim letzten Mal aufgeführt hast. Patrick hat völlig recht, du gehörst nach draußen.«

Danny-Boy kläfft fröhlich.

»Oh, Pheeny, wieso darf er denn nicht ins Haus?«, fragt Wila.

»Das ist eine lange Geschichte.«

Noch während ich überlege, ob ich sie ihr erzählen soll oder lieber nicht, geht die Tür auf.

Wieder gibt Danny-Boy ein Kläffen von sich.

Ich packe Wilas Arm.

»Patrick!«, schreie ich. »Patrick!«

91

Es ist Grey.

»Was machst *du* denn hier?«, platze ich heraus.

»Freut mich ebenfalls.« Er sieht wie immer aus, hochgewachsen und attraktiv. Nur seine Augen wirken irgendwie müde.

Ich ziehe Wila enger an mich.

Danny-Boy läuft zu Grey, streicht um seine Beine und kläfft fröhlich.

»Herzlichen Dank, Danny-Boy«, sage ich. »Ein toller Wachhund bist du.« Ich sehe Grey wieder an. »Da war überhaupt keine Party. Wo hast du mich hingebracht?«

Grey tätschelt Danny-Boys Köpfchen. »Ich kann das erklären.«

Patrick taucht hinter mir auf. »Keine Sorge, Seraphina. Es ist alles okay.«

»Was ist hier los, Patrick?«

»Kommt erst mal rein.« Patrick öffnet die Eingangstür. »Drinnen können wir uns in Ruhe unterhalten.«

Ich sehe von Patrick zu Grey. »Ich setze keinen Fuß ins Schloss, solange er hier ist. Und schon gar nicht mit meiner Schwester. Erst will ich wissen, was er vorhatte.«

»Das verstehe ich«, entgegnet Grey. »Vielleicht ist es besser, wenn Patrick dir alles erklärt. Ich mache in der Zwischenzeit einen Spaziergang.« Er nickt Patrick zu. »Ruf mich an, wenn ihr fertig seid.« Er wirft einen Blick auf Danny-Boy. »Komm, Kleiner. Du weißt, dass du im Schloss nicht erwünscht bist.« Er schnalzt mit der Zunge und stößt einen leisen Pfiff aus. Zu meiner Verblüffung trottet Danny-Boy brav hinter ihm her.

»Danny-Boy!«, rufe ich.

Patrick hebt seinen muskulösen Arm. »Nein. Der Fuchs bleibt draußen. Bei Grey ist er gut aufgehoben.«

»*Gut aufgehoben?* Glaubst du das wirklich? Ich verstehe das alles nicht, Patrick. Wie kannst du ihm nur trauen?«

»Komm. Ich erkläre es dir.«

Patrick legt den Arm um meine Schultern und führt Wila und mich hinein.

»Ich hoffe, du hast eine vernünftige Erklärung für all das, Patrick«, sage ich, während Wila und ich ihm zum Büro folgen. »Wenn du meine Schwester in Gefahr bringst …«

Patrick bleibt im Türrahmen stehen. »Glaubst du allen Ernstes, dass ich so etwas tun würde?«

»Ich … nein. Ich bin nur so durcheinander, das ist alles.«

»Verständlich.«

Wir betreten das Büro und nehmen Platz.

»Was ist denn los?«, fragt Wila nervös.

»Ich weiß es nicht«, sage ich, während ich Patrick in die Augen sehe. »Aber wir werden es jetzt erfahren, schätze ich.«

92

Also …« Patrick hält kurz inne.

»Ich warte.«

»Grey und ich sind Brüder.«

Vor Erstaunen bleibt mir der Mund offen stehen. »Was?«, platze ich schließlich heraus.

»Grey ist mein Halbbruder. Väterlicherseits. Das Ergebnis einer weiteren außerehelichen Affäre meines Vaters. Aber gar kein schlechtes. Wir haben voneinander erfahren, als ich fünfzehn war. Mein Vater hat nach ein paar Brandys zu viel die Karten auf den Tisch gelegt.«

»Und was hat das damit zu tun, dass er mich zu dieser sogenannten Party verschleppt hat?«

»Eigentlich nichts, nur dass ich ihm mein Leben anvertrauen würde. Er war immer loyal, ein guter Freund und ein guter Bruder. Und ich möchte, dass du das im Hinterkopf behältst, wenn ich dir erzähle, in was du da hineingeraten bist.«

»Also?«

»Grey wollte dich entführen.«

Ich lache entsetzt auf. »Soll das ein Witz sein?«

Ich spüre, wie sich Wila neben mir anspannt. »Wovon redet ihr?«, fragt sie mit leiser, ängstlicher Stimme.

»Alles okay, Wila«, beruhige ich sie. Aber das ist eine Lüge. Gar nichts ist okay. Ich verstehe kein Wort.

»Mein Vater hat Grey einen Deal vorgeschlagen«, fährt Patrick fort. »Du im Austausch gegen Bertie und Anise. Inklusive des Versprechens, dass dir nichts geschehen würde. Du solltest bloß als Faustpfand dienen, damit unser Vater nicht in den Knast muss.«

»Bertie und Anise?« Das Herz schlägt mir bis zum Hals. »Was für ein Austausch?«

»Bertie und Anise sind entführt worden.«

»Entführt?« Hektisch gehe ich auf und ab. »Wer hat das getan? Und wo sind sie?«

»Das wissen wir nicht. Noch nicht.«

Ich fahre mir mit der Hand durch die Haare. »Ich wusste von Anfang an, dass irgendwas nicht stimmt. Bertie war immer so seltsam, wenn ich mit ihm telefoniert habe, aber ich dachte, es würde nur daran liegen, dass er so viel durchgemacht hat. O Gott! Aber wenn dein Vater dahintersteckt, warum können wir dann nicht versuchen, ihn ausfindig zu machen? Haben wir ihn, haben wir auch Bertie, oder?«

»Leider nein. Mein Vater sitzt immer noch in Untersuchungshaft.«

»Aber wer hat dann Bertie in seiner Gewalt?« Meine Stimme bebt.

»Wir wissen es nicht. Wahrscheinlich Freunde meines Vaters. Wir arbeiten dran, Näheres herauszufinden.«

»Und Grey? Kannst du ihm wirklich vertrauen?«

»Sein Plan war, dich zu benutzen, um herauszukriegen, wo Bertie und Anise festgehalten werden. Er hätte dich keine Sekunde aus den Augen gelassen, und er hatte auch nicht vor, dich auszuliefern. Aber er wusste, dass ich niemals eingewilligt hätte. Deshalb hat er hinter meinem Rücken gehandelt.«

»Wäre ich also nicht geflüchtet, hätten wir Bertie vielleicht inzwischen gefunden.«

»Das Risiko war ohnehin zu groß«, wiegelt Patrick ab. »Selbst Grey ist nicht gegen alle Unwägbarkeiten gewappnet. Allein der Gedanke, dass irgendwas schiefgegangen wäre …«

»Moment.« Wila schüttelt den Kopf. »Der Mann, dem wir vor dem Schloss begegnet sind, wollte dich kidnappen?«

»Er hatte keine andere Wahl, Wila. Zumindest dachte er, es gäbe keine.« Ich wende mich wieder Patrick zu. »Aber du vertraust ihm nach wie vor?«

»Hundertprozentig. Er hätte niemals zugelassen, dass dir auch nur ein Haar gekrümmt wird.«

»O Gott.« Ich schlage mir die Hand vor die Stirn. »Was bin ich bloß für eine Idiotin. Hätte ich doch bloß mitgespielt!«

»Nein. Es war falsch von Grey, es auf diese Weise zu versuchen. Aber nachdem ich jetzt weiß, was los ist, werden wir auch Bertie und Anise finden, ich schwöre.«

Mein Magen beruhigt sich wieder, denn so schrecklich und aussichtslos die Situation auch sein mag, eins weiß ich genau: Patrick lügt nicht.

93

Und was machen wir jetzt?«, frage ich.

»Du machst gar nichts«, erwidert Patrick.

»O doch!« Ich stemme die Hände in die Hüften. »Bertie ist entführt worden!«

»Oh, ich hatte ganz vergessen, dass eine Löwenmutter in dir steckt.«

»Und was für eine. Vor allem, wenn es um meine Schützlinge geht.«

»Seraphina …«

»Keine Diskussion, Patrick. Wenn du mich ausschließt, suche ich auf eigene Faust nach Bertie.«

»Nein.«

»Dann lass mich dir helfen.«

»Du bist unmöglich, weißt du das?«

»Das hast du mir ja schon oft genug gesagt.«

»Na gut. Wenn du mal wieder unbedingt deinen Kopf durchsetzen musst.«

»Also, was jetzt?«

»Erst einmal müssen wir mit jemandem reden.«

»Mit wem?«

»Großmutter.«

»Wessen Großmutter?« Verwirrt blickt Wila ihn an.

»Patricks Großmutter wohnt auch hier im Schloss«, erkläre ich ihr. »May Mansfield heißt sie. Aber es ist gewissermaßen ein Geheimnis.«

Wila runzelt die Stirn. »Wie?«

»Niemand darf davon wissen«, fahre ich fort. »Sie hat vor ein paar Jahren ihren eigenen Tod vorgetäuscht, damit ihr Sohn Dirk an einen Teil des Erbes gelangen konnte.«

»Ich verstehe kein Wort«, sagt Wila.

»Willkommen im Club«, gebe ich zurück.

Patrick räuspert sich. »Mein Großvater – Mays Mann – hat ein sehr schlaues Testament aufgesetzt. Er hat dafür gesorgt, dass mein Vater kein Geld aus meiner Großmutter herausquetschen konnte. Solange sie lebte, sollte er keinen müden

Penny sehen. Aber dann hat mein Vater jede Menge Geld verzockt und war so gut wie bankrott. Weshalb meine Großmutter in ihrer unendlichen Großzügigkeit beschloss, ihren eigenen Tod zu inszenieren, um ihm aus der Klemme zu helfen. Und mein Vater, der alte Halunke, hat ihr dann hier ein Geheimversteck eingerichtet.«

»Aha.« Wila nickt zögernd. »Ziemlich schräg.«

»Das kannst du laut sagen«, bemerkt Patrick.

»Und wieso willst du mit May reden?«, frage ich.

»Sie kennt meinen Vater so gut, dass sie uns vielleicht weiterhelfen kann.«

Wilas große blaue Augen weiten sich. »Ich wünschte, jemand könnte mir erklären, was hier eigentlich los ist.«

Patrick legt Wila sanft die Hand auf die Schulter. »Ich und deine große Schwester gehen jetzt zu meiner Großmutter, okay? Aber vorher bringen wir dich erst mal in einem unserer Gästezimmer unter. Ich lasse dir etwas zu essen und ein paar DVDs hochschicken.«

»Ich habe keinen Hunger«, meint Wila.

»Dann ruh dich einfach aus«, sagt Patrick. »Entspann dich.«

»Pheeny?« Wila wirft mir einen hilflosen Blick zu.

»Alles okay, Lala. Patrick hat recht. Ein bisschen Ruhe tut dir bestimmt gut. Sobald wir mehr herausgefunden haben, bin ich wieder bei dir.«

Ich klinge zuversichtlicher, als ich mich fühle. In Wahrheit bin ich total aufgewühlt.

Wir müssen Bertie finden. Bevor es zu spät ist.

94

Als Patrick und ich vor May Mansfields Zimmer treten, sehe ich, dass die Tür einen Spalt offen steht.

Ich höre Stimmen – zwei weibliche Stimmen.

Einen Moment lang packt mich leise Angst, doch Patrick scheint völlig ruhig zu sein. Offenbar hat er bereits erwartet, dass May nicht allein ist.

»Hallo?«, ruft Patrick durch die Tür.

Mays brüchige Stimme dringt aus dem Zimmer. »Patrick?«

»Ja.«

»Ist Seraphina bei dir?«

»Ja, sie ist hier.« Patrick öffnet die Tür.

May sitzt mit einer schmalen Lesebrille auf der Nase im Bett.

Überall auf der Bettdecke und dem Fußboden liegen Dokumente, Fotos und alte Zeitungsausschnitte verstreut.

Und neben ihr hat es sich jemand bequem gemacht, dessen Anblick mir alles andere als gefällt.

Zara.

Die schwarzen Locken ergießen sich über ihre sonnengebräunten Schultern, und ihre Brüste drohen das knallenge Kleid zu sprengen.

»Na, wenn das nicht unsere Turteltäubchen sind.« Sie klingt völlig entspannt, fast, als hätte sie einen über den Durst getrunken. »*Enchanté.* Keine Angst, ich beiße nicht. Jedenfalls nur selten.« Sie zwinkert Patrick zu.

»Spar dir deine Scherze, Zara«, sagt Patrick.

»Was tut *sie* denn hier?«, platze ich heraus.

»Das könnte ich dich genauso fragen«, gibt Zara zurück.

»Zara kann uns vielleicht ebenfalls helfen«, wirft Patrick ein. »Sie kennt meinen Vater fast genauso gut wie Großmutter.«

»Na schön.« Mir gefällt zwar nicht, dass Zara plötzlich wie eine Vertraute behandelt wird, aber im Augenblick gibt es wahrlich Wichtigeres.

»Sagtest du nicht, Patricks neue Freundin wäre ein echt schlaues Köpfchen«, flüstert Zara May zu. »Also, auf mich wirkt sie nicht besonders helle.«

»Jetzt sei nicht so gemein, Liebes.« May wirft mir einen Blick zu und lächelt. »Wenn du ein Problem mit Sera hast, sag es ihr ins Gesicht. Übrigens kann ich dir versichern, dass Seraphina ein ausgesprochen schlaues Köpfchen ist. Aber sie ist gerade ein bisschen durcheinander, weil sie sich große Sorgen um Bertie macht.«

»Dabei war sie doch bloß sein Kindermädchen«, blafft Zara.

»Ein gutes Kindermädchen baut eine enge Beziehung zu ihren Schützlingen auf«, erwidert May. »Und das hat Seraphina zum Glück auch getan. Genau deshalb kann sie jetzt wertvolle Hilfe leisten, Bertie so schnell wie möglich zu finden.«

»Und warum hat sie dann bisher nicht geholfen?«, zischt Zara.

»Weil sie nichts davon wusste«, sagt Patrick. »Ich habe es ihr verschwiegen.«

»Tolle Beziehung«, flötet Zara.

»Schluss jetzt, Zara«, mahnt May.

»Ich habe Sera nichts gesagt, weil ich Angst hatte, sie könnte etwas Unüberlegtes tun und sich in Gefahr bringen«, erklärt Patrick. »Ich wollte sie schützen. Und da Sera sich auch nicht an meine Ratschläge hält, habe ich beschlossen, dass sie am besten in meiner Nähe bleibt. So kann ich sie wenigstens im Auge behalten.«

»Gibt es irgendeinen Anhaltspunkt, wo Bertie sein könnte?«, frage ich. »Irgendetwas, das uns weiterbringen könnte?«

»Bis jetzt haben wir gar nichts.« May streicht die Bettdecke glatt. »Wir haben alles Mögliche in Betracht gezogen, aber wir tappen immer noch im Dunkeln.« Sie stößt einen tiefen Seufzer aus. »Es tut mir aufrichtig leid, dass ich ein derartiges Monstrum in die Welt gesetzt habe. In einer Million Jahren wäre ich nicht auf die Idee gekommen, dass Dirk dazu fähig sein könnte, ein unschuldiges Kind zu entführen.«

»Du musst dir keine Vorwürfe machen«, sagt Patrick. »Er ist ein erwachsener Mann und trifft seine eigenen Entscheidungen.«

»Offenbar sogar aus dem Gefängnis heraus«, bemerkt May.

Patrick nickt. »Ich habe meinen Vater unterschätzt. Ich hätte nie vergessen dürfen, dass er ein mächtiger Mann ist und seine Interessen knallhart durchsetzt.«

»Ja, so ist er«, bestätigt May. »Eine Schande, dass er seine Macht nicht für das Gute einsetzt. Zara und ich haben uns gerade unterhalten. Es gibt tatsächlich noch ein paar Orte, wo Bertie stecken könnte.«

»Und zwar?«, hakt Patrick sofort nach.

»Dirk hat gute Freunde in Dubai. Du kennst sie nicht, aber vor deiner Geburt sind sie hier ein- und ausgegangen. Jedenfalls steht er immer noch in engem Kontakt mit ihnen. Er hat mir von ihren Geschäften erzählt, als er mir wieder einmal Geld abluchsen wollte.«

Patrick runzelt die Stirn. »Klingt ganz nach Dirk. Wer sind diese Leute?«

»Sie kaufen britische Autos und verscherbeln sie an Engländer, die in Dubai leben. Diese Leute mögen nicht derselben Schicht angehören wie wir, dafür sind sie schwerreich. Wenn ich mich recht erinnere, besitzen sie auch ein Casino. In Las Vegas. Außerdem investieren sie in Rennpferde.«

»Und sie leben in Dubai?«

»Soweit ich weiß, schon.«

»Dort halten sich Bertie und Anise mit Sicherheit nicht auf«, sagt Patrick. »Alle Flughäfen werden von meinen Leuten überwacht. Sie haben England nicht verlassen.«

»Aber sie waren doch in Euro Disney«, werfe ich ein.

»Ja, das stimmt.« Sorgenfalten ziehen sich über Patricks Stirn. »Sie sind auf dem Rückweg gekidnappt worden.«

Plötzlich ist mir alles zu viel. Allein die Vorstellung, dass Bertie schon vor Tagen verschleppt wurde, ohne dass ich davon wusste.

Urplötzlich steigt Übelkeit in mir auf. Verzweifelt blicke ich mich nach etwas um.

Auf Mays Kommode steht eine wunderschöne, handbemalte viktorianische Vase. Und im nächsten Moment übergebe ich mich heftig in sie.

»Entschuldigung«, murmle ich.

Zara lacht. »Hut ab, Patrick. Äußerst interessant, für welche Sorte Frau du dich schließlich entschieden hast.«

»Halt den Mund, Zara.« Patrick legt seinen Arm um meine Schulter. »Alles in Ordnung?«, fragt er.

Ich lasse mich gegen ihn sinken und nicke.

»Hier.« Patrick nimmt ein Papiertaschentuch aus einem silbernen Kästchen und wischt mir den Mund ab. »Wir werden Bertie finden. Okay?«

»Ich habe bloß ein schrecklich schlechtes Gewissen. Allein die Vorstellung, dass wir zusammen im Wald waren, als ...«

Zara zieht eine Augenbraue hoch. »Ach, *du* warst das also.«

95

»*Was* war ich?«, zische ich Zara an.

»Das Mädchen, das die Thorburns gesehen haben. Das ihnen den Fuchs gestohlen hat.«

»Es war nicht *ihr* Fuchs!«, schnauze ich.

»Erkläre das mal Regan«, gibt Zara zurück. »Er hat das Vieh gejagt, und du hast ihn daran gehindert. Das ist, als würdest du auf seinem Ding sitzen und im letzten Moment von ihm runtersteigen. Du hast ihm den Höhepunkt weggenommen.«

May legt die Stirn in Falten. »Bitte, Zara. Man muss vielleicht nicht alles beim Namen nennen.«

»Woher weißt du von der Sache mit dem Fuchs?«, herrsche ich Zara an.

»Blake hat mir davon erzählt.«

»Was?«, donnert Patrick. »Du hast dich mit den Thorburns getroffen?«

Zara zuckt die Achseln. »Im Gegensatz zu dir bin ich immer bestens mit ihnen ausgekommen.« Sie zwinkert Patrick zu. »Und Anise hatte ja auch keine Probleme mit ihnen, nur für den Fall, dass du das verdrängt haben solltest.«

»Vorsicht, Zara!«, knurrt Patrick.

Zara lacht. »Ach, das ist doch Schnee von gestern, Patrick. Und Anise …«

»ZARA!« Patrick schlägt mit der Hand auf Mays Kommode. »Wir kommen hier vom Thema ab.« Er sieht May an. »Ist euch sonst noch etwas eingefallen?«

May greift nach ein paar Unterlagen. »Nichts von Bedeutung. Aber wir denken weiter nach.«

»Eigentlich sind wir gar nicht so weit vom Thema abgekommen«, wirft Zara ein. »Wir haben doch gerade über den Fuchs gesprochen, den deine Kleine den Thorburns geklaut hat. Und da ist mir eine Idee gekommen. Vielleicht weiß ich, wo Bertie und Anise stecken.«

96

Spiel bloß keine Spielchen mit mir«, warnt Patrick.

»Wo ist Bertie?«, rufe ich.

Zara zaubert ein Lächeln auf ihr Gesicht, das ich ihr am liebsten wegschlagen würde. »Entschuldigung, aber ich rede mit meinem Cousin.«

»Hör auf«, sagt Patrick. »Die Lage ist ernst.«

»Ach ja?« Sie lacht.

»Ja!«, schnauze ich sie an.

»Nur die Ruhe«, sagt sie. »Na gut, von mir aus. Wenn ich mich noch nicht mal ein bisschen amüsieren darf … Es ist nur eine Vermutung. Aber eine ziemlich plausible. Ich denke, Anise und Bertie könnten bei den Thorburns sein.«

»Vergiss es.« Patrick schürzt die Lippen. »Mein Vater hasst die Thorburns. Nie im Leben.«

»Ganz genau«, meint Zara. »Wo könnte er Anise und Bertie also besser verstecken als bei ihnen?«

»Ausgeschlossen«, widerspricht Patrick. »Man kann Regan einiges nachsagen, aber Entführung …« Er schüttelt den Kopf. »Nein. Außerdem würde er meinem Vater nicht helfen.«

»Na ja, das kommt darauf an, ob er es als Entführung betrachtet«, beharrt Zara. »Oder?«

Die beiden tauschen einen Blick.

»Was ist?«, frage ich. »Wieso seht ihr euch so an?

»Willst du damit sagen, sie weiß es nicht?« Zaras Tonfall verrät nur zu deutlich, dass sie die Antwort auf ihre Frage längst kennt.

»Was wissen?

»Wer Berties Vater ist.«

97

Nein, sie weiß es nicht«, sagt Patrick.

»Aber ich dachte, du liebst sie«, erwidert Zara mit gespielt unschuldiger Stimme. »Offenbar verschweigst du ihr eine ganze Menge.«

»Ich liebe sie sogar sehr. Mehr, als Worte auszudrücken vermögen. Mehr als mein Leben.«

»Obwohl sie gerade in die antike Schale deiner Großmutter gekotzt hat.«

»Daran würde sich auch nichts ändern, wenn sie in jede antike Schale im Haus kotzen würde.«

»Was hat sie bloß an sich?«, fragt Zara. »Ich war dir doch immer komplett egal. Oh, ein Gentleman warst du schon, das kann ich dir nicht nachsagen, aber zwischen uns ging es immer nur um Sex.«

»Wir waren eben nie füreinander bestimmt«, gibt er zurück.

»Das waren wir immer nur, wenn es dir gerade in den Kram gepasst hat.«

»Ich war dir gegenüber immer ehrlich«, verteidigt er sich. »Im Hinblick darauf, wer ich bin. Ich habe dich nie geliebt, Zara.«

Zara seufzt. »Ja. Ist ja schon gut. Niemand zieht deine ach so tolle Aufrichtigkeit in Zweifel.«

»Verrät mir endlich mal einer, wer Berties Vater ist?«, frage ich. »Regan Thorburn?«

»Gewissermaßen.«

»Was um alles in der Welt soll das denn bedeuten?«

»Die Sache ist ein bisschen kompliziert«, antwortet Zara.

»Also wisst ihr es auch nicht genau?«

Zara lächelt. »Ganz im Gegenteil. Ich weiß besser als jeder andere, wie Bertie auf diese Welt kam.«

»Das ist nichts, worauf man stolz sein sollte«, wettert Patrick.

»Ach, spiel hier nicht den Moralapostel«, kontert Zara zuckersüß. »Wir wissen beide, dass du das nicht bist.«

Wortlos starrt Patrick aus dem Fenster.

»Patrick?«, sage ich.

»Vielleicht sind die Thorburns ja tatsächlich in die Entführung verwickelt«, sagt er. »Okay. Ich werde ihnen einen Besuch abstatten.«

»Nein«, widerspricht Zara mit fester Stimme. »Wenn sie Bertie und Anise tatsächlich in ihrer Gewalt haben, warten sie doch nur darauf, dass du auftauchst. Sobald sie dich kommen sehen, bringen sie Anise weg. Das ist keine gute Idee, Patrick. Man kann den Thorburns einiges nachsagen, aber dumm sind sie nicht.«

Patrick fährt sich mit der Hand durchs Haar. »Grundgütiger.«

»Dich werden sie wohl kaum hereinlassen«, fährt Zara fort. »Aber mich. Sofern ich allein auftauche.«

»Vergiss es, Zara«, sagt Patrick.

»Würdest du das tun?«, frage ich. »Ganz allein dorthin gehen? Auf diese Farm?«

»Natürlich«, antwortet sie. »Anise ist meine beste Freundin. Wir sind wie Schwestern. Ich würde alles für sie tun.«

»Ich hatte ja keine Ahnung, dass ihr euch so nahesteht«, sage ich.

»Wir kennen uns seit Kindertagen«, erklärt sie, und ausnahmsweise klingt ihre Stimme aufrichtig und normal. »Ich liebe Anise.«

»Du wirst auf keinen Fall allein zu den Thorburns gehen«, erklärt Patrick. »Das ist mein letztes Wort.«

»Was schlägst du stattdessen vor? Dass wir zusammen hingehen?« Sie lacht auf. »Nach dem Motto: *Oh, hallo, Regan, ich hab Patrick mitgebracht, den Mann, den du auf den Tod nicht ausstehen kannst. Dürfen wir auf einen Tee und ein paar Kekse reinkommen?* Sei nicht albern, Patrick. Ich war in den letzten Jahren x-mal dort. Sie mögen mich. Und Blake würde nicht zulassen, dass mir jemand etwas tut.«

Ruhelos geht Patrick auf und ab. »Regan und Riley haben womöglich ganz andere Pläne. Nein, Zara, das ist viel zu gefährlich.«

Ich schlucke gegen den säuerlichen Geschmack in meinem Mund an. »Ich … vielleicht habe ich ja eine Idee.«

Ich kann nicht glauben, dass ich das wirklich sage. »Wenn wir etwas brauchen, um Regan und Riley wegzulocken, während Zara sich auf der Farm umsieht, wüsste ich etwas.«

»Und zwar?«, fragt Patrick.

Ich hole tief Luft. »Danny-Boy.«

98

Wer ist Danny-Boy?«, fragt Zara.

»Der Fuchswelpe«, antworte ich. »Er ist immer noch hier. Offenbar gewöhnt er sich allmählich an uns.«

»Ein Fuchswelpe soll mir dabei helfen, euch Zugang zur Thorburn-Farm zu verschaffen?«, fragt Zara, ehe sie zu begreifen scheint. »Oh, Moment mal, jetzt kapiere ich. Ihr meint *den* Fuchswelpen. Der, den du gestohlen hast.«

»Regan war ziemlich scharf drauf, ihn abzuknallen«, sage ich. »Er war stocksauer, als ich ihn nicht hergeben wollte.«

Patrick trommelt mit den Fingern auf die Kommode, ohne den Blick vom Fenster zu lösen.

»Wir können ihn in den Wald bringen«, fahre ich fort. »Oder zumindest so tun, als ob. Regan und Riley werden rauskommen, um Jagd auf ihn zu machen. Und Zara kann solange zu Blake gehen und sich umsehen, ob Anise und Bertie dort sind.«

Zara stemmt die Hände in ihre wohlgeformten Hüften. »Tja, sieht ganz so aus, als wäre alles perfekt vorbereitet. Ihr lockt die beiden Brüder aus dem Haus, und ich kümmere mich um den dritten.«

»Würdest du das tun?«, frage ich.

»Natürlich«, antwortet sie.

»Das überrascht mich ein bisschen«, gestehe ich. Bislang habe ich Zara als egoistisches, leichtsinniges Mädchen eingeschätzt, das alles daransetzt, sich an meinen Freund heranzumachen. Es ist schön zu sehen, dass sie vielleicht doch mehr auf dem Kasten hat. Na ja, ein bisschen zumindest.

Zara lacht. »So übel bin ich eigentlich gar nicht. Das kann Patrick sicher bestätigen.«

Ich verziehe das Gesicht. »Ich fange fast an, dich zu mögen.«

»Dann sind wir uns also einig«, sagt sie.

»Mir gefällt die Vorstellung, dass du allein zu Blake gehst, immer noch nicht«, wendet Patrick ein.

»Reg dich ab, Patrick. Wie gesagt, ich war Dutzende Male bei den Thorburns. Genauso wie Anise. Mir passiert schon nichts. Der Hass richtet sich nur gegen die männlichen Mansfields, gegen die Mädchen haben sie nichts.«

»Das ist mir klar«, sagt Patrick.

»Hast du eine bessere Idee?«

Patricks Kiefer spannt sich an. »Nein, leider nicht.«

»Wir hatten wirklich unseren Spaß mit den Thorburns, Anise und ich …«

»Erspar mir die Details«, bemerkt Patrick.

»Wie du willst.«

»Also gut. Wir müssen Grey suchen und ihm sagen, was wir vorhaben.« Patrick blickt gen Decke. »Möge Gott uns beistehen.«

99

Grey kommt uns im Garten entgegen, dicht gefolgt von Danny-Boy, der ihm wie ein Hündchen hinterherläuft.

Als er mich sieht, macht er einen fröhlichen Satz und kommt sofort angesprungen.

Ich gehe in die Hocke und streichle ihn, während Patrick und Zara Grey unseren Plan erläutern.

Seine Begeisterung scheint sich in Grenzen zu halten.

»Aber außer Blake ist doch niemand da, und mit dem werde ich schon fertig«, argumentiert Zara. »Ist doch nur eine Finte. Okay, Bigboy?«

»Bigboy?« Grey lacht. »Wer hat hier gepetzt?«

»Oh, ich weiß alles über dich, Grey«, gibt Zara zurück. »Und ich kann es kaum erwarten, noch mehr zu erfahren.«

Grey zieht eine Braue hoch. »Hat Patrick etwa gequatscht? Und von unseren gemeinsamen Abenteuern erzählt?«

»Was für ein wunderbares Bild«, schwärmt Zara. »Ihr beide zusammen … Los, raus mit der Sprache, ist es jemals dazu gekommen, Grey? Du und Patrick, ganz allein in Afghanistan, mit nacktem Oberkörper, eng umschlungen?«

Grey lacht. »Vergiss es, das ist definitiv nicht mein Ding. Nicht solange so viele hübsche Frauen frei herumlaufen.«

»Wie sieht es mit dir aus, Patrick?«, fragt Zara mit einem boshaften Funkeln in den Augen. »Ich würde gern mal zusehen, wie du mit einem anderen gut aussehenden Kerl rummachst und so.«

»Tu mir einen Gefallen, Zara«, sagt Patrick, »und streich mich aus deinen schmutzigen Fantasien.«

»Schade.« Zara schmollt. »Früher hast du meine Fantasien immer Realität werden lassen.«

»Können wir das vielleicht lassen? Wird es nicht allmählich Zeit, dass du zur Farm rübergehst, Zara?«, werfe ich ein.

»Reg dich ab, Miss Knallfrosch. Man weiß ja nie. Vielleicht will Grey mich ja begleiten und mir Gesellschaft leisten. Ich bin sicher, Blake wäre einem kleinen Alternativnümmerchen nicht abgeneigt …«

»Danke, aber lieber nicht«, wirft Grey ein. »Wenn ich es schon mit einem Mann tun müsste, dann sicher nicht mit Blake Thorburn. Ein bisschen mehr Geschmack darf man mir schon zutrauen. Der Typ hat zentimeterdick Dreck unter den Nägeln.«

»Ach, so übel ist er eigentlich nicht«, meint Zara. »Sogar ziemlich gut. Eine Acht auf der Zehnerskala. Würde er nicht ständig nach Motoröl riechen, bekäme er sogar eine Neun von mir.« Sie hakt sich bei Grey unter. »Also, Loverboy. Wünsch mir Glück. Wirst du auf mich warten?« Sie klimpert mit den Wimpern.

Grey grinst breit. »Meine Tür steht dir immer offen, Zara. Aber das weißt du ja längst.«

100

Patrick stapft mit dem Handy am Ohr auf dem Rasen auf und ab, während ich mit Grey und Zara daneben stehe und vor Aufregung an meinem Daumennagel herumkaue.

Ich kann zwar nicht hören, was Patrick sagt, aber fest steht, dass er schreit.

Er hat Regan Thorburn an der Strippe.

Ich hatte noch nie in meinem Leben solche Angst. Wenn Bertie irgendetwas zustößt, werde ich mir das niemals verzeihen. Gleichzeitig habe ich vollstes Vertrauen zu Patrick. Ich weiß, dass er Regan Thorburn und seine Brüder im Notfall in der Luft zerreißt. Hoffen wir bloß, dass es nicht dazu kommt.

Danny-Boy springt ausgelassen um meine Beine herum. Der Kleine hat nicht die leiseste Ahnung, was ihm blühen könnte.

Der arme kleine Kerl.

Patrick klappt abrupt sein Telefon zu und kehrt zu uns zurück.

»Er wollte wissen, woher der plötzliche Meinungsumschwung kommt.« Patrick betrachtet stirnrunzelnd sein Handy. »Deshalb habe ich ihm erzählt, dass ich mich rächen will.« Er sieht mir in die Augen. »An dir. Weil du mit Grey …«

»Also bist du doch kein so schlechter Lügner«, bemerke ich.

»Ich habe nicht direkt gelogen, sondern bloß ein paar Andeutungen in eine bestimmte Richtung gemacht. Den Rest hat er sich dann selbst zusammengereimt.«

»Also doch gelogen«, stelle ich fest.

»Glaub mir, ich habe nicht vor, es zur Gewohnheit werden zu lassen. Jedenfalls wollte er, dass ich den Fuchs höchstpersönlich vorbeibringe.«

»Und sie machen dann sofort Jagd auf ihn.«

»Sieht ganz so aus.«

Ich schlucke.

Hinter mir zwitschert Danny-Boy wie ein kleiner Vogel.

»Ich wünschte, es gäbe eine andere Möglichkeit.«

»Ich auch.«

»Er ist noch so klein und vertraut uns. Und wir bringen ihn genau zu dem Feind zurück, der ihn töten wollte. Gott, ich kann nicht sagen, wie sehr ich deinen Vater hasse.«

»Geht mir genauso.« Patrick legt mir beide Hände auf die Schultern. »Aber er stirbt für eine gute Sache. Durch ihn bekommen wir die Gelegenheit, Bertie und Anise zu finden.«

»Ich weiß. Ich wünschte nur, es ginge anders.«

»Wenn es so wäre, würde ich es sofort tun, Seraphina, glaub mir. Aber manchmal verlangt uns das Leben nun mal Opfer ab, und letztlich ist keiner von uns unsterblich.«

Eilig blinzle ich gegen meine aufsteigenden Tränen an. »Wann triffst du dich mit Regan?«

»In einer Stunde. Du musst dich jetzt verabschieden.«

»Vielleicht erwischen sie ihn ja auch nicht«, sage ich, obwohl mir klar ist, wie lächerlich das klingt. »Er ist ziemlich flink.«

»Die Hunde werden schneller sein«, meint Patrick. »Er hat im Grunde keine Chance. Regan Thorburn spielt nur, wenn er praktisch schon gewonnen hat.«

»Wie sehr ich mir wünsche, du würdest ab und zu mal lügen.«

»Taktgefühl gehört weiß Gott nicht zu Patricks Stärken«, bemerkt Zara. »Und ich muss es schließlich wissen.«

»Das sagt ja genau die Richtige«, erwidere ich barsch. »Könntest du ausnahmsweise mal Patrick herauslassen? Nur für eine Minute?«

Zara öffnet den Mund, schließt ihn jedoch sofort wieder, als sie meine verärgerte Miene sieht.

»Wolltest du etwas sagen?«, frage ich herausfordernd.

»Okay, Süße. Kein Grund, gleich auszuflippen. Ich habe keine Ahnung, wieso du gleich so hochgehst. Er liebt mich nicht, okay? Sondern dich. Kannst du dir nicht vorstellen, dass mir das wehtut? Zusehen zu müssen, wie er mit dir zusammen ist? Wie jemand bekommt, worauf ich immer verzichten musste?«

»Okay, konzentrieren wir uns lieber wieder auf die Suche nach Bertie«, wirft Patrick ein.

»Gut.« Zara holt ihr Handy heraus. »Ich rufe Blake an und sage ihm, dass ich gleich rüberkomme.«

»Bist du sicher, dass er keinen Verdacht schöpft, wenn Patrick sich zur selben Zeit mit seinen Brüdern trifft?«, frage ich.

Zara lacht. »Blake? Verdacht schöpfen? Der ist viel zu sehr mit seinem Schwanz beschäftigt. Seit seiner letzten Party, als er zugesehen hat, wie Anise und ich ein bisschen rumgemacht haben, ist er schon ganz heiß darauf, mich flachzulegen.«

Vermutlich muss ich sie mit weit aufgerissenen Augen angestarrt haben, denn sie lacht erneut auf.

»Oh, Patrick, Patrick. Du hast mich gegen eine eingetauscht, die schon ganz blass wird, wenn sie auch nur hört, wie es zwei Mädchen miteinander treiben.« Sie schüttelt den Kopf. »Und ich dachte, ich kenne mich mit Männern aus.«

Ihr winziges Lächeln lässt ahnen, dass das ein Scherz war.

Patricks Miene verdüstert sich. »Ich will nichts darüber hören, was meine Schwester auf irgendwelchen Partys treibt.«

»Ich dachte, du stehst nicht auf Lügen«, gibt Zara zurück und wendet sich zu mir um. »Anise ist genauso schlimm wie ich«, raunt sie. »Lass dich nie von Äußerlichkeiten täuschen. Ich habe sie schon in Zuständen erlebt …«

»Zara.« Patrick wirft ihr einen warnenden Blick zu.

»Pff, ich hab keine Angst vor dir, Mr Großer-böser-Wolf.« Sie strahlt ihn an. »Findest du nicht, dass Seraphina erfahren sollte, was aus Anise geworden ist? Schließlich gehört sie bald zur Familie.«

»Für meinen Geschmack weiß sie mehr als genug.«

»Über Anise?«

»Sie weiß bereits einiges über sie, aber alles braucht sie nicht zu erfahren, es sei denn, Anise will es ihr selbst erzählen.«

»Immerhin opferst du ihren kleinen Fuchs, wenn du dich gleich mit Regan triffst. Findest du nicht auch, sie sollte erfahren, welche Rolle Regan in der ganzen Geschichte spielt? Wieso du ihn so sehr hasst? Welches Opfer *du* damit bringst?«

»Sag es mir«, verlange ich.

Patrick seufzt. »Es hat etwas mit Berties Vater zu tun.«

»Und wer ist nun Berties Vater?«

»Ich bringe es nicht über mich, ihre Namen auszusprechen, verdammt.«

»*Ihre* Namen?«, hake ich nach.

»Niemand weiß genau, wer Berties Vater ist«, wirft Zara ein. »Es könnte Regan sein. Genauso gut aber auch Riley oder Blake Thorburn.«

101

Mit großen Augen starre ich Zara an; einen Moment lang bin ich nicht sicher, ob ich richtig gehört habe.

»Alle drei Thorburn-Brüder könnten Berties Vater sein?«, frage ich.

»Allerdings«, erwidert Zara.

»Wie ist das möglich?«

»Weil sie mit allen dreien im Bett war«, erklärt Zara. »Und das auch noch gleichzeitig.«

Zorn flackert in Patricks Blick auf, während er Richtung Wald sieht.

»Anise hat …« Meine Stimme versagt. »Anise hat mit Regan, Riley und Blake Thorburn geschlafen? Mit allen *zusammen?* Also, ich hätte nicht gedacht, dass sie der Typ für so was …«

»Wie man sich täuschen kann.« Zara lacht. »Anise war eine ganz wilde Nummer, bevor Bertie zur Welt kam. Danach hat Onkel Dirk sie an die Kandare genommen und zum stillen Mäuschen abgerichtet.«

»Aber Bertie hat doch bei seinem Vater gelebt«, sage ich. »Bevor er zu seinem Großvater kam. Wie kann es sich dann um drei Männer handeln?«

»Es gab eine Übereinkunft«, erklärt Patrick. »Blake Thorburn hat offiziell die Verantwortung übernommen, wohingegen seine Brüder keine Gelegenheit ausgelassen haben, den Ruf unserer Familie in den Schmutz zu ziehen. Als hätten sie nicht schon genug Schaden angerichtet.«

»Blake Thorburn«, wiederhole ich leise und sehe die drei Männer im Wald erneut vor meinem inneren Auge. »Er schien nicht so ein Mistkerl wie die beiden anderen zu sein. Und er war auch nicht so sehr auf Streit aus.«

»Mit Blake kann man auskommen«, räumt Patrick ein. »Aber trotzdem steht er auf der Seite seiner Familie.«

»Aber Regan ist doch bestimmt Mitte dreißig und erheblich älter als Anise.« Ich runzle die Stirn.

»Tja.« Patricks Stimme ist kalt wie Eis.

Zara lacht. »Ist Patrick nicht auch älter als du, Seraphina?«

»Ein paar Jahre, das stimmt. Aber ich bin kein Teenager mehr.«

»Anise war immer schon total verknallt in Regan«, fährt Zara fort. »Schon als kleines Mädchen. Deshalb kann man wohl kaum behaupten, dass er sie erst hätte zwingen müssen.«

»Und ob«, bellt Patrick. »Im Sinne des Gesetzes hat er sie vergewaltigt.«

»Ach, Patrick, wann hörst du bloß endlich damit auf?«, sagt Zara. »Sie war praktisch volljährig. Na schön, sie hätten vielleicht etwas vorsichtiger sein sollen, aber …«

»Ein Mann seines Alters, der ein minderjähriges Mädchen …«

»Alter ist relativ«, erwidert Zara. »Mädchen werden nun mal schneller reif als Jungs. Und Anise und ich waren schon ziemlich erwachsen für unser Alter. Wir hatten eine Menge Spaß auf der Thorburn-Farm, das wird auch Anise nicht abstreiten. Sie haben uns nie zu etwas gezwungen. Niemals. Blake und Riley waren so alt wie wir, Riley sogar ein bisschen jünger. Und wir waren beide total scharf auf Regan – auf ihn und noch eine Menge anderer Typen.«

»Erspar mir die Einzelheiten«, zischt Patrick. »Ich wusste bis heute nichts davon und möchte auch für den Rest meines Lebens nichts davon erfahren. Was ich bis jetzt gehört habe, ist schon schlimm genug.«

»Ach, du hast das alles schon immer viel zu hoch gehängt«, wirft Zara ein.

»Ich war derjenige, der sie wieder aufrichten musste, als sie herausgefunden hat, dass sie schwanger war«, entgegnet Patrick barsch. »Damals hat sie ganz und gar nicht erwachsen gewirkt, das kann ich dir sagen. Und als sie bei der Geburt im Krankenhaus war und sich keiner von den Thorburns blicken ließ …«

»Ich bitte dich, Patrick. Sie wussten doch gar nichts davon. Und als Blake davon erfahren hat, war er doch sofort bereit, sich zu dem Kind zu bekennen. Na gut, Regan und Riley haben nichts dergleichen unternommen …«

»Genau. Das hätte ja auch ein Mindestmaß an Anstand erfordert.«

»Die arme Anise«, sage ich. »Weiß Bertie davon? Dass er drei potenzielle Väter hat?«

»Nein.« Patrick schüttelt den Kopf. »Er hat eine Zeit lang bei den Thorburns gelebt. Zumindest hat Blake versucht, eine Beziehung zu ihm aufzubauen, aber er war zu jung und als Vater völlig überfordert. Wahrscheinlich erinnert sich Bertie nicht mal an ihn.«

»O Gott. Wie schrecklich.«

Patrick wirft einen Blick auf seine Uhr. »Zeit, dass du dich von Danny-Boy verabschiedest, Seraphina. Ich muss bald aufbrechen.«

102

Danny-Boy und ich spielen ein bisschen auf dem Rasen, ehe Vicky mir das Mittagessen auf einem Tablett bringt.

»Danke.« Ich nehme den mit Frischhaltefolie abgedeckten Teller entgegen – zwei Schinkensandwiches und eine Handvoll frittierter Gemüsechips. Das Brot ist frisch gebacken und duftet lecker, aber ich habe keinen Hunger.

»Alles okay, Süße?«, fragt Vicky. »Was ist denn mit Patrick los? Er stapft herum wie ein Bär mit wundem Arsch.«

»Wie treffend.« Sanft stupse ich Danny-Boy vom Teller weg. »Nein, mein Kleiner. Das ist Frischhaltefolie. Davon kriegst du

Bauchschmerzen.« Trotzdem versucht er wieder, in das Sandwich zu beißen, springt an mir hoch und ist kaum zu beruhigen.

»Kann ich irgendwas für dich tun?«, fragt Vicky.

Ich schüttle den Kopf.

»Vorhin habe ich Grey mit Zara tuscheln sehen«, fährt Vicky fort. »Zwischen den beiden läuft doch irgendwas, oder?«

»Soweit ich weiß, nicht«, erwidere ich wahrheitsgetreu.

Ich entferne die Folie und werfe Danny-Boy eins der Brote zu.

Er stürzt sich sofort darauf und zerrt den Schinken herunter.

»Das wird ihm schmecken«, meint Vicky. »Den Schinken habe ich selbst gekocht. Ich hoffe, er weiß das zu schätzen.«

»Gewissermaßen ist es seine Henkersmahlzeit«, sage ich.

»Wieso denn das?«

»Patrick nimmt ihn nachher mit in den Wald. Damit Regan Thorburn ihn jagen kann.« Ich streichle Danny-Boys Öhrchen.

»Aber warum? Patrick hasst die Thorburns doch.«

»Das ist ziemlich kompliziert«, antworte ich.

»Was für ein süßes Kerlchen.« Vicky krault Danny-Boy am Rücken. »Unfassbar, dass Regan Thorburn einem solchen Tier etwas antun kann. Der Kleine hat doch überhaupt keine Chance. Das ist abscheulich. Diesen Mistkerlen sollte man den Jagdschein entziehen.«

»Sieh dir das an«, sage ich, während Danny-Boy den Schinken herunterschlingt. »Er hat nicht die geringste Ahnung, was ihn erwartet. Das arme Tier.«

»Vielleicht ist es besser so.«

»Möglich.«

Danny-Boy leckt sich die Pfötchen, ehe er plötzlich im Gras

zu schnüffeln beginnt. Im ersten Moment sieht es so aus, als wolle er am Brot schnuppern, doch dann fegt er es mit der Nase beiseite und schnüffelt im Gras weiter. Dann reckt er die Nase und späht zum Wald hinüber.

Ohne Vorwarnung flitzt er los wie ein geölter Blitz.

Vicky sieht mich stirnrunzelnd an.

»Was ist denn in den gefahren?«, platzt sie heraus.

»Keine Ahnung.« Ich drücke ihr den Teller in die Hände. »Ich muss ihn zurückholen. Er darf uns auf keinen Fall jetzt noch entwischen. Patrick braucht ihn doch.«

Ich sprinte hinter ihm her.

103

Danny-Boy schnuppert zwischen ein paar Bäumen herum.

»Komm her, Kleiner«, rufe ich und wünsche mir, ich hätte das zweite Sandwich mitgenommen. »Komm zu mir.«

Er schenkt mir keine Beachtung und läuft weiter in den Wald hinein.

Ich folge ihm.

Merkwürdig. Danny-Boy scheint nicht die geringste Eile zu haben, doch sobald ich näher komme, läuft er erneut vor mir weg.

Ich stolpere über Baumwurzeln und getrockneten Schlamm.

Erst als ich harten Steinboden unter meinen Füßen spüre, fällt mir auf, wie weit ich von meinem Ausgangspunkt weg bin.

Wir befinden uns an den Felsen, genau jenem steilen Abhang, wo ich schon mit Patrick war.

Du lieber Himmel. Ich muss eine halbe Ewigkeit hinter Danny-Boy hergelaufen sein.

Der kleine Fuchs späht vom Rand des Abhangs in die Schlucht hinab.

»Das war ja eine halbe Weltreise, Danny-Boy«, sage ich. »Aber hier geht's nicht weiter, Süßer. Komm, ich bringe dich zurück.«

Er fiept, als ich niederknie und ihn auf meine Arme hebe, und versucht, sich aus meinem Griff zu winden.

»Was ist denn nur mit dir los? Es ist ja fast, als wüsstest du, was Patrick mit dir vorhat.«

In diesem Augenblick läuft mir ein eiskalter Schauder über den Rücken.

»O Gott!«

Unmittelbar vor mir mache ich eine dunkle Gestalt aus.

Ein Mann.

Mit einem Präzisionsgewehr über der Schulter.

Er ist ganz in Schwarz gekleidet und erklimmt gerade einen Baum.

Und zwei Sekunden später ist er zwischen Ästen und Laub verschwunden. Nicht die kleinste Bewegung lässt darauf schließen, dass er gerade eben noch da war. Es ist, als wäre er förmlich mit dem Baum verschmolzen.

Einen Moment lang kommt es mir vor, als hätte ich mir das alles nur eingebildet.

Ich sehe Danny-Boy an. »Könnte es sein, dass er Patrick auflauern will?«, flüstere ich, während es mir abermals eiskalt den Rücken hinunterläuft.

Danny-Boy beginnt sich zu winden und zu knurren.

»Was ist denn, Süßer?«, frage ich. Er sträubt sich so heftig gegen meinen Griff, dass er mir mit den kleinen scharfen Krallen die Arme zerkratzt. »Au!«

Im selben Augenblick fällt ein riesiger Schatten über mich.

Danny-Boy springt aus meinen Armen und flitzt davon.

Ein scharfer Schmerz zuckt durch meinen Hinterkopf, und einen Sekundenbruchteil später stürze ich zu Boden. Ich spüre noch, wie ich mit der Wange über den steinigen Untergrund schramme, und dann wird mir schwarz vor Augen.

104

Sera?«

Ich versuche zu blinzeln.

Vor meinen Augen tanzen rote Kreise.

Wessen Stimme ist das? Sie kommt mir so bekannt vor.

Ich blinzele abermals, doch meine Lider sind völlig verklebt.

Meine Kehle ist staubtrocken, meine Augen brennen, und ich habe höllische Kopfschmerzen.

Vorsichtig taste ich nach der Beule an meinem Hinterkopf. Die Berührung lässt mich zusammenzucken.

»Sera?«

Wieder diese Stimme. Mühsam zwinge ich mich, die Augen aufzuschlagen. Ich liege auf dem Rücken und nehme im ersten Moment alles um mich herum nur verschwommen wahr.

Es kommt mir vor, als würde ich träumen. Der Schatten über mir … Ist das vielleicht …

»Anise?«, bringe ich flüsternd hervor.

Die dunkle Gestalt nickt, und dann erkenne ich Anises blasses Gesicht.

»Wo bin ich?«, krächze ich und versuche mich aufzurappeln.

Es riecht feucht, und über mir befindet sich ein rostiges Wellblechdach. Der Boden ist aus Beton, und an den Wänden stapeln sich Heuballen. An einer Wand steht ein Metalltrog – eine Viehtränke, wie es aussieht.

»Sind wir in einer Scheune?« Ich reibe mir den Kopf, während ich mich zu erinnern versuche, was im Wald passiert ist. Der plötzliche Schmerz – ja, jemand hat mich niedergeschlagen. Und offenbar hierher verschleppt. Derselbe Jemand, der Anise und Bertie entführt hat.

Ein kalter Schauder überläuft mich.

Als ich mich umsehe, erblicke ich Bertie. Er kauert auf ein paar großen Heuballen und hat die Knie an die Brust gezogen.

»Bertie!« Ich rapple mich auf. »Alles okay mit dir?«

Er weicht vor mir zurück, und als ich näher komme, wendet er sich ab.

»Bertie, hab keine Angst. Ich bin's, Sera.«

Einen Moment lang mustert er mich schweigend. »Geh weg«, sagt er dann.

Das mulmige Gefühl in meiner Magengrube sagt mir, dass ich bis zum Hals in der Scheiße stecke. Und dass wir in großer Gefahr sind.

Ich denke an Patrick. Und den Heckenschützen im Wald. O nein.

Bitte, lieber Gott, mach, dass Patrick nichts passiert ist.

»Anise, wo sind wir? Was ist hier los?«

»Wir werden hier gefangen gehalten. Na ja, zumindest du. Bertie und ich können jederzeit gehen, wenn wir wollen. Regan hat dich vorhin hierhergebracht.«

»Regan? Regan Thorburn?« Vor meinem geistigen Auge sehe ich den Riesen mit dem kurz geschorenen Haar, dem Patrick und ich bei unserem Streifzug durch den Wald begegnet sind. Dem Mistkerl, der meinen Danny-Boy abknallen wollte.

»Genau«, sagt Anise.

Ich lasse den Blick durch die Scheune schweifen. »Ihr könnt jederzeit gehen, wenn ihr wollt?«

»Ja.«

»Und warum seid ihr dann nicht längst wieder in Mansfield Castle?«

»Weil wir hierhergehören. Schließlich ist Regan Berties Vater.«

»Was?« Ich blicke verstohlen zu Bertie hinüber und senke die Stimme. »Ich habe gehört, niemand wüsste, wer Berties Vater ist. Und dass Blake sich zu Bertie bekannt hätte. Ist denn inzwischen ein Vaterschaftstest gemacht worden?«

»Das ist nicht nötig. Regan und ich lieben uns. Er sagt, dass wir zusammengehören.«

»Und was ist mit Blake?«, frage ich und denke an den jüngeren, etwas umgänglicheren der Brüder.

Anise presst die Lippen aufeinander. »Was soll mit ihm sein? Ich habe immer nur Regan geliebt. Und für ihn steht fest, dass *er* Berties Vater ist. Dass wir eine Familie sind. Er will mich heiraten.«

»Regan Thorburn will dich *heiraten*?« Allmählich verstehe ich gar nichts mehr. »Wann ist er denn auf die Idee gekommen?«

»Als er uns hierhergeholt hat.«

Du lieber Himmel. Anise klingt, als wäre sie komplett von der Rolle.

»Moment. Regan hat euch also hierhergeholt. Und dann hat er dir einen Heiratsantrag gemacht?«

»Ja«, haucht Anise aufgeregt – sie hört sich wie ein bis über beide Ohren verknalltes Schulmädchen an.

»Und du willst hierbleiben? Bertie hat ein Zuhause, hast du das vergessen?«

»Hier ist sein Zuhause.«

Das darf doch nicht wahr sein. Ich muss Bertie schleunigst von hier fortbringen.

»Bertie, komm. Wir gehen nach Hause.«

»Geh weg!« Abermals wendet er sich von mir ab.

»Bertie!«, beschwöre ich ihn. »Du gehörst hier nicht her. Komm mit mir, ich bitte dich.«

»Er ist jetzt hier zu Hause«, sagt Anise.

»Spinnst du?«, fahre ich sie an. »Das ist eine Scheune, Anise, kein Zuhause! Wo sind wir hier überhaupt?«

Anise lacht leise. »Bertie und ich ziehen bald ins Haus um. Wir warten hier nur ab, bis …«

»Bis was?«

»Bis Patrick … ausgeschaltet ist«, murmelt sie. »Dann lässt Regan dich auch wieder laufen.«

»O Gott!« Panisch sehe ich mich nach einer Tür um. »Hör mir zu, Anise. Im Wald habe ich einen Heckenschützen gesehen. Sie wollen Patrick umbringen. Ihn erschießen.«

»So was würde Regan nie tun.«

»Willst du mich verarschen? Er hat mich hierher verschleppt. Und du glaubst, so jemand wäre nicht dazu fähig, Patrick eiskalt abzuknallen? Bist du etwa freiwillig hierhergekommen?«

»Na ja, nicht direkt. Aber dann hat Regan mir alles erklärt. Dass er mich schon immer geliebt hat und bloß Angst hatte, mich zu verlieren. Und deshalb haben wir beschlossen hierzubleiben.«

»In einer verdammten Scheune?«

»Von wegen, du Dummchen. Die meiste Zeit waren wir drüben im Haus. Wir sind bloß hier, bis Regan mit Patrick fertig ist. Er wollte verhindern, dass du oder Bertie weglaufen – deshalb hat er uns eingeschlossen.«

Anise geht zum Scheunentor und rüttelt daran. Das Klirren einer Kette dringt an meine Ohren. »Siehst du?«

105

Er hält uns hier gefangen«, sage ich schaudernd.

»Bertie muss die Wahrheit sagen«, flüstert Anise. »Und du wirst uns dabei helfen, meinen Vater aus dem Gefängnis zu holen.«

»Anise, das ist doch völlig verrückt. Dein Vater wird ganz bestimmt nicht so schnell wieder freikommen.«

»Und ob«, gibt Anise zurück. »Bertie muss der Polizei nur die Wahrheit erzählen.«

»Und die wäre?«

»Dass mein Vater ihm nie etwas angetan hat.«

»*Was?* Aber dein Vater *hat* ihm wehgetan!«

»Nein!«, faucht Anise. »Das ist doch bloß ein Missverständnis. Mein Vater war vielleicht ein bisschen streng mit ihm, und Bertie hat da ein paar Sachen durcheinandergebracht …«

»Falsch!«, fahre ich sie an. »Ich weiß, wie Kinder sind, und ich erkenne sofort, wenn sie lügen. Bertie hat überhaupt nichts durcheinandergebracht. Dein Vater hat ihn misshandelt. Er hat Bertie erpresst und fast verhungern lassen!«

»Du irrst dich, Sera. Und ich habe zuerst auch alles falsch gedeutet. Aber jetzt kenne ich die Wahrheit.«

»Was ist denn nur los mit dir, Anise?«, frage ich. »Hat Regan dich unter Druck gesetzt? Oder dir etwas angetan?«

»Nur, weil er Angst um mich hatte«, platzt Anise heraus. »Er hat mir alles genau erklärt. Er liebt mich. Und ich liebe ihn – mehr als irgendetwas sonst in meinem Leben.«

Plötzlich geht mir ein Licht auf. Ja, auf dem Papier mag Anise eine erwachsene Frau sein, doch in Wahrheit ist sie immer noch ein kleines, wohlbehütetes Mädchen, das sein ganzes Leben nur herumkommandiert worden ist. Ganz abgesehen davon, dass sie Regan Thorburn auch jetzt noch anhimmelt wie ein liebestoller Teenager.

Aber das kann nicht der einzige Grund für ihr Verhalten sein. Sie faselt derart wirres Zeug, als wäre sie einer Gehirnwäsche unterzogen worden.

»Wie bist du hierhergekommen?«, frage ich so behutsam wie möglich.

»Regan hat uns am Bahnhof abgefangen. Zuerst hatten wir keine Wahl, aber dann hat er mir alles gestanden. Dass er mich immer geliebt hat. Dass wir füreinander bestimmt sind. Und dass wir für immer zusammen sein können, wenn ich nur meinem Vater helfe. Er hat mich nicht absichtlich geschlagen, er kann es nur manchmal nicht kontrollieren. Und zur Hochzeit hat mein Vater uns Geld versprochen, damit wir ein sorgenfreies Leben führen können. Ich, Regan und Bertie. Nicht mehr lange, und wir sind eine richtige Familie.«

Ich erinnere mich an die Worte, die Patrick und Regan im Wald gewechselt haben; an Patricks Vorwurf, Regan würde sich sowieso nur für Anises Geld interessieren.

»Wenn Regan dich geschlagen hat, liebt er dich auch nicht«, erkläre ich.

»Das ist nicht wahr!« Ein gebrochenes, irres Lachen dringt aus Anises Kehle. Ihr zartes, verängstigtes Gesicht ist völlig verzerrt. »Regan tut mir weh, *weil* er mich liebt! Ich musste es nur erst verstehen!«

Du liebe Güte. Offenbar ist sie komplett übergeschnappt.

»Wie lange seid ihr schon hier in dieser Scheune?«, frage ich.

»Erst seit heute Morgen.«

»Und was will Regan von mir?«

»Er glaubt, dass du Bertie helfen kannst.«

»Inwiefern?« Plötzlich wird mir speiübel.

»Damit er bei der Polizei die Wahrheit sagt. Dass mein Vater ihm überhaupt nichts getan hat …«

»Du meinst, ich soll dafür sorgen, dass er Lügen erzählt?«

»Na ja, du brauchst ihm doch bloß zu sagen, dass er sich das alles nur eingebildet hat. Das ist ein Klacks für dich, oder? Auf dich hört er wenigstens.«

»Du hast doch gerade selbst gesehen, dass er nicht auf mich hört.«

»Ach, das wird schon«, erwidert Anise. »Und sobald mein Vater aus dem Gefängnis entlassen wird, ist alles wieder gut.«

»Nein, Anise. Gar nichts wird gut. Dein Vater hat Bertie wehgetan. Er gehört hinter Schloss und Riegel.«

»Aber verstehst du denn nicht?«, schreit Anise mich an. »Bertie braucht seinen Vater! Und Regan sagt, dass er für immer mit mir zusammen sein will. Aber nur, wenn er das Geld von meinem Vater kriegt, und das macht Daddy erst, wenn er aus dem Knast kommt.«

»Anise, dein Vater hat Regan bestochen, damit er dir den Hof macht. Willst du allen Ernstes so einen Mann? Ist das die Art von Vater, den du dir für Bertie wünschst?«

»Aber Bertie *braucht* einen Vater. Und ich liebe Regan über alles. Wieso versteht das denn niemand?«

»Einen besseren Kerl findest du doch allemal, Anise. Regan ist nichts weiter als ein Schwarm aus Teenagertagen, den du dringend vergessen solltest, weil er sich in Wahrheit nur wegen des Geldes deines Vaters für dich interessiert.

»Aber so ist das doch gar nicht«, beharrt Anise.

»Nein? Wie dann?«

»Bertie braucht Schutz und Geborgenheit«, erwidert Anise.

»Und Regan sorgt für uns, bis mein Vater wieder frei ist.« Mit verklärtem Blick sieht sie mich an, dennoch entgeht mir das seltsame Flackern hinter ihren Augen nicht. »Mein Vater ist unschuldig! Er hat Bertie nie ein Leid zugefügt. Patrick ist an allem schuld! Er ganz allein! Und mach dir keine Sorgen, Sera. Regan wird sich auch um dich kümmern. Solange du tust, was er sagt.«

»Einen Teufel werde ich! Bertie und ich werden jetzt hier verschwinden.«

Ich blicke zu den Fenstern hinauf. Im Grunde wäre es kein Problem, sie zu öffnen und nach draußen zu klettern. Aber sie sind zu weit oben – ohne Leiter habe ich keine Chance.

Das trübe Licht draußen verrät mir, dass es später Nachmittag sein muss.

Und das bedeutet, dass es bald dunkel wird.

Das Herz schlägt mir bis zum Hals. »Anise, wir müssen hier raus. Hast du mich verstanden? Wir müssen hier weg!«

»Niemals«, gibt Anise frostig zurück. »Das geht nicht. Du musst hierbleiben und uns helfen, damit Bertie endlich die Wahrheit sagt.«

Ich sehe zu den Heuballen hinüber. »Willst du mit mir kommen, Bertie?«

Bertie nickt, wenn auch nur ein kleines bisschen.

Augenblicklich schöpfe ich neuen Mut.

»Okay, dann los.«

106

Ich trete vor die schwere Doppeltür und ramme die Schulter dagegen.

Natürlich passiert überhaupt nichts. Draußen rasselt eine

Kette. Sie scheint ziemlich dick zu sein. Aber ich lasse mich davon nicht beeindrucken.

Ich sehe Bertie an. »Deiner Mum geht es im Moment nicht besonders. Bestimmt wird es bald wieder besser. Aber bis es so weit ist, müssen du und ich von hier weg.«

Ich frage mich, wo Patrick stecken mag. Irgendwo dort draußen. Vielleicht in den Wäldern, vielleicht auch längst tot …

Okay. Okay. Atmen. Tief durchatmen. Es bringt nichts, so etwas zu denken.

Ich werfe mich mit aller Kraft gegen die Tür. Ein winziger Lichtstrahl dringt durch den Spalt zwischen den Holzflügeln, durch den ich eine schwere Eisenkette und ein noch schwereres Vorhängeschloss erkennen kann.

Es ist völlig ausgeschlossen, dieses Ding aus den Scharnieren zu reißen. Schlösser wie dieses sollen Pferde aufhalten.

Aber …

Wieder werfe ich mich gegen die Türen und versuche, das Schloss zu fassen zu bekommen und durch den Spalt nach innen zu ziehen. Aber es ist zu groß und der Spalt zu schmal.

Ich versuche es noch einmal, doch sosehr ich mich auch anstrenge, gelingt es mir nicht, die Hand durch den Spalt zu bekommen.

»Ich brauche deine Hilfe, Bertie«, rufe ich.

Er starrt mich nur wortlos an.

»Du willst doch auch nach Hause zurück, oder nicht?«, frage ich. »In dein richtiges Zuhause, meine ich.«

Ich sehe etwas in seinen Augen aufflackern – einen Hoffnungsschimmer?

»Komm mit mir, Bertie«, fahre ich fort. »Ich bringe dich ins Schloss zurück. Es wird alles genauso wie vorher. Wir gehen zusammen in den Wald, klettern auf Bäume und all das. Okay?«

Bertie mustert mich einen Moment lang, dann klettert er von dem Heuballen herunter.

»Braver Junge. Du musst mir helfen, die Tür aufzubekommen. Auf drei, okay? Eins, zwei, DREI!«

Unter Aufbietung unserer gesamten Kraft stemmen Bertie und ich uns gegen die Tür.

Sie gibt ein winziges Stück mehr nach als vorhin, was mir genügt.

Gerade eben.

Ich bekomme das Schloss zu fassen und kann es nach innen ziehen, bevor sich die Tür wieder schließt.

Okay. Okay.

Ich nehme meine Uhr ab.

Zeit für meinen alten Trick.

107

Was machst du da?«, fragt Anise.

»Oh, gar nichts.« Ich schiebe das spitze Ende des Stifts in das Schloss.

»Hör sofort auf damit!« Anise geht hinter mir auf und ab. »Bitte! Du machst doch alles nur kaputt!«

Mit einem leisen Klicken springt das Schloss auf, und die Kette löst sich.

»Komm, Bertie, wir müssen hier raus.«

»Nein!« Anise packt Berties Hand.

»Lass ihn sofort los!«, knurre ich drohend. »Auf der Stelle! Er will mit mir gehen und nicht hierbleiben.«

Etwas an meinem Tonfall muss Anise Angst einjagen, denn sie lässt seine Hand los.

»Du wirst Regan nicht verraten, dass wir fort sind«, warne ich sie.

»Aber du machst alles bloß kaputt!«, protestiert Anise und presst sich die Hand auf den Mund. »Bitte, nicht. Wir wollten doch eine Familie sein. Eine richtige Familie.«

»Du findest etwas Besseres als einen Mann, der sich von deinem Vater bezahlen lässt. Du solltest auch nicht hierbleiben. Komm mit uns.«

Anise schüttelt den Kopf. »Verstehst du denn nicht? Ich liebe Regan. Schon immer. Mehr als alles andere. Er wird es mir nie verzeihen, wenn ich ihn jetzt verlasse.«

»Du liebst Regan also mehr als Bertie?«, frage ich, wohl wissend, wie provokant meine Frage ist.

»Nein.« Ein trauriger Ausdruck erscheint in Anises Augen. »Aber ich war Bertie doch nie eine richtig gute Mutter. Nicht mal in Euro Disney. Ich wusste, dass er eigentlich gar nicht dort sein wollte. Sondern bei dir. Oder bei Daphne.«

»Es braucht Zeit, um eine Bindung zu einem Kind aufzubauen, Anise.«

»Es ist zu spät.« Sie blickt an mir vorbei in die Dunkelheit.

»Komm, Bertie.« Ich umfasse seine Hand ein wenig fester. »Gehen wir.«

108

Ich trete mit Bertie in die Finsternis hinaus.

Es ist bewölkt. Keine Sterne, kein Mond, nur Dunkelheit – im Gegensatz zur Großstadt herrscht hier tatsächlich nahezu vollständige Finsternis.

Der Boden unter meinen Füßen fühlt sich holprig an, an

manchen Stellen ist er wiederum ganz weich, sodass wir immer wieder ins Stolpern geraten.

Irgendwo in der Ferne heult eine Eule, und ein Hund bellt.

In diesem Moment trete ich auf einen scharfen Metallgegenstand und unterdrücke nur mühsam einen Schrei.

Mittlerweile kann ich rings um uns herum die Umrisse einzelner Gebäude ausmachen.

Das Bellen wird lauter, und ich höre das Rasseln einer Kette.

Oje.

Ich bleibe abrupt stehen und halte Bertie fest.

In diesem Moment flammt der Leuchtkegel einer Taschenlampe von der Größe eines Suppentellers direkt vor meinem Gesicht auf, so grell, dass ich die Augen mit der Hand abschirmen muss.

»Stehen bleiben«, befiehlt eine Stimme, die ich als Regan Thorburns erkenne.

Ich blinzle beklommen.

Das Bellen wird lauter, und Regan lacht.

»Wer hätte gedacht, dass die kleine Nanny abhauen würde? Los, komm her.«

Kräftige Finger schließen sich wie ein Schraubstock um mein Handgelenk. »Lassen Sie mich los!«, schreie ich mit einem panischen Blick auf Bertie.

Regan richtet die Taschenlampe auf Bertie, der ihn verängstigt anblinzelt. »Es war ein Versehen«, sage ich schnell. »Wir gehen sofort wieder zurück.«

Neben Regan steht ein Rottweiler, der mir fast bis zur Taille reicht.

»Aber hallo«, sagt Regan, wirft die Taschenlampe hoch und fängt sie geschickt mit einer Hand auf. »Los. Haut ab. Den Weg kennt ihr ja.«

Regan verpasst Bertie einen Schubs. Der verängstigte Junge macht kehrt und rennt durch den Schlamm zurück zur Scheune.

»Bertie!« Ich versuche, ihn zu fassen zu bekommen, doch der Hund fletscht knurrend die Zähne, während sich Regans Hand noch fester um meinen Unterarm schließt.

Bertie hat die Scheune bereits erreicht.

Regan leuchtet mir neuerlich ins Gesicht. Ich bemühe mich, unbeeindruckt zu wirken. So als hätte ich nicht die geringste Angst. Was ziemlich schwierig ist.

»Niemand bestiehlt mich«, sagt er drohend. »Kapiert?«

»Sie bestehlen? Ich habe doch gar nicht …«

»Du hast versucht, Bertie zu stehlen. Du wolltest mir meinen kleinen Jungen wegnehmen.«

Die Wut in mir gewinnt die Oberhand. »Ach, jetzt ist Bertie also auf einmal Ihr kleiner Junge, ja? Komisch, nach allem, was ich weiß, haben Sie es bisher ja auch nicht für nötig gehalten, die Verantwortung für ihn zu übernehmen. Ich dachte, Blake sei der Einzige, der sich zu ihm bekannt hat. Erst als Dirk Mansfield Sie bestochen hat …«

»Die Situation hat sich nun mal verändert.«

»Mit *Situation* meinen Sie, dass Anises Vater Ihnen Geld angeboten hat?«

»Na ja, von irgendwas muss man schließlich leben, oder nicht? Und das ist hier in der Gegend nicht gerade einfach. Ich hab keinen Bock, den Rest meines Lebens knietief in der Schweinescheiße zu stehen. Und Dirk Mansfield hat mir ein echt großzügiges Angebot gemacht, wenn ich seine Schlampe von Tochter nehme.«

»Anise liebt Sie. Das wissen Sie doch, oder? Für sie ist das hier die ganz große Liebesgeschichte.«

»Die kann froh sein, dass ich sie überhaupt noch anfasse. Nachdem sie meine beiden Brüder schon drin hatte.«

»Sie war viel zu jung, um zu wissen, was sie da tut.« Plötzlich überkommt mich tiefes Mitleid mit Anise. »Sie dagegen waren alt genug. Sie haben sie schamlos ausgenutzt.«

»Soso. Du weißt ja anscheinend bestens Bescheid.« Regans Stimme ist tief und rau.

»Das nicht, aber ich kann Ihnen sagen, was ich weiß. Ich weiß sicher, dass Berties Großvater ihm wehgetan hat. Und dass er ins Gefängnis gehört. Und ich weiß auch, dass Bertie einen anständigen Vater verdient und keinen Kerl, der sich nur zu ihm bekennt, weil Dirk Mansfield ihm eine Stange Geld dafür geboten hat.«

»Ich werde mich schon halbwegs um den Knirps kümmern.«

»Aber halbwegs ist bei Weitem nicht genug. Er hat etwas Besseres verdient.«

»Kann sein, aber das wird er leider nicht kriegen. Los jetzt.«

»Wohin gehen wir?«

»Zurück in die Scheune.«

109

Aber bitte tun Sie Bertie nichts«, flehe ich, als Regan mich in Richtung Scheune schleift. »Ich tue alles, was Sie wollen. Absolut alles.«

»Lass Bertie ruhig mal meine Sorge sein. Er gehört jetzt mir. Schließlich ist er mein Sohn.«

»Woher wollen Sie das wissen?«, frage ich, während er mich vor sich her über den schlammigen, unebenen Boden schubst. »Er könnte genauso gut Blakes Sohn sein. Oder Rileys.«

»Wär schon möglich«, sagt er und lacht. »Aber das ist doch völlig unwichtig, oder? Solange Dirk Mansfield nur blecht. Was er tun wird. Sobald wir ihm helfen, aus dem Knast zu kommen. Und genau da kommst du ins Spiel, Mädchen.«

»Ich werde Bertie nicht dazu bringen, die Polizei zu belügen. Das könnte ich auch gar nicht, selbst wenn ich es wollte. Er ist sein eigener Herr. Und hat einen ziemlichen Sturkopf.«

»Sag ihm einfach, er hätte das Ganze falsch verstanden. Auf dich wird er hören.«

»Nein.« Ich schüttle den Kopf. »Das werde ich nicht tun. Auf keinen Fall. Er ist schon durcheinander genug.«

»Starke Worte. Aber dir wird die Stärke bald vergehen, so ganz allein, ohne Patrick. Hast du dich bisher gar nicht gefragt, wieso er nicht längst zu deiner Rettung herbeigeeilt ist?«

»Haben Sie ihm etwas getan?«

»Noch nicht.«

Gott sei Dank!

»Wieso ist er dann noch nicht gekommen?«, frage ich mit brüchiger Stimme.

»Weil er keine Ahnung hat, dass du hier bist.«

»Wovon reden Sie da? Er weiß, dass Sie Bertie und Anise auf Ihrer Farm festhalten. Dort wird er als Allererstes nachsehen.«

»Dumm nur, dass wir gar nicht auf der Farm sind.«

»Sind wir nicht?« Panik schwingt in meiner Stimme mit.

»Nein. Nicht mal in der Nähe. Niemand kennt das hier. Weder Patrick noch sonst einer.«

Regan lässt von mir ab, hebt die Hand und schiebt sie unter mein Haar.

»Du bist ein mächtig hübsches Mädchen, weißt du das eigentlich?«

Meine Haut prickelt förmlich vor Ekel.

»Ich habe doch gesagt, dass ich alles tue, was Sie von mir verlangen, solange Sie nur Bertie in Ruhe lassen.«

»Nettes Angebot. Vielleicht kommen Riley und ich ja darauf zurück.«

Ich spüre Übelkeit in mir aufsteigen.

»Schau doch nicht so verängstigt«, meint er und legt den Kopf schief. »Vielleicht kann ich ja die neue Dame des Hauses und diese Schlampe von Patricks Cousine auch noch dazuholen. Die haben früher gern mal eine Nummer zu mehreren geschoben. Bestimmt fänden sie's auch jetzt ganz nett.«

Offenbar habe ich bei der Erwähnung von Zara unwillkürlich den Atem angehalten, denn Regan lacht.

»Du fragst dich, was mit der Schlampe ist? Sie ist immer noch mit Blake auf der Farm und hat keine Ahnung, dass wir Anise und Bertie längst hierhergebracht haben. Bestimmt sucht sie immer noch die ganze Bude nach ihnen ab.«

»Woher wissen Sie das?«

»Weil wir überall Kameras installiert haben. Eigentlich sollte Zara das auch wissen, schließlich wurde sie oft genug mit irgendeinem Schwanz in der Hand gefilmt.«

Regans Finger schließen sich wie ein Schraubstock um meinen Oberarm.

Ich überlege krampfhaft, wie weit ich von ihm wegkommen könnte, wenn ich mich jetzt losreißen würde. Weit genug? Aber wegzulaufen ist völlig ausgeschlossen. Nicht, solange er Bertie in seiner Gewalt hat. Was auch passiert, ich muss bei Bertie bleiben. Und ihn beschützen, so gut ich nur kann.

110

Wir stehen vor dem Scheunentor. Regan schiebt mich vor sich her ins Innere.

Bertie kauert in einer Ecke. Ich sehe die blanke Angst in seinen Augen, als sich unsere Blicke begegnen.

Anise steht im Halbdunkel.

Sie strahlt, als sie Regan sieht.

»Regan! Ich hab dich so sehr vermisst.«

Regan schlägt die Tür zu und schiebt von innen den Riegel vor, dann stößt er mich zu Boden und baut sich vor ihr auf.

»Du hast sie abhauen lassen«, schnauzt er sie an.

»Ja«, sagt sie und zieht den Kopf ein wenig ein. »Es tut mir leid, ich …«

»Du dämliche Kuh!« Er verpasst ihr einen Schlag ins Gesicht, der sie rückwärts taumeln lässt.

Sie berührt ihre geschwollene Lippe und blickt entsetzt auf das Blut an ihren Fingerspitzen.

»Es … es tut mir leid«, stammelt sie, während sich ihre Augen mit Tränen füllen.

Er packt sie bei den Schultern. »Wie konnte das passieren? Du hast mich hängen lassen.«

»Es tut mir leid, ich hab ja versucht, sie aufzuhalten, aber … ich liebe dich, Regan. Bitte.«

Er zieht sie an sich und streicht ihr übers Haar. »Schon gut, schon gut. Pass eben auf, dass so was nicht noch mal vorkommt.«

»Ja«, haucht sie mit verängstigter, kaum hörbarer Stimme.

»Du bist mein Mädchen, ja?« Er grinst mich über ihren Kopf hinweg schmierig an. »Deshalb tust du auch alles, was ich dir sage.«

Ich starre ihn finster an. »Sie sind ekelhaft«, stoße ich hervor. »Sie manipulieren sie schamlos, dabei ist sie völlig schutzlos. Und Sie bringen sie dazu, Dinge zu tun, die sie gar nicht tun will. Anise, du verdienst etwas Besseres.«

»Sie kann von Glück sagen, dass sie mich hat«, gibt er zurück. »Welcher Mann würde schon eine Schlampe wie sie überhaupt noch wollen?«

»Ja, das bin ich«, bestätigt Anise.

Ich sehe, wie Bertie sich anspannt und die Knie noch weiter anzieht.

Großer Gott, was passiert hier? Das ist alles so krank. Ich verstehe nicht, wie Anise sich so benehmen kann. Wie kann sie behaupten, sie würde Regan lieben, nachdem er sie gerade mitten ins Gesicht geschlagen hat? Aber ich bin sicher, dass er ganz genau weiß, was er tut. Zuckerbrot und Peitsche. Zuerst eine reinhauen und dann umgarnen. Und die Ärmste weiß überhaupt nicht, wie ihr geschieht.

»Ich muss mich jetzt um Patricks Freundin kümmern«, flüstert er Anise ins Ohr, während er ihr weiter übers Haar streicht. »Okay?«

»Nein. Bitte.« Ihre Stimme bricht. »Nicht, solange Bertie hier ist.«

»Es geht nicht anders, Süße.« Regan löst sich von ihr und sieht ihr tief in die Augen. »Ich tue das doch für uns. Sie muss uns mit Bertie helfen. Aber sie weigert sich, und deshalb muss ich mich um sie kümmern.«

Anise fährt herum. »Sera, tu einfach, was er verlangt.«

»Er will, dass ich Bertie belüge«, sage ich. »Und das werde ich nicht tun.«

»Tu's einfach«, bettelt Anise. »Um Berties willen. Er ist Berties Vater. Seine Familie. Bring ihn dazu, dass er sagt, sein

Großvater Dirk hätte ihm in Wahrheit nicht wehgetan, und dann ist alles in bester Ordnung.«

»Nein, das werde ich nicht tun, Anise. Bertie hat schon genug Lügen aufgetischt bekommen.«

Regan biegt die Finger durch. »Dummes Mädchen. Ganz, ganz dummes Mädchen.«

Mein Herz hämmert so sehr, dass ich Angst habe, es würde mir gleich aus der Kehle springen.

Ich schlucke.

»Bringen Sie Bertie von hier weg«, bettle ich. »Bitte. Ich tue auch alles, was Sie wollen, solange Sie nur Bertie von hier fortbringen.«

Regan wendet sich Bertie zu. »Setz dich hinter die Strohballen. Sei ein braver Junge. Kriech einfach dahinter und warte. Okay?«

Bertie sieht von Regan zu mir.

Es bricht mir das Herz, dass ich ihm nicht helfen kann.

»Tu, was er sagt, Bertie«, bitte ich ihn schließlich. »Es wird alles wieder gut. Versteck dich.«

Gehorsam krabbelt Bertie hinter die Strohballen.

»Danke«, sage ich so ruhig, wie ich nur kann.

»Kein Problem.« Er grinst. »Ich bin ein anständiger Kerl. Ganz ehrlich. Anise wird das bestätigen. Also. Runter mit den Klamotten.«

111

Was?«, flüstere ich. »Ich soll mich ausziehen?«

Plötzlich ist mir speiübel.

»Du hast genau verstanden, was ich gesagt habe.«

Ich will protestieren. Mich wehren, schreien, ihn anbrüllen, dass ich es nicht tun werde. Aber ich habe Angst um Bertie. Ich habe Angst, dass sie ihm etwas antun, wenn ich Regan nicht gehorche.

Ich ziehe mich so schnell wie möglich aus, während ich mir vorstelle, ich wäre beim Frauenarzt oder beim Sportunterricht.

Als meine Klamotten auf dem Boden liegen, sehe ich Regan direkt in die Augen.

Jetzt muss ich stark sein.

»Steig in den Bottich.« Mit einem Nicken deutet Regan auf den Wassertrog an der Wand.

Im ersten Moment denke ich, dass ich mich verhört haben muss. Ich schlinge die Arme um meinen zitternden Körper.

»Los, rein da«, knurrt Regan.

Ich sehe zu dem Trog mit dem kalten Wasser hinüber.

»Da rein?«

»Muss ich es noch dreimal sagen?«

»Aber warum?«

»Vielleicht hilft es dir, deine Meinung noch mal zu ändern.«

»Nein. Ich werde Bertie nicht anlügen.«

»Das werden wir ja sehen.«

Allein beim Gedanken an das eisige Wasser beginnen meine Zähne zu klappern.

Ich gehe auf den Trog zu, schwinge ein Bein über den Rand und tauche den großen Zeh ins Wasser.

Und ziehe ihn sofort wieder zurück.

Das Wasser ist schweinekalt.

Regan lacht. »Na, wasserscheu?«

Trotzig recke ich das Kinn.

»Nein.« Ich blende jeden weiteren Gedanken aus und steige in den Trog.

Meine Beine brennen wie Feuer, so kalt ist das Wasser.

»Los, runter mit dir«, bellt Regan. »Setz dich hin!«

Hinsetzen?

Am liebsten würde ich laut losheulen. Aber das bringt mich jetzt auch nicht weiter.

Ich schlinge die Arme um mich und gehorche.

»Sieh mich an«, schnauzt Regan und tritt zu mir.

Dann bin ich auf Augenhöhe mit seinem Hosenstall. Ich verziehe das Gesicht und schließe die Augen.

Regan fährt mit der Hand unter meine Haare und packt mich im Genick. Es ist eine grobe, demütigende Geste, mit der er seine Macht demonstriert – mir zeigt, dass er mit mir machen kann, was er will.

Ich hole tief Luft, wappne mich innerlich gegen das, was jetzt gleich kommen wird.

Und dann dringt ein Geräusch an meine Ohren.

Erst ein Winseln, dann heiseres Gebell.

Auch Regan scheint es gehört zu haben. »Hemo! Verdammt noch mal, verpiss dich in deinen Zwinger, bevor ich dich achtkantig in deinen räudigen Arsch trete!«

Jetzt ist deutlich zu hören, wie der Hund am Tor kratzt.

»Dieser verfluchte Köter!« Regan lässt von mir ab, geht zum Tor und reißt es auf.

»Verdammte Scheiße!«, stößt er hervor. In diesem Moment schießt ein roter Blitz an ihm vorbei, so schnell, dass ich die Gestalt kaum erkennen kann. Aber das ist auch gar nicht notwendig – ich weiß genau, wer es ist.

»Danny-Boy!«, rufe ich, auch wenn ich meinen Augen immer noch nicht recht traue.

Danny-Boy läuft zu mir und springt am Rand des Wassertrogs hoch.

»Das ist ja ein Fuchs!«, platzt Anise heraus.

Völlig entgeistert starrt Regan Danny-Boy an, der nicht aufhört, mich anzukläffen.

»Nein, es ist *der* Fuchs«, schnauzt Regan und fixiert mich mit finsterem Blick. »Der, den sie uns gestohlen hat. Das Vieh, mit dem Mansfield mich ködern wollte.«

»Woher wissen Sie das?«, frage ich.

»Glaubst du im Ernst, ich würde keinen Verdacht schöpfen, wenn Patrick Mansfield mich anruft? Rein zufällig, während ich seine Schwester und seinen Neffen in meiner Gewalt habe? Jeder Idiot hätte kapiert, dass er uns auf der Spur ist.«

Er streicht mir mit der Hand durchs Haar, packt dann jäh zu und reißt meinen Kopf nach hinten.

Ich beiße die Zähne zusammen.

Im selben Augenblick taucht er meinen Kopf unter Wasser.

Wild schlage ich um mich, während nackte Panik von mir Besitz ergreift.

Ich kriege keine Luft mehr! Ich ersticke!

Verzweifelt versuche ich, wieder hochzukommen, mich aus Regans brutalem Griff zu winden.

Mein Herzschlag dröhnt in meinen Ohren, lauter und immer lauter. Ich muss Luft holen, unbedingt – doch ich kann nicht.

Unter Aufbietung meiner letzten Kräfte kämpfe ich gegen Regan an, aber vergebens.

Sekunde um Sekunde vergeht, und dann geht mir die Kraft aus, und ich warte nur noch ab, halte die Luft an, so gut es irgendwie geht. Ich muss Luft holen. Ich halte es nicht länger aus. Ich muss …

Und dann wird mein Kopf abrupt aus dem Wasser gerissen.

112

Keuchend komme ich an die Oberfläche.

Ich habe Wasser in die Nase bekommen, huste und würge, während ich nach Luft zu schnappen versuche.

»Sag Bertie die Wahrheit«, bellt Regan. »Sag ihm, dass er sich das alles nur eingebildet hat. Dass nicht Dirk ihm wehgetan hat, sondern Patrick. Genau das wird er vor Gericht aussagen.«

»Niemals!«, stoße ich keuchend hervor.

Im selben Moment drückt er meinen Kopf erneut unter Wasser, so schnell, dass mir noch nicht einmal Zeit bleibt, richtig Atem zu schöpfen.

Ich rudere mit den Armen, schlage in wilder Panik um mich, aber es nützt nichts.

Regan drückt mich gnadenlos unter Wasser.

Ich werde hier sterben. Es ist vorbei.

Und dann verliere ich die Kontrolle über meinen Körper. Ich zucke, zapple, trete um mich, während mir jäh klar wird, dass ich es nicht länger aushalte, sondern jede Sekunde unweigerlich einatmen werde.

Mit aller Macht presse ich die Lippen zusammen, aber ich weiß genau, dass es lediglich eine Frage der Zeit ist.

Und dann reißt er mich abermals aus dem Wasser.

Ich schnappe heftig nach Luft, verschlucke mich aber an dem Wasser, das ich noch im Mund habe.

Prompt kriege ich einen Hustenanfall, der mir die Brust zu zerreißen droht. Jede Faser meines Körpers lechzt nach Sauerstoff. Ich reiße den Mund auf, hechle, versuche, so viel Luft wie möglich in meine Lungen zu saugen, aber es ist nicht genug.

»Los, sag's ihm«, brüllt Regan. »Oder du bist tot, hast du verstanden!«

»Nein, nein!«, keuche ich mühsam. »Ich lüge Bertie nicht an!«

Wieder verkrallt sich seine Hand in meinem Haar, und ich spüre, wie er meinen Kopf nach vorn drückt.

»Nein, bitte nicht!«, japse ich. Wie erbärmlich, ihn auch noch anzubetteln, aber ein drittes Mal unter Wasser werde ich nicht überleben, das weiß ich genau.

Ich habe keine Kraft mehr, bekomme selbst jetzt kaum Luft. Doch das scheint Regan nicht klar zu sein.

»Warte!«, ertönt unvermittelt Anises Stimme.

Mein Gesicht befindet sich nur Zentimeter über dem Wasser.

»Was?«, schnauzt er.

Ich ringe nach Luft.

»Wo kommt der Fuchs so plötzlich her?«, fragt Anise.

»Sie hat ihn sich als Schoßtier gehalten«, erwidert Regan. »Wahrscheinlich ist er ihr nachgelaufen.«

»Aber könnte es nicht auch bedeuten …«

In diesem Augenblick hallt eine tiefe Stimme durch die Scheune.

»Dass Patrick Mansfield dich gefunden hat.«

113

Regans Griff lockert sich ein wenig, und es gelingt mir, den Kopf zu drehen.

»Patrick!«, stoße ich hervor. »Oh, Patrick!«

Erst jetzt merke ich, dass ich am ganzen Körper zittere.

Als Regan mich loslässt, verliere ich das Gleichgewicht und

rutsche unter Wasser – panisch rudere ich mit den Armen, um mich irgendwo festhalten zu können.

Schließlich bekomme ich den Rand des Trogs zu fassen und ziehe mich hoch.

Und hole so tief Luft, wie ich nur kann.

O Gott. Wie gut es tut!

»Patrick!«, krächze ich, als er mit weit ausholenden Schritten zu mir eilt. Er trägt einen dunklen Tarnanzug, der Schweiß steht auf seiner Stirn, und sein Gesicht ist von Dreck verkrustet – der schönste Anblick meines Lebens.

»Du hast uns gefunden«, flüstere ich.

»Hast du das etwa bezweifelt?«

»Wo ist Bertie?« Ich wirble herum und erspähe seinen kleinen Schatten oben auf den Heuballen. »Gott sei Dank.«

»Bertie ist auch hier?«, fragt Patrick.

»Da drüben. Bleib, wo du bist, Bertie«, rufe ich. »Rühr dich nicht vom Fleck, okay?«

Bertie nickt.

»Ist jemand von euch verletzt?«, fragt Patrick.

Ich schüttle den Kopf und schlinge die Arme um meinen zitternden Körper. »Nein, das nicht. Aber Anise, sie steht komplett neben sich.«

Patrick mustert Anise. »Was ist mit deiner Wange?«

Anise betastet vorsichtig den blauen Fleck auf ihrem Gesicht. »Ich bin hingefallen.«

Patricks Blick verdunkelt sich. »Wenn Thorburn dich geschlagen hat, ist er ein toter Mann.«

»Er hat bloß … nein, so war's nicht«, wiegelt Anise ab. »Ich liebe ihn, Patrick.«

Patrick runzelt die Stirn. »Du bist eine erwachsene Frau, Anise. Zu alt für alberne Teenie-Schwärmereien.«

»Teenie-Schwärmerei? Er ist mein Ein und Alles. Mein Seelenverwandter. Kein anderer Mann könnte mir …«

»Du bist ihm vollkommen gleichgültig. Hast du vergessen, wie er früher mit dir umgesprungen ist?«

»Damals war er jung. Eifersüchtig. Aber jetzt wird er Bertie ein guter Vater sein.«

»Seltsam, dass Regan ausgerechnet jetzt Verantwortung übernehmen will, findest du nicht?«

»Deine Schwester und ich werden heiraten«, meldet sich Regan zu Wort.

»Ach ja? Und wieso?«

Regan grinst. »Glaubst du etwa nicht an die große Liebe?«

»Nicht, wenn es um dich geht. Um jemanden zu lieben, braucht man einen Grund. Der andere muss einem etwas bedeuten.«

»Ich habe Anise immer geliebt. Mein ganzes Leben lang.«

»Schwachsinn«, sagt Patrick. »Sie ist dir doch vollkommen egal. Woher der plötzliche Sinneswandel, Thorburn? Kann es sein, dass du irgendwo Geld gerochen hast?«

»Vater hat Geld, Regan aber nicht«, erklärt Anise. »Deshalb will er uns aushelfen. Sobald wir verheiratet sind. Aber dazu muss er erst mal aus dem Gefängnis freikommen.«

»Ah«, sagt Patrick. »Unser Vater hat dich also bestochen, Thorburn. Und ich nehme an, dass Anise und Bertie strammstehen sollen, sobald es vor Gericht ans Eingemachte geht.« Er hält einen Moment inne. »Aber wie hat er das mit dir eingefädelt? Dafür hat er doch garantiert auch Leute bei der Polizei geschmiert.«

»Er ist bloß eifersüchtig, Schatz«, meint Regan zu Anise. »Es gefällt ihm wohl nicht, dass er seine Kleine hier nackt vorgefunden hat. Tja, du weißt ja, welche Wirkung ich auf Frauen habe.«

»Patrick«, platze ich heraus. »Hier ist absolut nichts …«

»Ich weiß«, unterbricht mich Patrick, ohne mich anzusehen. Er lässt sein Gewehr zu Boden fallen und tritt auf Regan zu. »Und jetzt ist Schluss mit dem Gefasel.«

Er packt Regan am Kragen.

»Was soll das?«, brüllt Regan.

»Seraphina, steig aus dem Bottich«, befiehlt Patrick.

Ich lege die Hände um den Rand des Trogs und stemme mich hoch.

Bibbernd stehe ich neben dem Trog und schlinge die Arme um meinen tropfnassen Körper.

Patrick stößt Regan kopfüber in das eiskalte Wasser.

Eine Fontäne spritzt auf, als Regan unsanft in der Blechwanne landet.

Danny-Boy stößt ein verängstigtes Kläffen aus und flitzt aus der Scheune.

»Danny-Boy!«, rufe ich, doch er ist bereits in der Dunkelheit verschwunden.

Patrick drückt Regans Kopf unter Wasser. »Diese Lektion hätte ich dir schon vor Jahren erteilen sollen.«

Regan schlägt verzweifelt um sich, doch Patrick kennt keine Gnade.

Wie gelähmt sehe ich zu, bis mein Verstand wieder einsetzt.

»Patrick! Hör auf! Bitte!«

»Er hat dein Mitleid nicht verdient«, knurrt Patrick. »Er hat dich entführt. Und meinen Neffen auch. Dafür wird er bezahlen!«

»Nein! Nicht vor Berties Augen!« Entsetzt sehe ich zu, wie Bertie zwischen den Strohballen hervorkriecht. Seine Augen sind kalt und leer, so wie an dem Tag, an dem ich ihm zum ersten Mal begegnet bin.

Ich laufe zu ihm und knie vor ihm nieder. »Alles in Ordnung, Bertie. Geh einfach wieder ins Heu und sieh nicht hin.«

Doch Bertie rührt sich nicht vom Fleck.

Ich wirble herum. »Patrick!«, schreie ich. »Bitte! Bitte, tu das nicht! Ich flehe dich an!«

Patricks Griff lockert sich, dann zerrt er Regan aus dem Wasser.

Regan prustet und keucht und ringt hörbar nach Luft. Sein Blick ist verschwommen, doch dann richtet er die dunklen Augen auf Patrick. »Deine Schwester hat schon immer um eine Tracht Prügel gebettelt.«

Patrick stößt Regan wieder ins Wasser.

»Nein!«, schreie ich.

Patricks angespannte Muskeln zeichnen sich unter seiner gebräunten Haut ab. Aber dann zieht er Regan wieder hoch.

»So ist es brav, Mansfield.« Regan grinst höhnisch. »Immer schön tun, was das Frauchen sagt.«

»Mit Vergnügen«, erwidert Patrick und lässt ihn los. Mit einem lauten Platschen fällt Regan zurück in den Trog und kommt prustend wieder zum Vorschein.

»Und jetzt?«, frage ich. »Was hast du mit ihm vor?«

»Wir rufen die Polizei«, erklärt Patrick.

»Nein!«, kreischt Anise.

Wie auf ein Stichwort drehen wir uns gleichzeitig zu ihr herum.

Sie hält Patricks Gewehr in den Händen.

O Gott. Ich richte den Blick auf Bertie, der uns völlig verängstigt anstarrt. »Alles wird gut«, versuche ich, ihn zu beruhigen. »Wirklich, Bertie.«

Er sieht nicht so aus, als würde er mir das glauben.

Anise richtet die Flinte auf Patrick.

114

Anise«, sagt Patrick. »Leg die Waffe weg.«

»Du darfst ihn mir nicht wegnehmen!« Tränen stehen in Anises Augen. »Ich … ich liebe ihn, Patrick. Ich liebe ihn doch so.«

»Leg die Waffe weg.« Patrick tritt einen Schritt auf sie zu. »Bevor du dich noch verletzt.«

Anise hebt die Waffe zwei Zentimeter höher. »Lass Regan gehen.«

»Anise, nimm das Gewehr runter«, befehle ich. Barfuß tappe ich zu meinen Klamotten, klaube meinen Pullover vom Boden und ziehe ihn über.

»Bleib, wo du bist!« Anise richtet die Waffe kurz auf mich, dann wieder auf Patrick.

»Denk doch an Bertie«, beschwöre ich sie. »Das ist doch Wahnsinn, was du hier tust. Nimm bitte das Gewehr herunter.«

Tränen strömen über Anises Wangen. »Ich denke doch an Bertie! Endlich hat er einen Vater. Endlich sind wir eine richtige Familie.«

»Nein«, widerspreche ich. »Regan ist nur scharf auf das Geld deines Vaters, Anise. Ist das die Art von Vater, die du dir für Bertie erträumt hast?«

»Er wird schon lernen, uns zu lieben. Früher, als Ehen noch arrangiert wurden, mussten Frauen auch lernen, ihren Mann zu lieben. Warum soll das nicht auch umgekehrt möglich sein?«

Ich trete noch einen Schritt auf sie zu. »Regan hat dich geschlagen.«

»Aber nur, weil er wütend war«, entgegnet Anise. »Ich habe ihn enttäuscht, und er hatte Angst, er könnte mich verlieren.«

Ich packe den Lauf des Gewehrs.

Ein paar Augenblicke lang rangeln Anise und ich um die Waffe. Zwar ist sie leichter als ich, aber der Boden unter meinen nackten Füßen ist rutschig, und für einen Moment gewinnt sie die Oberhand.

Doch dann sehe ich Bertie hinter ihr, und plötzlich ist es, als wären meine Muskeln aus Stahl.

Ich reiße ihr das Gewehr aus den Händen.

Anise taumelt ein paar Schritte rückwärts und bricht schluchzend auf dem Boden zusammen.

Bertie sieht sie traurig an.

Ich knie neben ihm nieder. »Lass Mummy einen Moment Zeit, ja? Sie ist gerade völlig durcheinander. Komm, ich bringe dich zurück ins Schloss.«

Bertie schüttelt den Kopf und weicht zurück.

»Sehr gut, mein Kleiner«, sagt Regan. »Du bleibst hier. Bei deiner richtigen Familie.«

»Wir sind seine Familie.« Patrick zieht Regan aus dem Wasser und streckt ihn mit einem wohl platzierten Faustschlag zu Boden.

Berties Blick irrt zwischen Patrick und dem leblos daliegenden Regan hin und her.

»Alles wird wieder gut, Bertie«, beteuere ich leise. »Wir bringen dich jetzt nach Hause, okay? In Sicherheit. Ins Schloss, wo dir niemand irgendetwas tun kann.«

Doch Bertie weicht noch weiter zurück.

Patrick tritt zu ihm, schnappt ihn sich und hebt ihn auf seinen Arm. »Schluss jetzt. Wir müssen gehen, und zwar sofort.«

Im ersten Moment wehrt Bertie sich mit Leibeskräften,

doch dann gibt er den Widerstand unvermittelt auf – vermutlich ist ihm klar geworden, dass er diesen Kampf nicht gewinnen kann.

»Ich rufe Rab an«, sagt Patrick. »Die Polizei kann sich dann um alles Weitere kümmern.«

Ich werfe einen Blick auf die schluchzende Gestalt auf dem Boden. »Und was ist mit Anise?«

Patrick schüttelt den Kopf. »Sie braucht professionelle Hilfe.«

Ich gehe neben ihr in die Hocke. »Anise? Komm mit uns, bitte.«

Anise wendet sich ab und schluchzt weiter.

»Anise, bitte. Bertie braucht dich.«

Anise hebt den Kopf. Als sie Bertie auf Patricks Arm sieht, presst sie die Lippen aufeinander, doch dann nickt sie und rappelt sich auf.

»Komm.« Ich ergreife ihren Arm. »Lass uns nach Hause gehen.«

115

Zurück im Schloss weigert Bertie sich wieder, etwas zu essen oder auch nur ein Wort zu sagen.

Er weicht meinem Blick aus. Ich komme nicht mehr an ihn heran.

Anise verschwindet in ihrem Zimmer und will weder mit der Polizei noch mit dem Arzt zu sprechen, und auch mich straft sie mit Schweigen. Sie sitzt reglos vor ihrem Fenster und starrt in die dunkle Nacht hinaus.

Nachdem wir unsere Aussagen gemacht haben und vom

Arzt untersucht worden sind, harren Patrick und ich wie besorgte Eltern in Berties Zimmer aus.

Bertie sitzt aufrecht in seinem Bett, halb eingehüllt in seine Decke, und starrt an Patrick und mir vorbei ins Leere, als würden wir gar nicht existieren.

Es ist schon ziemlich spät und eigentlich längst Schlafenszeit für ihn.

Wir haben alles Mögliche zu essen und zu trinken für ihn heraufbringen lassen, aber er hat nichts angerührt. Nicht einmal die Milch und die Lakritze.

Fest umklammere ich Patricks Hand. Am liebsten würde ich weinen, aber für heute hat Bertie wahrlich genug Tränen gesehen.

»Wenn du nichts essen möchtest, solltest du vielleicht einfach ein bisschen schlafen«, sage ich leise zu ihm.

Schweigend schlüpft Bertie ganz unter die Decke, bettet den Kopf aufs Kissen und schließt die Augen.

Während ich ihn betrachte, kullert doch eine Träne über meine Wange.

Ich spüre, wie Patrick zärtlich meine Hand drückt.

»Komm.« Er zieht mich auf die Füße. »Er ist völlig erschöpft. Und auch du brauchst ein bisschen Ruhe. Morgen sieht die Welt schon wieder anders aus.«

Ich nicke, und Patrick führt mich zur Tür.

»Gute Nacht, Bertie«, flüstere ich.

Aber Bertie reagiert nicht, sondern dreht sich mit dem Gesicht zur Wand.

116

Wir verlassen Berties Zimmer und stehen auf dem Korridor. Verzweifelt schlage ich mir die Hände vors Gesicht.

Patrick zieht mich an seine Brust und streicht mir übers Haar.

»Es ist, als würde er mich heute das allererste Mal sehen«, stoße ich hervor.

»Das wird dauern«, meint Patrick. »Er ist völlig traumatisiert und weiß nicht, wo oben und unten ist.«

»Und Anise – sie benimmt sich, als wäre sie von einem Dämon besessen.«

»Anise war schon immer … labil. Sie lässt sich von jedem beeinflussen, der in ihre Nähe kommt. In der Gesellschaft der falschen Leute ist sie hoffnungslos verloren.«

Ich höre das Klappern von Absätzen, dann dringt Zaras Stimme durch den Flur.

»Die falschen Leute? Meinst du damit Leute wie mich?«

Ich drehe mich um und blicke in Zaras von dunklen Locken umrahmtes Gesicht mit den schneeweißen Zähnen. Im Gegensatz zu Patrick und mir scheint sie hellwach zu sein.

»Alle behaupten, mit Anise sei es erst bergab gegangen, als ich auf der Bildfläche erschienen bin«, meint sie und sieht uns mit großen traurigen Augen an. »Vielleicht hätte ich mich ja tatsächlich von ihr fernhalten müssen.«

»Wo kommst du denn plötzlich her?«, frage ich.

»Jetzt gerade? Aus Anises Zimmer«, antwortet sie. »Sie … Gott, keine Ahnung. Was zum Teufel hat Regan mit ihr angestellt? Sie hat mir allen Ernstes erzählt, Dirk sei unschuldig. Dass wir Bertie dazu bringen müssten, die Wahrheit zu sagen.«

»Verdammt. Erzählt sie diesen Unsinn immer noch?«

Unvermittelt beginnt Zara zu schluchzen. Dicke, wütende Tränen laufen ihr über die Wangen. »Ich hab echt Scheiße gebaut, stimmt's?«

»Das Ganze ist nicht deine Schuld«, sage ich.

»Natürlich ist es meine Schuld«, schnieft sie. »Ich habe Anise damals zu all den Partys mitgeschleppt. Wäre ich nicht gewesen, hätte sie nie mit den Thorburn-Brüdern geschlafen und wäre nie so verrückt nach Regan gewesen. Damals war all das nur ein albernes Spiel. Zumindest dachte ich das. Aber ich hätte gleich wissen müssen, wohin das führt.«

»Das konntest du nicht wissen«, beschwichtige ich sie, auch wenn es reichlich seltsam ist, dass ausgerechnet ich jetzt Zara tröste. »Du hast getan, was nötig war, und warst sehr tapfer. Du bist ganz allein zur Thorburn-Farm gegangen …«

»Und genützt hat es rein gar nichts«, meint sie.

»Woher wusstest du, dass du zurückkommen solltest?«

»Rab kam und meinte, Patrick hätte euch drei aufgestöbert. Ich glaube, Blake war ziemlich perplex – er, der junge, attraktive, durchtrainierte Typ, und ich verschwinde einfach mit Rab, einem fetten Glatzkopf, der doppelt so alt ist wie ich.«

»Mein Vater muss jemanden bei der Polizei kennen«, meint Patrick, »sonst hätte er nicht mit den Thorburns in Kontakt treten können. Immerhin saß er in Untersuchungshaft. Jemand muss ihm geholfen haben, und ich muss herausfinden, wer das war.«

Meine Kehle wird plötzlich eng. »Vicky hat kürzlich die Polizei erwähnt. Es ging um Mrs Calders verstorbenen Ehemann, der ein ziemlich hohes Tier gewesen sein muss.«

»Du musst dich ausruhen.« Patrick runzelt die Stirn. »Ich bringe dich in unser Zimmer.«

»Aber vorher muss ich zu Wila«, sage ich. »Sie weiß noch nicht mal, dass ich zurück bin.«

»Gut, aber dann geht es schleunigst ins Bett.«

Ich hebe eine Braue. »Ich kann schon selbst bestimmen, wann ich schlafen muss.«

Zara schenkt mir ein kleines Lächeln. »Allmählich fange ich an, dich zu mögen.«

»Zara«, sagt Patrick. »Die Willow-Suite ist für dich vorbereitet. Du solltest dich auch ausruhen.«

»Und was ist mit dir, Patrick?«, frage ich. »Brauchst du nicht auch eine Mütze voll Schlaf?«

»Nach allem, was passiert ist? Und einer undichten Stelle bei der Polizei? O nein, mein Abend fängt jetzt erst an.«

Bevor ich zu Bett gehe, sehe ich noch bei Wila vorbei, die es sich in einem der Gästezimmer bequem gemacht hat und sich DVDs ansieht.

»Du warst ja eine Ewigkeit weg«, sagt sie und reibt sich die Augen. »Habt ihr den kleinen Jungen denn gefunden?«

»Ja.«

»Oh. Das freut mich. Übrigens schöne Grüße von Danny.«

»Du hast mit ihm gesprochen?«

Wila lächelt. »Die Schwestern jammern schon, weil er sie die ganze Zeit um Morphium anbettelt. Er klang ganz okay. Ein bisschen müde, aber ansonsten geht es ihm gut.«

»Und wie geht es dir?«

Wila legt sich eine Hand auf den Bauch. »Ach, na ja, es gibt eine Menge, worüber ich nachdenken muss. Aber eigentlich auch ganz gut.«

117

Patrick liegt splitternackt im Bett neben mir, als ich am nächsten Morgen aufwache. Er hat ein Walkie-Talkie in der Hand, das sich im Rhythmus seiner Atemzüge hebt und senkt.

Es ist ein sehr reizvoller Anblick, aber für so etwas habe ich jetzt keine Zeit.

Ich ziehe Jeans und einen Pulli an und gehe zu Berties Zimmer.

Verdammt. Sein Bett ist leer.

Ich stürze wieder hinaus und sehe mich hektisch auf dem Korridor um.

In diesem Moment kommt mir der Westturm in den Sinn. Dort oben hat Bertie sich schon einmal versteckt. Und dass er das Schloss verlassen hat, glaube ich eigentlich nicht, da alles von Sicherheitskräften bewacht wird. Jemand hätte längst Patrick informiert.

Ich laufe die Treppe hinauf.

»Bertie, bist du hier?«, rufe ich.

Keine Antwort.

Ich versuche es in Jamies Zimmer, aber die Tür ist abgeschlossen.

»Bertie?«

Ich hetze weiter zu May Mansfields Zimmer und reiße die Tür auf.

»May, ist Bertie hier?«, stoße ich atemlos hervor.

»Guten Morgen, Seraphina«, sagt sie, ohne aufzusehen. »Bertie ist heute Morgen schon früh aufgestanden.«

»Ich … Woher wissen Sie das?«

»Ich habe Augen im Kopf. Und Ohren. Und viel Zeit. Sie

würden staunen, was man allein mit seinem Gehör und seinem Sehvermögen so alles mitbekommt.«

»Sie wissen also, was gestern vorgefallen ist?«

May nickt, nimmt ein Streichholz und gibt ein Tröpfchen Klebstoff auf die Spitze. »Ich bin froh, dass Bertie und Anise unversehrt zurückgekehrt sind, aber … meine arme Enkelin. Und Bertie … Allein die Vorstellung, was dieser kleine Junge durchgemacht hat, ist unerträglich. Es bricht mir das Herz. Mir bleibt nicht mehr viel Zeit hier. Die Schmerzen, sie sind zu stark.«

»Sagen Sie so etwas nicht.«

»Es ist aber die Wahrheit. Ich spüre das Ende immer näher kommen, die Dunkelheit.«

»Nein, May …«

»Sie müssen mir etwas versprechen, Kind.«

»Natürlich. Alles, was Sie wollen.«

»Versprechen Sie mir, dass Sie und Patrick heiraten werden. Ich will nicht in dem Wissen sterben, dass in dieser Familie nichts als Traurigkeit herrscht, sondern wünsche mir etwas, worüber ich mich freuen kann, bevor ich für immer die Augen schließe. Eine Hochzeit.«

»May, es tut mir schrecklich leid, aber das kann ich Ihnen nicht versprechen. Außerdem hat Patrick mich noch nicht einmal gefragt.«

»Aber das wird er.«

»Vielleicht, eines Tages.«

»Können Sie sich denn vorstellen, Patrick zu heiraten?«

»Ja. In meinen Träumen. Aber in der Realität – ich weiß nicht.«

Lächelnd zieht May ihre Nachttischschublade auf und nimmt eine mit kariertem Samt bezogene Schatulle heraus. »Hier.«

Ich nehme die Schatulle aus ihren bleichen, verkrümmten Fingern.

»Danke. Was ist das?«

»Ein Familienerbstück. Mein alter Trauring. Ich möchte, dass Sie ihn bekommen.«

»May, ich kann unmöglich ... Wenn es ein Familienerbstück ist, sollte es jemand aus Ihrer Familie bekommen.«

»Sie gehören eines Tages bestimmt zur Familie, da bin ich mir ganz sicher. Bitte, nehmen Sie ihn. Ich will nicht im Schlaf sterben, während er immer noch in der Schublade liegt.«

In diesem Moment dringt ein lautes Klirren von unten herauf.

Ich stecke die Schatulle in die Tasche und stehe auf.

»Wo ist Bertie?«, frage ich.

»Im Küchengarten«, antwortet May. »Und dem Lärm nach zu schließen wirft er mit Steinen auf Teller.«

»Danke, May. Es tut mir leid, aber ich muss jetzt gehen. Und genauso leid tut es mir, dass ich Ihnen dieses Versprechen nicht geben kann.«

»Sie sind ein wunderbares Mädchen, Seraphina«, sagt sie. »Aber ich fürchte, im Moment können Sie Bertie nicht helfen. Er ist verloren, hoffnungslos. Er ist kein Mansfield mehr. Rein physisch mag er noch hier sein, aber mit dem Kopf ist er längst woanders. Und irgendwann wird er seinen Weg dorthin finden, wo er hingehört.«

»Sie meinen ... wollen Sie damit sagen, er gehört zu den Thorburns?«

»Ganz genau.«

»Nein, unmöglich. Ich weiß, dass er entsetzlich leidet. Nach allem, was er durchgemacht hat, muss er völlig durcheinander sein, aber es gibt trotzdem immer Hoffnung. Als ich hierhergekommen bin, haben alle gesagt, ich könnte ihm nicht helfen. Und trotzdem habe ich es geschafft.«

May klebt zwei Zündhölzer zusammen. »Es gibt nun mal Dinge, die kann man nicht kitten. Manche Verletzungen sind einfach zu schwer. Und wenn Bertie sich weigert zu sprechen … Damit spielt er Dirk doch geradewegs in die Hände. Seine Verteidigung wird das reinste Kinderspiel. Er braucht ja bloß zu beweisen, dass Bertie labil und damit nicht glaubwürdig ist.«

»Aber die Calders haben mich doch entführt. Der Fall ist geklärt.«

»Vielleicht, was diese beiden Frauen angeht. Aber was ist mit Dirk? Wie sollen wir ihm etwas nachweisen?«

Ich weiß nicht, was ich darauf erwidern soll. »Keine Ahnung«, sage ich schließlich.

»Er kommt ungeschoren davon.«

»Und Bertie wird sich nie wieder sicher fühlen können.«

»Genau.«

»Aber ich habe Bertie schon einmal geholfen und kann es auch diesmal schaffen.«

»Wollen Sie ihn allen Ernstes einem Prozess aussetzen? Nach allem, was er durchgemacht hat?«

»Nein«, antworte ich. »Das ist das Letzte, was ich mir für ihn wünsche.«

»Damit ist klar, dass Dirk freigesprochen wird.«

»O Gott. Was für ein Chaos!« Ich berge das Gesicht in den Händen.

May legt die Streichhölzer weg. »Sie sind ein wunderbares Mädchen, Seraphina. Liebevoll. Nett. Genau die Sorte Mensch, die Bertie brauchte, als er herkam. Aber jetzt ist alles anders. Manche Wunden heilen nun mal nicht.«

118

Unten im Küchengarten hat Bertie eine ganze Batterie Teller auf der Mauer aufgereiht, die er mit Steinen bewirft, während er zusieht, wie sie zerbersten und herunterfallen.

»Guten Morgen, Bertie«, sage ich.

Statt mich anzusehen, nimmt er einen besonders großen Stein und zielt auf einen Teller.

»Ich weiß, dass du wütend bist«, fahre ich fort. »Und Angst hast. Ich habe auch Angst. Trotzdem werde ich dich nicht im Stich lassen. Niemals. Ich werde für immer an deiner Seite bleiben. Man hat dich mir weggenommen, aber von jetzt an werde ich nie wieder weggehen. Nie wieder. Wir machen, dass alles wieder so wird wie vorher.«

Noch immer schweigt Bertie. Er dreht sich nicht zu mir um, reagiert nicht auf das, was ich sage.

Es ist genau so, wie May gesagt hat: Er wirkt völlig verloren.

In diesem Moment spüre ich, dass Patrick hinter mich tritt.

»Wo kommst du denn auf einmal her?«, frage ich.

»Aus dem Bett in dem Zimmer, aus dem du dich geschlichen hast, während ich geschlafen habe.«

»Also hast du diesmal wirklich geschlafen?«

»Tief und fest. Wie immer, wenn du neben mir liegst. Was ist denn das?« Patrick legt den Arm um meine Hüfte und betastet die kleine Schachtel in meiner Tasche – Mays Schmuckschatulle.

»Dir entgeht auch gar nichts, was?« Ich ziehe sie heraus. »Die ist von May. Ein Familienerbstück, hat sie gesagt. Sie hat darauf bestanden, dass ich es annehme, obwohl mir gar nicht wohl dabei ist. Sollte es nicht jemand aus deiner Familie bekommen?«

»Wenn sie wollte, dass du es bekommst, ist es ihr Wunsch. Sie ist immer noch bei glasklarem Verstand, und was sie mit ihren Sachen anstellt, muss sie selbst entscheiden.«

Bertie zertrümmert den letzten Teller, macht kehrt und stürmt an uns vorbei in die Küche.

Mein erster Impuls ist, ihm zu folgen, aber Patrick hält mich zurück. »Lass ihn. Er braucht Zeit. Rab behält ihn im Auge.«

Mir ist klar, dass Patrick recht hat. Zudem hat mich meine jahrelange Erfahrung gelehrt, wann es Zeit ist, die Dinge ihren Lauf nehmen zu lassen und abzuwarten. Und im Moment würde es tatsächlich nichts bringen, Bertie zu bedrängen.

»Er leidet«, sage ich und drehe die Schatulle zwischen den Fingern hin und her. »Sogar entsetzlich.«

»Ich weiß.« Er nimmt meine Hand. »Es bricht mir das Herz, und ich sehe dir an, dass es dir genauso geht.«

Er öffnet das Gartentürchen. »Lass uns ein paar Schritte gehen.«

119

May sagt, Bertie ist völlig verloren«, sage ich, als ich Patrick durch das Tor folge. »Gott, Patrick, was sollen wir nur tun? May meinte, dein Vater könnte freigesprochen werden, wenn Bertie auch weiterhin nichts sagen will.«

»May hat dort oben in ihrem Turm eine Menge Zeit zum Nachdenken. Vielleicht auch zu viel. Konzentrieren wir uns erst einmal auf Bertie, über den Prozess machen wir uns später Gedanken.«

»Die letzten Tage waren vermutlich ziemlich viel für eine Dame ihres Alters.«

Zu meinem Entzücken kommt Danny-Boy in diesem Moment aus dem Unterholz gelaufen.

»Danny-Boy!« Ich gehe auf die Knie, um das zappelnde Bündel hochzuheben und ihm die weichen Öhrchen zu kraulen. »Du hast wieder nach Hause gefunden! Du bist ja so schlau! Wie sehr ich dich vermisst habe. O ja, das habe ich. Und wie!«

Auch Patrick beugt sich über ihn. »Unglaublich, dass der Kleine das geschafft hat!«

Als ich mich umdrehe, sehe ich einen Schatten an einem der Fenster im Westturm – allem Anschein nach beobachtet May uns.

»May wollte, dass ich ihr etwas verspreche«, sage ich. »Sie meinte, ihre Familie hätte ihr keine allzu große Freude bereitet, deshalb hat sie mich gefragt … sie hat gesagt, sie würde sich wünschen, dass wir beide heiraten. Damit sie etwas hätte, worüber sie sich noch einmal freuen kann, bevor sie stirbt.«

Patrick zieht eine Braue hoch. »Ach ja? Und was hast du geantwortet?«

»Dass ich ihr dieses Versprechen nicht geben könne.«

»Und wieso nicht?«

»Weil wir uns gerade erst kennengelernt haben.« Ich spüre den Anflug eines Lächelns. »Aber dass ich mir durchaus vorstellen könnte, mit dir verheiratet zu sein. Eines Tages. In meinen Träumen.«

Behutsam nimmt Patrick meine Hand und küsst meine Fingerspitzen. »Du weißt, was in dieser Schatulle ist, stimmt's?«

»Ja. Mays Trauring.«

»Sie hat ihn mir gezeigt. Viele, viele Male. Und sie hat gesagt, meine zukünftige Frau bekäme ihn eines Tages. Solange es eine Rothaarige sei. Weil sonst der Saphir farblich nicht passen würde.«

Ich lache. »Offenbar hat sie ganz konkrete Vorstellungen.«

»Ja. Und am Ende hat sie auch recht behalten, stimmt's?«

»Hat sie?« Ich lasse Danny-Boy los, der auf den Boden springt und die Blätter ringsum zu beschnüffeln beginnt.

»Nun ja, ich heirate definitiv eine Rothaarige. Daran besteht keinerlei Zweifel.«

»Nun ja, in Schottland gibt es ja so einige.«

»Tausende. Aber die, die ich will, kommt gar nicht aus Schottland.«

»Ist sie vielleicht Engländerin?« Mein Lächeln wird eine Spur breiter.

»Könnte sein.« Er betrachtet die Schatulle. »Das Timing ist ziemlich schlecht. Sehr schlecht sogar. Das schlechteste, das man sich vorstellen kann. Trotzdem … trotzdem tue ich es.«

»Patrick?«

Er nimmt mir die Schatulle aus der Hand und öffnet sie. Darin liegt der schönste Saphirring, den ich je gesehen habe – quadratisch und so raffiniert geschliffen, dass er wie das tropische Meer im Sonnenschein funkelt.

Patrick nimmt meine Hand. »Seraphina Harper.« Er fixiert mich mit seinen blaugrünen Augen. »Willst du mich heiraten?«

Mir ist ganz schwindlig. Ich glaube, ich werde gleich ohnmächtig. Ganz ehrlich. Und dennoch zögere ich keine Sekunde, trotz allem, was mit Danny, Wila und Bertie passiert ist.

Ich quäle mich nicht mit all den Fragen: *Sind Patrick und ich tatsächlich füreinander bestimmt? Oder bin ich nur spannend für ihn, weil er noch nie einer Frau wie mir begegnet ist? Haben wir in der realen Welt tatsächlich eine Chance?*

Stattdessen höre ich einfach auf mein Herz.

»Ja«, sage ich, während mir eine Träne über die Wange läuft. »Ja. Ja. Tausendmal Ja.«

S. Quinn

hat als Journalistin und Ghostwriterin gearbeitet, bevor sie sich dem Schreiben von Romanen widmete. Unter ihrem vollen Namen Susanna Quinn veröffentlicht sie Mystery-Thriller. Sie lebt mit ihrem Mann und ihrer kleinen Tochter in Brighton.
Ihre bisher größten Erfolge feierte sie mit der »Devoted«-Trilogie und der »Passion«-Trilogie.

Mehr von S. Quinn:

Devoted. Geheime Begierde. Band 1. Erotischer Roman (auch als E-Book erhältlich)
Devoted. Verbotene Leidenschaft. Band 2. Erotischer Roman (auch als E-Book erhältlich)
Devoted. Gefährliches Verlangen. Band 3. Erotischer Roman (auch als E-Book erhältlich)

Passion. Leidenschaftlich begehrt. Band 1. Erotischer Roman (auch als E-Book erhältlich)
Passion. Leidenschaftlich verführt. Band 2. Erotischer Roman (auch als E-Book erhältlich)
Passion. Leidenschaftlich verliebt. Band 3. Erotischer Roman (Oktober 2015) (auch als E-Book erhältlich)

GOLDMANN
Lesen erleben